COLLECTION
FOLIO CLASSIQUE

Diderot

Les Deux Amis de Bourbonne

Ceci n'est pas un conte
Madame de La Carlière

suivis

*de l'*Éloge de Richardson

*Édition présentée, établie et annotée
par Michel Delon*

Gallimard

© *Éditions Gallimard, 2002.*

PRÉFACE

à la mémoire de Jean Varloot

Sur la place Saint-Marc, un prêtre s'efforce de porter la bonne parole malgré la concurrence des montreurs de marionnettes et autres acteurs de la Commedia dell'arte. *Excédé par son peu de succès, il finit par s'écrier: «Laissez là ces misérables; ce Polichinelle qui vous rassemble là n'est qu'un sot», et, brandissant le crucifix: «Le vrai Polichinelle, le grand Polichinelle, le voilà.» Les encyclopédistes colportent l'anecdote que Diderot raconte à Sophie Volland en septembre 1762 et qu'il reprend dans le* Salon de 1767. *Au-delà de la malice anticléricale, cette scène de la vie vénitienne doit le frapper parce qu'elle concerne les ressorts de la croyance. Qu'est-ce qui pousse les spectateurs d'une pièce de théâtre à croire à ce qui se passe sur scène? les auditeurs d'un récit à se laisser prendre par le conteur? quel est le mystère de la foi qui donne leur force aux leçons de l'Église?*

*Libéré de ses obligations de l'*Encyclopédie, *le Diderot de la fin de la décennie 1760 se sent une disponibilité nouvelle pour reposer les questions qui le hantent depuis longtemps. On est frappé par l'énergie créatrice qui lui inspire alors la vision d'un univers strictement matériel mais dynamique, dans* Le Rêve de d'Alembert, *et qui le pousse à multiplier ce qu'il nomme des contes pour explorer la diversité du monde moral. Que la sensibilité soit une propriété générale de la matière est difficile à croire, car il faut admettre que la pierre sente. Mais entre l'idée d'un Créateur qui tire le monde du néant et celle d'une sensibilité diffuse à travers l'univers, il s'agit d'un conflit de croyance. Le personnage du dialogue auquel Diderot donne son nom parvient à convaincre d'Alembert, le sage géomètre, que l'hypothèse matérialiste est plus conforme à l'expérience et qu'elle se révèle finalement plus crédible.*

Quel rapport entre ces grands enjeux philosophiques et une petite histoire de la vie mondaine qui lui inspire un conte en 1768 ? Le prince de Galitsine vient d'épouser une jeune fille de famille, il veut effacer les traces de son ancienne liaison avec une fille d'opéra en récupérant les témoignages de cet attachement, en particulier les portraits qu'il lui avait offerts. Il va falloir jouer des craintes et des superstitions de la pauvre fille pour la tromper et la forcer à rendre les portraits. Déguisement, mise en scène et trucage, rien n'est épargné. Le récit de l'opération se nomme Mystification. *L'argumentation rationnelle ne suffit pas à emporter l'adhésion de d'Alembert, il lui faut la nuit, l'entraînement du rêve pour qu'il se laisse séduire par une vision aussi poétique que philosophique et qu'il en vienne à dépasser Diderot lui-même dans l'acceptation d'un univers en mutation permanente. Aucune franche discussion ne pourra convaincre une maîtresse abandonnée de céder les souvenirs qui lui restent de l'infidèle. Mais ses peurs et le souci de sa santé feront ce que l'argumentation ne réussit pas. Lorsque Diderot tire un conte de cette histoire à laquelle il a été mêlé, il lui faut aussi séduire son lecteur, lui faire accepter l'anecdote, rendre crédibles ses personnages. On parle d'un* argument *pour désigner l'élément d'une démonstration et le point de départ d'une narration. Dans le débat philosophique comme dans l'invention littéraire, comment obtenir l'assentiment de l'autre? La logique et la rhétorique étaient traditionnellement chargées d'organiser les règles de l'échange, de mettre en forme le débat philosophique aussi bien que la relation littéraire; le développement de la mondanité française multiplia les glissements de la philosophie à la galanterie: l'art de la conversation apprit à concilier les contraires. Avec son siècle, Diderot se méfie des codes, qu'il associe à un ordre qui commence à être ressenti comme sclérosé et contraignant, mais il s'inscrit dans le fil de la tradition qui aime les chassés-croisés entre savoir et plaisir, réflexion et séduction.*

En 1770, Diderot revient à Langres, sa ville natale, et à Bourbonne, la ville d'eaux voisine. Il voyage avec Grimm et retrouve son amie Mme de Maux, elle-même en compagnie de sa fille. Il suffit que ces quatre-là soient réunis pour que la conversation batte son plein comme dans un salon parisien. D'ailleurs on compose des lettres pour les amis de Paris et on s'amuse à faire des contes que l'on transcrit pour eux sur le papier. « Parmi ces correspondants, relate Grimm, il y en avait un d'une crédulité rare; il ajoutait foi à tous les fagots que ces dames lui contaient. » La situation permet d'expérimenter la crédulité de l'ami et l'efficacité des contes. Venait de paraître un « petit conte iroquois » de Saint-Lambert, Les Deux Amis. *Les deux Indiens qui donnent son titre au conte pourraient devenir rivaux en amour si la simplicité de la nature ne leur faisait partager la femme aimée. Saint-Lambert exalte la force d'une amitié qui ignore les réticences de l'intérêt, trop fréquentes en Europe, et l'originalité d'un trio amoureux qui se moque des principes religieux. Diderot et ses amis imaginent une histoire d'amitié et d'amour qui n'a pas pour cadre une lointaine Amérique, « entre le fleuve Saint-Laurent et l'Ohio », mais les forêts toutes proches qui entourent Bourbonne. À l'exotisme des luttes tribales et à la surenchère héroïque des vaincus et de leurs bourreaux autour du poteau de torture, ils opposent la brutale réalité de la misère et de la répression officielle.*

Un premier état du conte se compose de deux lettres, datées de 1770 ; l'une est de la fille de Mme de Maux qui vante à son correspondant parisien les exploits des Oreste et Pylade de Bourbonne, l'autre du curé du village qui s'indigne de ces deux brigands. Trois ans plus tard, Diderot insère dans les Contes moraux et nouvelles Idylles *de Gessner une version reprise et amplifiée des* Deux Amis de Bourbonne. *L'efficacité du texte ne passe plus d'emblée par la forme épistolaire. Le récit commence à la troisième personne, mais, au détour d'un paragraphe, un* nous *fait surgir les silhouettes des amis en vacances à Bourbonne, puis le dialogue avec le correspondant parisien reparaît. Les aventures de Félix se prolongent et tournent au feuilleton. Les rebondissements se multiplient. Des témoins sont convoqués qui défendent moins la moralité du personnage que la crédibilité du conte. Après la lettre de l'intransigeant curé, le dialogue reprend et le texte se poursuit en une poétique du conte : « Et puis il y a trois sortes de contes... Il y en a bien davantage, me direz-vous... » On ne peut mieux suivre l'invention littéraire qui se nourrit de réalité et d'imaginaire, de vérité concrète et de réflexion abstraite. Le conte trouve sans doute son origine dans un jeu de société, mais il prend de l'ampleur en s'émancipant du petit cercle d'initiés. Il garde de ce premier jet une vivacité et une simplicité qui miment l'oral. Ce qui était persiflage d'un ami trop crédule devient interrogation sur cette crédulité volontaire qui expliquerait le plaisir littéraire, tout comme la servitude volontaire rend compte selon La Boétie de l'arbitraire du pouvoir.*

La genèse des Deux Amis de Bourbonne *n'est donc pas sans rappeler celle de* La Religieuse, *dix ans plus tôt. Il s'agissait cette fois de mystifier le marquis de Croismare: les conjurés étaient parisiens et voulaient à toute force faire revenir le marquis de Caen. La lettre d'une religieuse qui dénonçait des vœux forcés est devenue le roman de la claustration. Une postface, ironiquement intitulée «Préface du précédent ouvrage», est intégrée au texte pour raconter la mystification. Tout le récit de Suzanne Simonin vise à nous persuader de la vérité de son cas, la préface-postface défait l'illusion ou, plutôt, transforme le simple entraînement en une émotion raisonnée. La crédulité volontaire devient alors principe de liberté. Une scène de la rédaction de* La Religieuse, *racontée à la troisième personne, convainc de ce subtil équilibre entre vérité et mensonge, émotion et conscience critique: «[...] tandis que cette mystification échauffait la tête de notre ami en Normandie [le marquis de Croismare], celle de Diderot s'échauffait de son côté [...]. Un jour qu'il était tout entier à ce travail, M. d'Alainville, un de nos amis communs, lui rendit visite, et le trouva plongé dans la douleur et le visage inondé de larmes: "Qu'avez-vous donc? lui dit M. d'Alainville; comme vous voilà! — Ce que j'ai? lui répondit Diderot; je me désole d'un conte que je me fais...»* Ce conte, c'est l'histoire de la pauvre Suzanne Simonin. Le romancier est pris à ses propres filets ou bien suggère une efficacité de la création littéraire qui n'est pas incompatible avec la lucidité. Le mentir-vrai suscite une libre servitude, une émotion intelligente. La place de cette préface qui est située après le texte illustre le paradoxe. Tout s'achève par une «Question aux gens de lettres». L'effet de vérité n'est pas la vérité. Le travail de l'écrivain consiste à écrire des lettres, puis à les désécrire pour les rendre vraies. «*En sorte que si l'on eût ramassé dans la rue les premières, on eût dit: "Cela est beau, fort beau..." et que si l'on eût ramassé les dernières, on eût dit: "Cela est bien vrai..."*» La réponse à la question s'impose: les bonnes lettres ne sont pas tant celles qui suscitent l'admiration que celles qui produisent l'illusion.

Le même mouvement double conduit Diderot à construire une pièce de théâtre qui se prétend stricte reproduction de la réalité et à rédiger un dialogue qui en démonte les demi-mensonges et coups de pouce à la réalité: c'est Le Fils naturel, *suivi des* Entretiens sur le Fils naturel. *La mise en scène de l'écriture qui aboutit à l'œuvre n'a pas attendu Gide,* Les Faux-Monnayeurs *et le* Journal des Faux-Monnayeurs. *La bâtardise de Dorval et celle de Suzanne Simonin suggèrent sans doute, tout comme la fausse monnaie gidienne, l'ambivalence de l'invention littéraire qui n'est ni reproduction ni refus de la réalité, mais imitation biaisée.* Le Fils naturel *qui devait être une cérémonie familiale, un rituel de mémoire privé, s'écarte ainsi des faits premiers pour devenir pièce publique, œuvre littéraire, défense et illustration d'un nouveau théâtre. L'écrivain doit toujours être le bâtard du réel, fils de la nature et enfant illégitime au regard de l'ordre social. Les inséparables de Bourbonne s'écartent autrement de la norme sociale; contraints à l'illégalité, ils invitent pourtant à une même interrogation des codes moraux et esthétiques. La création littéraire, qui ne veut pas être soumission à une poétique préétablie, ne peut se passer d'un travail de réflexion poétique. «Et puis il y a trois sortes de contes...»: la dernière partie des* Deux Amis de Bourbonne *est bien l'équivalent de la préface de* La Religieuse *et des* Entretiens sur le Fils naturel.

Dans son effort pour comprendre le phénomène de l'émotion romanesque, Diderot ne peut oublier sa propre découverte de la Clarisse *de Richardson. En septembre 1761, il communie avec Sophie Volland dans l'enthousiasme pour le romancier anglais. Il décrit à son amie le bouleversement qui le saisit à la lecture de l'enterrement de Clarisse, sous l'œil d'un ami: «[...] mes yeux se remplirent de larmes; je ne pouvais plus lire; je me levai et je me mis à me désoler, à apostropher le frère, la sœur, le père, la mère et les oncles, et à parler tout haut, au grand étonnement de l'Amilaville qui n'entendait rien ni à mon transport ni à mes discours, et qui me demandait à qui j'en avais. » Ce type d'émotion pousse Diderot à rédiger un* Éloge de Richardson *qui récuse l'ancienne définition du roman comme «tissu d'événements chimériques et frivoles». L'Anglais lui prouve au contraire qu'un roman — à moins qu'il faille utiliser un autre terme — est un morceau de vie, une tranche de réalité qui attire le lecteur et l'appelle à participer à l'événement. Le roman n'est plus une catégorie générique, il devient un principe de contagion sensible. Diderot imagine qu'il trouve les lettres de Clarisse et de Paméla dans une armoire perdue, de même que le récit des* Deux Amis de Bourbonne *naît d'un échange épistolaire : la lettre fournit au roman sa garantie de réalité, elle donne à la fiction la force de la chose vécue.* Clarisse Harlowe *déploie son récit dans la longueur, les contes comme* Les Deux Amis de Bourbonne *visent plutôt la brièveté, mais leur efficacité repose sur une même attention aux détails.*

« J'ai entendu reprocher à mon auteur ses détails qu'on appelait des longueurs », rapporte Diderot qui réplique aux détracteurs de Richardson : « Sachez que c'est à cette multitude de petites choses que tient l'illusion : il y a bien de la difficulté à les imaginer, il y en a bien encore à les rendre. » Une dizaine d'années plus tard, Diderot répète que, pour entraîner l'adhésion de son lecteur ou, dans une formule plus frappante, pour le tromper, le conteur doit parsemer son récit « de petites circonstances si liées à la chose, et toutefois si difficiles à imaginer », que le lecteur soit forcé de se dire : « On n'invente pas ces choses-là. » Les exemples de tels détails ne manquent pas : ce sont dans un portrait « une cicatrice légère, une verrue à l'une de ses tempes, une coupure imperceptible à la lèvre inférieure » ou bien « une marque de petite vérole au coin de l'œil ou à côté du nez ». L'attention du lecteur est tenue par le fil de la narration, par la construction des scènes, mais son adhésion sentimentale est liée au détail qui restitue une présence, une atmosphère. Le détail saisit le plus souvent une sensation, il donne au texte sa vérité charnelle. La scène des funérailles de Clarisse ne peut manquer de frapper, mais elle ne devient touchante, bouleversante que lorsque le lecteur entend « le son lugubre des cloches de la paroisse porté par le vent », puis le bruit des roues de

la voiture funèbre. La scène perd toute abstraction, tout éloignement. Sollicité par le détail sensuel, le lecteur est soudain présent dans la demeure des Harlowe. Il aperçoit le tressaillement des visages que ne signale peut-être pas le romancier. Il complète la scène.

*L'art classique cherchait à saisir l'homme dans sa généralité et son abstraction. Les moralistes faisaient l'anatomie de caractères, les auteurs de comédies livraient au rire du public des types, les peintres présentaient sous les traits de Vénus ou de Mars la Femme et l'Homme idéaux. Diderot ne récuse pas toujours cette recherche, mais il attache l'effet de réalité, donc l'émotion la plus vive, aux détails qui inscrivent l'individu dans une condition sociale, dans un lieu et une histoire. La cicatrice raconte un passé, les marques du travail disent la fatigue et les dangers de la vie. Au fur et à mesure que le philosophe approfondit son matérialisme, il se montre de plus en plus sensible à la variété de la vie, à l'irréductible diversité des êtres et des choses. Il décline, sous toutes ses formes, le principe leibnizien des indiscernables, tel que le résume l'*Encyclopédie *: «Il n'y a pas dans la nature un seul être qui soit absolument égal et semblable à un autre.» Il n'est pas deux feuilles au printemps qui soient du même vert, affirme par exemple l'*Éloge *de* Richardson*. Si l'on peut comparer l'auteur de* Clarisse Harlowe *à celui des* Maximes*, c'est que ce dernier décrit les êtres humains dans leur mécanique abstraite, tandis que le romancier les montre dans la vie courante, dans leur individualité, dans les caractéristiques propres qui facilitent la projection et l'identification du lecteur.*

Le conte iroquois de Saint-Lambert, qui a provoqué la discussion des voyageurs à Bourbonne et leur a *suggéré la mystification, puise son information aux meilleurs sources des voyageurs. Mais le ton reste celui du conte moral, tel que Marmontel le pratiquait alors et l'avait imposé au public. Le principe d'une moralité du récit effaçait les aspérités du quotidien, éliminait tout ce qui dans la réalité reste irréductible à la recherche du sens. Un dénouement heureux idéalisait les trois Indiens capables de dépasser l'instinct de possession amoureuse. Le dernier mot était laissé, ironiquement ou non, à « la fidélité conjugale ». La violence des luttes tribales, celle de la jalousie s'effaçaient dans cette euphorie finale. Au cœur de l'*Histoire des deux Indes *de Raynal, parmi les développements géographiques et économiques, l'histoire des deux nègres de Saint-Christophe ramène le lecteur, sinon à la réalité de l'exploitation des esclaves, du moins à celle de l'incompatibilité des désirs. Le trio final est celui de cadavres poignardés. Entre l'apaisement décrit par Saint-Lambert et l'exacerbation de la violence chez Raynal, entre trop de paix et trop de sang, Diderot et ses complices cherchent à restituer le sens de la réalité. Ils rapatrient le drame dans la campagne française (mais s'accordent malgré tout un paragraphe d'exotisme sicilien), ils traduisent la sauvagerie des affrontements tribaux, la brutalité de l'esclavage en termes de guerres européennes, de brigandage et d'altercations entre voisins. La postface sur la poétique du conte insiste sur l'ancrage de toute l'histoire dans une réalité concrète.*

   Il s'agit, explique-t-elle, de tromper le lecteur à l'aide de détails bien choisis. Mais la postérité s'est laissé prendre au piège, pourtant annoncé, de Diderot. La bataille d'Hastenbeck, les quatre tribunaux chargés de la répression de la contrebande, l'embranche-

ment des routes dont l'une conduit en Franche-Comté et l'autre en Lorraine sont, avec tous les noms propres réels, autant de précisions qui authentifient le récit. Le sabre qui balafre la joue de Félix et celui avec lequel il coupe le bras d'un officier qui a manqué à son maître, le bâton qui étend mort le président au tribunal de Reims et les pierres qui volent quelques moments plus tard sur la place de l'exécution, les coups de sifflet et de fusil de l'engagement avec le détachement de la maréchaussée constituent des détails concrets qui rendent l'histoire sensible, qui la font vivre au lecteur. La vérité des noms et l'épaisseur sensible du récit s'étayent l'une l'autre ; la mise en scène du dialogue entre le narrateur et son interlocuteur achève de rendre le tout irréfutable. Le conte suivant que Diderot livre à la Correspondance littéraire *peut s'intituler* Ceci n'est pas un conte. *La double histoire de Mme Reymer et de Mlle de La Chaux n'est pas un conte au sens de Marmontel : aux antipodes du conte moral, elle rapporte les infortunes de la vertu et les prospérités de la crapulerie. Pour la symétrie, la crapule est dans un cas féminine et dans l'autre masculine. Mais cela n'est pas non plus un conte au sens des contes de fées ou des contes d'enfants, ce n'est pas une fiction, mais des anecdotes véritables, vérifiables. Les noms et les lieux sont donnés sans les pudeurs de tous les romans du temps dont les héros sont comte de *** et marquise de ***. Le narrateur loge à l'Estrapade, Gardeil rue Saint-Hyacinthe et Mlle de La Chaux place Saint-Michel. Nous ne sommes pas en Haute Romancie, mais dans le Paris bien réel des années 1750. Une chaise à porteur suffit à faire vivre une rue encombrée de marchands ambulants, de porteurs d'eau et de voitures à* chevaux. *Les larmes et les évanouissements, la fièvre et le cancer de Mlle de La Chaux* transforment une silhouette en personne vivante et invitent le lecteur à partager sa souffrance.

Un troisième conte mobilise les mêmes éléments : les personnages sont nommés, le décor précisé et les détails saisissent une atmosphère. L'un d'entre eux permet comme un clin d'œil de Diderot. Le dénommé Desroches est blessé à la guerre et soigné chez Mme de La Carlière. Il garde longtemps de sa blessure un brodequin et c'est avec lui qu'il va solliciter les juges en faveur de sa « riche et belle hospitalière » qui est alors en procès. « Il prétendait que ses sollicitations appuyées de son brodequin en devenaient plus touchantes ; il est vrai qu'il le plaçait tantôt d'un côté, tantôt d'un autre. » Le brodequin est le détail concret qui campe le personnage : il séduit le lecteur comme il attendrit les juges. Il devient l'attribut du personnage : « on l'appela Desroches le Brodequin ». Sa boiterie fait son charme et son efficacité, elle annonce peut-être aussi sa faiblesse future, son inadaptation aux mensonges de la société et à l'exigence morale de son épouse. Un même détail peut être réel, joué et symbolique. Il désigne concurremment une réalité matérielle au premier degré, une mise en scène qui change la réalité en illusion et une construction textuelle qui fait du mensonge une vérité plus subtile.

Premier lecteur de bien des contes et éditeur des Œuvres de Diderot en 1798, Naigeon se porte garant de leur authenticité, en particulier de Ceci n'est pas un conte : il l'atteste « littéralement vrai ». « Diderot n'ajoute rien, ni aux événements, ni au caractère des personnages qu'il met en scène. » Tout y est « de la plus grande exactitude ». L'écrivain serait le témoin et *le greffier, son mérite résiderait dans la qualité de son regard, dans l'exactitude de son compte rendu. Un demi-siècle plus tard, le refus de l'idéalité romanesque est polémiquement nommé par ses adversaires* le réalisme. *Soit, acquiesce un romancier du moment qui cherche des ancêtres et des modèles pour cette écriture romanesque, chargée de montrer la réalité sociale. Champfleury fait l'éloge de Robert Challe, l'auteur des* Illustres Françaises, *et du Diderot des contes comme inventeurs d'un souci nouveau du réel. La deuxième partie de* Ceci n'est pas un conte, *l'histoire lamentable de Mlle de La Chaux, apparaît à Champfleury comme un chef-d'œuvre.* « *Diderot na rien inventé, rien trouvé, rien imaginé, il n'a été que le copiste intelligent d'une passion malheureuse qui se jouait devant lui.* » *C'est ainsi que le romancier du xviiie siècle a été nommé réaliste et que la vivacité de ses contes a été changée en véracité. L'habileté de ses récits serait doucement sociologique.*

Il suffisait pourtant de lire avec attention la post-face aux Deux Amis de Bourbonne *pour remarquer que l'art de choisir les détails pouvait séduire le lecteur des contes plaisants de La Fontaine ou de l'Arioste aussi bien que celui des contes historiques de Scarron ou de Cervantès. Les détails étaient garants d'illusion romanesque plus que de vérité sociale. La comparaison entre portrait idéal et portrait particulier suggérait une recherche de la précision et de l'individualisation. Un siècle plus tard, le mot* réalisme *est lancé. Il suffit cette fois encore de bien lire l'analyse de Champfleury pour le voir traiter* « le copiste » *de la passion de Mlle de La Chaux d'*inventeur, *c'est Champfleury qui souligne le terme, car Diderot seul a su apercevoir le drame au milieu du brouhaha urbain,* *seul il a su le réduire à quelques éléments significatifs, choisir la forme d'un « dialogue court, et serré » et produire un chef-d'œuvre. Le détail pathétique et frappant de Diderot ne se prétend pas représentatif ni symptomatique, et le petit fait saisissant selon Champfleury ne peut être mis en valeur que par un travail d'écriture. Par rapport au modèle classique, les contes de Diderot représentent un gain de précision dans la description et d'émotion dans le récit, mais les emprunts à la réalité concrète ne vont pas sans maniement de l'illusion. C'est pourquoi Champfleury est victime des effets de séduction du conteur, quand il affirme que Diderot n'a rien inventé, et les historiens de la littérature ne peuvent parvenir à aucune conclusion simple sur l'entrelacs de l'invention et de l'ancrage réel quand ils s'aventurent dans la recherche des sources.*

Parmi les noms fournis en toutes lettres, certains renvoient à des personnages dont les archives attestent l'existence, d'autres se dérobent aux investigations. Des héros de la première anecdote de Ceci n'est pas un conte, *Jacques Proust peut successivement dire : « Il y a peu de chances que Tanié ait effectivement existé » et « Nous n'avons trouvé dans les archives de la police, manuscrites ou publiées, aucune trace de Mme Reymer. Peut-être n'a-t-elle pas plus existé que Tanié ». Mais le type de carrière d'un aventurier comme Tanié, d'une courtisane comme la Reymer est parfaitement vraisemblable, parfaitement vrai. Et dans la seconde anecdote, le comte d'Hérouville et l'actrice Lolotte, qui va devenir comtesse d'Hérouville, sont bien réels, tout autant que Jean-Baptiste Gardeil et le docteur Le Camus. Parmi tant de figures attestées, comment ne pas croire à la réalité historique de*

Mlle de La Chaux ? Les indications fournies par le conte correspondent à celles données, vingt ans plus tôt, dans les additions à la Lettre sur les sourds et muets *qui citent nommément la jeune femme. Laurence L. Bongie s'est donc mis en quête de la traduction française de Hume, qu'elle est censée avoir faite, et de sa présence place Saint-Michel vers le milieu du siècle. Force lui fut de conclure, au terme d'un livre entier consacré à la question, que la «femme savante» du conte était sortie de l'imagination du conteur. L'affaire était-elle entendue ? Dix ans plus tard, Laurence L. Bongie rouvrit le dossier et finit par dénicher dans la poussière des rapports de police une Mlle Louise-Hortense De Lavau, liée aux gens de lettres parisiens, dont plus d'un trait a pu inspirer le personnage de Mlle de La Chaux. La plongée dans les archives devient vertigineuse et nous renvoie comme dans un jeu de miroirs à la difficile définition du réel et de la fiction. Le commissaire de police et le psychanalyste, l'historien et l'écrivain n'en proposent sans doute pas aujourd'hui la même définition.*

Que Gardeil ait existé ne signifie pas qu'il fut dans sa vie le monstre peint par Diderot. Que Mlle de La Chaux n'ait pas existé ne signifie pas que son dévouement, son entêtement passionné ne soient pas vrais. Le Neveu de Rameau, tiré par le philosophe des bas-fonds de la capitale, et la religieuse historique qui lui inspire sans doute Suzanne Simonin, Mlle De Lavau, à laquelle il emprunte peut-être certains traits de Mlle de La Chaux, et Félix et Olivier, les deux amis de Bourbonne, offrent toute une gamme de situations littéraires, depuis le coup de pouce à la réalité jusqu'à l'invention nourrie d'éléments vécus. Le détail représente l'unité de base de ce travail de décomposition et de condensation. La cristallisation s'opère à partir d'éléments particuliers, isolés, privilégiés, proliférants. On comprend que la poétique classique se soit méfiée du détail qui risquait d'attacher l'œuvre aux pesanteurs de la matière et de séduire le lecteur par des attraits trop particuliers et concrets. « Et ne vous chargez point d'un détail inutile », avertissait l'Art poétique de Boileau. Du Plaisir dans ses Sentiments sur les lettres et sur l'histoire en 1683 conseillait aux historiens et aux romanciers de ne point louer les personnages « par les traits du visage et du corps » : « Outre que ce détail de nez, de bouche, de cheveux, de jambes, ne souffre point de termes assez nobles pour faire une expression heureuse, il rend l'historien suspect de peu de vérité. » Il n'est alors de vérité qu'universelle et générale. Tout incident particulier, tout détail matériel contrevient au travail d'abstraction et à l'unité d'action. À de telles convictions, le XVIIIe siècle oppose son empirisme qui fait naître les idées de l'expérience sensorielle et focalise la mémoire et le désir sur les détails les plus menus de l'existence. Dans La Nouvelle Héloïse, Saint-Preux examine avec une attention d'amant le portrait de Julie : il lui reproche d'avoir effacé les petites dissymétries et les cicatrices d'un visage aimé pour les défauts qui l'individualisent et le rendent à nul autre pareil. Dans Les Confessions et Les Rêveries, Rousseau lui-même reconstruit le passé à l'aide de menues circonstances sensibles qui accèdent à une dignité nouvelle : l'accent d'une chanson entendue durant la petite enfance ou l'éclat d'une pervenche. Pour penser ce débordement de l'abstraction classique, le XVIIIe siècle recourt à des modèles nouveaux, modèle anglais ou modèle populaire.

Préface

Les romans de Richardson imposent un style différent et sollicitent un investissement affectif, sensible de leurs lecteurs. L'abbé Prévost avertit, dans l'introduction à sa traduction du Chevalier Grandisson*: «Le principal reproche que la critique fait à Richardson est de perdre quelquefois de vue la mesure de son sujet, et de s'oublier dans les détails.» Ce sont ces détails, répond Diderot dans l'*Éloge *de Richardson, qui captent l'attention et l'émotion. Il donne comme exemple les bruits qui se font entendre lors de l'enterrement de Clarisse et l'horizon sonore qui approfondit la scène. En tête des* Sacrifices *de l'amour en 1772, Dorat reprend l'argument en faveur de tous les romanciers d'outre-Manche. «On les a parfois accusés de s'appesantir sur les détails; mais ces détails mêmes sont le secret du génie. Les observateurs britanniques ne négligent rien, quand il s'agit de l'étude de l'homme; ils savent que le physique est le flambeau du moral.» La particularité matérielle ne détourne plus du sens comme le craignait Du Plaisir, elle aide à y accéder. Elle ne disperse pas, elle fixe la mémoire et l'attention. Diderot exploite dans* Les Deux Amis de Bourbonne *une veine populaire, pareillement refoulée par l'ordre classique. Cultivateurs, charbonniers et contrebandiers vivent dans le poids matériel du monde. Ils connaissent dans leur corps la fatigue et la faim, mais, loin de leur interdire d'accéder au sublime des grands sentiments, cet emprisonnement physique leur confère une vérité particulière. Les Iroquois de Saint-Lambert vivaient sans doute dans la nudité de la nature, mais le couple à trois du dénouement avait peut-être la facilité d'un arrangement mondain, tel que Saint-Lambert en pratiquait dans sa vie. Les amis de Bourbonne sont marqués par les* *blessures, ils vivent cette «vie fragile», selon la belle formule d'Arlette Farge, qui est celle des humbles autour desquels rôdent la misère et la mort. Le conte qui commence par raconter comment Félix a été balafré, en s'interposant pour sauver son ami, s'achève par une poétique qui vante la petite cicatrice. Le corps réel avec ses imperfections et son histoire prend la place du corps idéal éternisé par l'Art ou de ce corps mondain, travaillé par les cosmétiques pour nier l'âge et la fatigue.*

On a pu s'étonner que le philosophe, critique envers les contes moraux de Marmontel et de Saint-Lambert, ait finalement publié Les Deux Amis de Bourbonne *et l'*Entretien d'un père avec ses enfants *dans un recueil de* Contes moraux et nouvelles idylles de D... et Salomon Gessner, *publié à Zurich en 1773. La Suisse idyllique et vertueuse de Gessner ne semble pas plus réelle que l'Amérique de Saint-Lambert. Pourtant l'écrivain suisse y exploite le thème de l'héroïsme républicain qui ne pouvait manquer de séduire Diderot. Parmi ses idylles, «La Tombe d'un tyran» montre un monument ruiné et le souvenir du pouvoir absolu réduit à quelques pierres embourbées. Quant à «La Jambe de bois. Conte helvétique», elle célèbre la rencontre d'un vieillard qui a perdu une jambe dans une bataille patriotique et d'un jeune berger qui se révèle être le fils d'un compagnon inconnu ayant sauvé le vieillard dans cette bataille: «Il avait une cicatrice ici (en montrant sa joue gauche). Il avait été blessé par l'éclat d'une lance.» L'héroïsme des deux amis de Bourbonne prend un sens nouveau d'être associé à la grandeur républicaine des Helvètes, à la solidarité du mutilé et du balafré. La cicatrice est signe de reconnaissance tra-*

ditionnel, mais aussi marque d'un engagement civique et choix du corps réel.

*On peut apprécier l'originalité de cette position de Diderot en faveur du détail concret, en constatant le rejet qu'elle suscite de la part de Mme de Staël. L'*Essai sur les fictions *que celle-ci publie en 1795 peut être lu comme une réplique à la poétique du conte à la fin des* Deux Amis de Bourbonne. *Même tripartition des récits, même attention portée au récit historique. L'opposition est d'autant plus nette : « Il est impossible de supporter ces détails minutieux dont sont accablés les romans, même les plus célèbres. L'auteur croit qu'ils ajoutent à la vraisemblance du tableau, et ne voit pas que tout ce qui ralentit l'intérêt détruit la seule vérité d'une fiction, l'intérêt qu'elle produit. » Le roman selon Mme de Staël tire sa vérité des caractères, l'intérêt est suscité par une émotion spirituelle qui se perd dans « le détail scrupuleux d'un événement ordinaire ». Le choix du terme* conte *permettait à Diderot de s'inscrire dans la longue continuité des histoires populaires et des veillées de narration. Mme de Staël préfère celui de* fiction, *qui évoque un travail de l'imagination comme sublimation du réel. On pourrait suivre l'histoire du genre romanesque durant tout le XIXᵉ siècle à travers cet antagonisme de l'idéalité et du détail concret. Il faudrait convoquer le petit fait vrai stendhalien et les « immenses détails » balzaciens pour comprendre finalement l'annexion de Diderot et de ses contes par les théoriciens du réalisme sous le Second Empire.*

La crainte de Mme de Staël était de banaliser le roman, livré aux personnages médiocres et aux événements ordinaires. Les petits détails risqueraient de tirer la fiction du côté du quotidien et du banal, et il est vrai que le roman sera chargé plus tard de dire le désenchantement du monde et la perte de tout idéal. Mais la force des contes de Diderot est de choisir des situations extrêmes et des personnages exceptionnels. Le dévouement de Félix et d'Olivier, la résistance de Félix qui a failli être laissé pour mort sur un champ de bataille, s'enfuit de l'échafaud à Reims, défait avec un complice tout un détachement de maréchaussée, s'évade une nouvelle fois de prison et se retrouve dans le régiment des gardes du roi de Prusse, parviennent à combiner le sens du concret et un héroïsme hors du commun. Le dévouement passionné de Tanié et de Mlle de La Chaux pour des êtres qui ne les méritent pas apparaît comme absolu, tout comme la rigueur de Mme de La Carlière. Les contemporains de Diderot avaient l'habitude de chercher l'héroïsme parmi les gens bien nés et le sens de l'absolu dans l'engagement mystique. Le thème des deux amis et celui du respect de la parole relevaient généralement de la chevalerie et de l'honneur aristocratique. Or les deux amis de Bourbonne appartiennent à la lie du peuple et la parole échangée par Mme de La Carlière et par Desroches n'est qu'un engagement de fidélité amoureuse, en dehors de tout sacrement religieux. D'un récit à l'autre, la société est parcourue de haut en bas, des milieux populaires de la campagne aux élites parisiennes.

Les trois contes s'inscrivent dans une série de textes composés par Diderot entre 1768 et 1773 et donnés pour la plupart à la Correspondance littéraire. Les Deux Amis, Ceci n'est pas un conte *et* Madame de La Carlière *appartiennent à la même inspiration que* Mystification, *l'*Entretien d'un père avec ses enfants *et le* Supplément au Voyage de Bougainville. *La* *découverte des liens qui unissent les six textes a mis en valeur la double problématique du conte et des valeurs morales. On trouvera dans le présent volume les contes où domine la narration et dans le volume du* Neveu de Rameau et autres dialogues *ceux où la forme dialoguée l'emporte. Mais dans les six textes les échanges sont permanents entre dialogue et narration, entre conversation et récit. La discussion et la foi accordée à une histoire supposent un contrat tacite : le conte se développe à partir d'un accord entre plaisir de raconter et plaisir d'écouter. La revendication de maîtrise du conteur y affronte la curiosité de son auditeur, et la vraisemblance du récit suppose une mise en scène, une séduction où la tromperie se révèle négociation plutôt que marché de dupes.*

En ce début du XXIe siècle, nous ne pouvons lire Ceci n'est pas un conte *sans songer au tableau de Magritte* Ceci n'est pas une pipe. *Nous sommes habitués à un art et une littérature qui s'interrogent sur leur fondement. La représentation d'une pipe n'est pas une pipe, mais un conte auquel on a envie de croire n'est pas un conte. Diderot récuse un antagonisme métaphysique entre le vrai et le faux, la nature et l'art. Le débat devient rapidement moral. Au regard de la Loi, que ce soit celle de l'État ou celle de l'Église, Félix et Olivier ne sont que des brigands ; aux yeux de l'opinion, Desroches, un instable incapable de jouer son rôle d'ecclésiastique, de magistrat ou de mari fidèle. De là à le transformer en personnage fatal, marqué par le destin, il n'y a qu'un pas, vite franchi. Les brigands et les charbonniers opposent leur solidarité et leur dignité à la brutalité de la répression officielle, à la soumission prônée par le prêtre de la paroisse. Le* Supplément au Voyage de Bougainville *relativise les systèmes de valeurs et s'attarde sur l'exemple de la morale sexuelle : l'obsession de la chasteté perd tout sens dans les îles océaniques. Mlle de La Chaux qui a tout sacrifié à son amant scélérat est prête à se donner à son ami, le docteur Le Camus : «Je ne sais ce que je n'oserais pas pour vous rendre heureux. Tout le possible sans exception. Tenez, docteur, j'irais... Oui, j'irais jusqu'à coucher : jusque-là inclusivement. » Inversement Mme de La Carlière ne peut accepter le moindre écart de son mari, ni considérer les circonstances de son erreur ou de sa faute. Elle s'entête à «attacher des idées morales à certaines actions physiques qui n'en comportent pas ». Souvenir des conversations familiales à Langres, l'*Entretien d'un père avec ses enfants *récuse la seule conscience individuelle et réclame une garantie sociale. Mme de La Carlière a imaginé de convoquer parents et amis et d'exiger de son futur compagnon un serment qui ne prenne à témoin ni Dieu ni l'État, mais des proches.*

Le choix de la forme dialoguée et la multiplicité des récits courts interdisent de déboucher sur une conclusion dogmatique, sinon la nécessité de l'indulgence. Si les contes de Marmontel s'achèvent par une morale explicite, ceux de Diderot préfèrent s'interroger sur la moralité. À la fin des Deux Amis *ou de* Madame de La Carlière, *on ne peut sans doute pas dire comme le héros du conte libertin de Vivant Denon,* Point de lendemain *: «Je cherchais bien la morale de toute cette aventure, et... je n'en trouvai point. » Du moins faut-il reconnaître qu'aucune conclusion simple ne s'en dégage. La seule certitude est que le moralisme est souvent l'ennemi de la morale et que la bonne conscience mène au pharisaïsme. La leçon de Diderot* *se nomme tolérance et inquiétude. Mme Reymer et Gardeil apparaissent sans doute comme indignes, l'opinion qui poursuit Desroches de sa vindicte se révèle évidemment bornée, mais Mlle de La Chaux n'est pas plus capable d'aimer son bon docteur que Gardeil n'est capable de continuer à l'aimer, elle. Dans le fouillis du monde, parmi les contradictions, Diderot met en scène l'énergie humaine, la force des sentiments humains, capables d'une grandeur qui bouscule, qui déborde toutes les normes esthétiques et morales. Félix, Tanié, Mlle de La Chaux et Mme de La Carlière ont en commun une énergie qu'ils mettent au service de l'amitié, de l'amour ou de l'idée qu'ils se font d'eux-mêmes. Les originaux et les brigands, tous ceux qui affirment leur différence à la face du conformisme, s'imposent comme porteurs de subversion et promesses de plaisir littéraire. Les valeurs morales qu'ils incarnent restent problématiques, leur valeur esthétique est évidente. Ce sont des forces qui vont, pour leur malheur et pour notre plus grand bonheur de lecteur.*

MICHEL DELON

Les Deux Amis
de Bourbonne

Il y avait ici deux hommes qu'on pourrait appeler les Oreste et Pylade de Bourbonne[1]. L'un se nommait Olivier, et l'autre Félix. Ils étaient nés le même jour, dans la même maison, et des deux sœurs[2]; ils avaient été nourris du même lait; car l'une des mères étant morte en couche, l'autre se chargea des deux enfants. Ils avaient été élevés ensemble; ils étaient toujours séparés des autres; ils s'aimaient comme on existe, comme on vit, sans s'en douter; ils le sentaient à tout moment, et ils ne se l'étaient peut-être jamais dit. Olivier avait une fois sauvé la vie à Félix, qui se piquait d'être grand nageur, et qui avait failli de se noyer. Ils ne s'en souvenaient ni l'un ni l'autre[3]. Cent fois Félix avait tiré Olivier des aventures fâcheuses où son caractère impétueux l'avait engagé, et jamais celui-ci n'avait songé à l'en remercier; ils s'en retournaient ensemble à la maison sans se parler, ou en parlant d'autre chose.

Lorsqu'on tira pour la milice[4], le premier billet fatal étant tombé sur Félix, Olivier dit: L'autre est pour moi. Ils firent leur temps de service, ils revinrent au pays; plus chers l'un à l'autre qu'ils ne l'étaient encore auparavant, c'est ce que je ne saurais vous assurer : car, petit frère[1], si les bienfaits réciproques cimentent les amitiés réfléchies, peut-être ne font-ils rien à celles que j'appellerais volontiers des amitiés animales et domestiques[2]. À l'armée, dans une rencontre[3], Olivier étant menacé d'avoir la tête fendue d'un coup de sabre, Félix se mit machinalement au-devant du coup, et en resta balafré. On prétend qu'il était fier de cette blessure : pour moi, je n'en crois rien. À Hastenbeck[4], Olivier avait retiré Félix d'entre la foule des morts où il était demeuré. Quand on les interrogeait, ils parlaient quelquefois des secours qu'ils avaient reçus l'un de l'autre, jamais de ceux qu'ils avaient rendus l'un à l'autre. Olivier disait de Félix, Félix disait d'Olivier[5]; mais ils ne se louaient pas. Au bout de quelque temps de séjour au pays, ils aimèrent, et le hasard voulut que ce fût la même fille[6]. Il n'y eut entre eux aucune rivalité; le premier qui s'aperçut de la passion de son ami, se retira. Ce fut Félix. Olivier épousa; et Félix, dégoûté de la vie, sans savoir pourquoi, se précipita dans toutes sortes de métiers dangereux : le dernier fut de se faire contrebandier[7]. Vous n'ignorez pas, petit frère, qu'il y a quatre tribunaux en France, Caen, Reims, Valence et Toulouse, où les contrebandiers sont jugés[8]; et que le plus sévère des quatre, c'est celui de Reims, où préside un nommé Coleau[9], l'âme la plus féroce que la nature ait encore formée. Félix fut pris les armes à la main, conduit devant le terrible Coleau, et condamné à mort, comme cinq cents autres qui l'avaient précédé. Olivier apprit le sort de Félix. Une nuit il se lève d'à côté de sa femme, et sans lui rien dire il s'en va à Reims. Il s'adresse au juge Coleau, il se jette à ses pieds, et lui demande la grâce de voir et d'embrasser Félix. Coleau le regarde, se tait un moment, et lui fait signe de s'asseoir. Olivier s'assied. Au bout d'une demi-heure, Coleau tire sa montre, et dit à Olivier : Si tu veux voir et embrasser ton ami vivant, dépêche-toi ; il est en chemin ; et si ma montre va bien, avant qu'il soit dix minutes il sera pendu. Olivier, transporté de fureur, se lève, décharge, sur la nuque du cou, au juge Coleau un énorme coup de bâton, dont il l'étend presque mort ; court vers la place, arrive, crie, frappe le bourreau, frappe les gens de la justice, soulève la populace indignée de ces exécutions[1]. Les pierres volent ; Félix délivré s'enfuit : Olivier songe à son salut ; mais un soldat de maréchaussée lui avait percé les flancs d'un coup de baïonnette, sans qu'il s'en fût aperçu. Il gagna la porte de la ville ; mais il ne put aller plus loin : des voituriers charitables le jetèrent sur leur charrette, et le déposèrent à la porte de sa maison un moment avant qu'il expirât. Il n'eut que le temps de dire à sa femme : Femme, approche, que je t'embrasse ; je me meurs, mais le balafré est sauvé.

Un soir que nous allions à la promenade selon notre usage, nous vîmes au-devant d'une chaumière une grande femme debout avec quatre petits enfants à ses pieds ; sa contenance triste et ferme attira notre attention, et notre attention fixa la sienne. Après un moment de silence, elle nous dit : Voilà quatre petits enfants ; je suis leur mère, et je n'ai plus de mari. Cette manière haute de solliciter la commisération, était bien faite pour nous toucher. Nous lui offrîmes nos secours, qu'elle accepta avec honnêteté. C'est à cette occasion que nous avons appris l'histoire de son mari Olivier, et de Félix son ami. Nous avons parlé d'elle, et j'espère que notre recommandation ne lui aura pas été inutile. Vous voyez, petit frère, que la grandeur d'âme et les hautes qualités sont de toutes les conditions et de tous les pays; que tel meurt obscur, à qui il n'a manqué qu'un autre théâtre, et qu'il ne faut pas aller jusque chez les Iroquois pour trouver deux amis[1].

Dans le temps que le brigand Testalunga infestait la Sicile avec sa troupe, Romano, son ami et son confident, fut pris[2]. C'était le lieutenant de Testalunga, et son second. Le père de ce Romano fut arrêté et emprisonné pour crimes. On lui promit sa grâce et sa liberté, pour que Romano trahît et livrât son chef Testalunga. Le combat entre la tendresse filiale et l'amitié jurée fut violent. Mais Romano père persuada son fils de donner la préférence à l'amitié, honteux de devoir la vie à une trahison. Romano se rendit à l'avis de son père. Romano père fut mis à mort; et jamais les tortures les plus cruelles[3] ne purent arracher de Romano fils la délation de ses complices.

Vous avez désiré, petit frère, de savoir ce qu'est devenu Félix, c'est une curiosité si simple, et le motif en est si louable, que nous nous sommes un peu reproché de ne l'avoir pas eu. Pour réparer cette faute, nous avons pensé d'abord à M. Papin, docteur en théologie et curé de Sainte-Marie, à Bourbonne[4]; mais maman s'est ravisée, et nous avons donné la préférence au subdélégué Aubert[5], qui est un bon homme, bien rond, et qui nous a envoyé le récit suivant, sur la vérité duquel vous pouvez compter.

« Le nommé Félix vit encore. Échappé des mains de la justice de Reims, il se jeta dans les forêts de la province, dont il avait appris à connaître les tours et les détours pendant qu'il faisait la contrebande, cherchant à s'approcher peu à peu de la demeure d'Olivier, dont il ignorait le sort.

» Il y avait au fond d'un bois, où vous vous êtes promené quelquefois, un charbonnier, dont la cabane servait d'asile à ces sortes de gens ; c'était aussi l'entrepôt de leurs marchandises et de leurs armes. Ce fut là que Félix se rendit, non sans avoir couru le danger de tomber dans les embûches de la maréchaussée qui le suivait à la piste. Quelques-uns de ses associés y avaient apporté la nouvelle de son emprisonnement à Reims ; et le charbonnier et la charbonnière le croyaient justicié[1], lorsqu'il leur apparut.

» Je vais vous raconter la chose, comme je la tiens de la charbonnière, qui est décédée ici il n'y a pas longtemps.

» Ce furent ses enfants, en rôdant autour de la cabane, qui le virent les premiers. Tandis qu'il s'arrêtait à caresser le plus jeune, dont il était le parrain, les autres entrèrent dans la cabane, en criant : Félix, Félix ! Le père et la mère sortirent, en répétant le même cri de joie : mais ce misérable était si harassé de fatigue et de besoin, qu'il n'eut pas la force de répondre, et qu'il tomba presque défaillant entre leurs bras.

» Ces bonnes gens le secoururent de ce qu'ils avaient ; lui donnèrent du pain et du vin, quelques légumes : il mangea et s'endormit.

» À son réveil, son premier mot fut Olivier. Enfants, ne savez-vous rien d'Olivier ? Non, lui répondirent-ils. Il leur raconta l'aventure de Reims ; il passa la nuit et le jour suivant avec eux. Il soupirait ; il prononçait le nom d'Olivier ; il le croyait dans les prisons de Reims ; il voulait y aller ; il voulait aller mourir avec lui ; et ce ne fut pas sans peine que le charbonnier et la charbonnière le détournèrent de ce dessein.

» Sur le milieu de la seconde nuit, il prit un fusil, il mit un sabre sous son bras, et s'adressant à voix basse au charbonnier... Charbonnier ! — Félix ! — Prends ta cognée, et marchons. — Où ? — Belle demande ! chez Olivier. — Ils vont. Mais tout en sortant de la forêt, les voilà enveloppés d'un détachement de maréchaussée[1].

» Je m'en rapporte à ce que m'en a dit la charbonnière ; mais il est inouï que deux hommes à pied aient pu tenir contre une vingtaine d'hommes à cheval : apparemment que ceux-ci étaient épars, et qu'ils voulaient se saisir de leur proie en vie. Quoi qu'il en soit, l'action fut très chaude ; il y eut cinq chevaux d'estropiés, et sept cavaliers de hachés ou sabrés. Le pauvre charbonnier resta mort sur la place d'un coup de feu à la tempe : Félix regagna la forêt ; et comme il est d'une agilité incroyable, il courait d'un endroit à l'autre ; en courant, il chargeait son fusil, tirait, donnait un coup de sifflet. Ces coups de sifflet, ces coups de fusil donnés, tirés à différents intervalles et de différents côtés, firent craindre aux cavaliers de maréchaussée qu'il n'y eût là une horde de contrebandiers, et ils se retirèrent en diligence.

» Lorsque Félix les vit éloignés il revint sur le champ de bataille ; il mit le cadavre du charbonnier sur ses épaules, et reprit le chemin de la cabane, où la charbonnière et ses enfants dormaient encore. Il s'arrête à la porte ; il étend le cadavre à ses pieds, et s'assied le dos appuyé contre un arbre, et le visage tourné vers l'entrée de la cabane. Voilà le spectacle qui attendait la charbonnière au sortir de sa baraque.

» Elle s'éveille ; elle ne trouve point son mari à côté d'elle ; elle cherche des yeux Félix ; point de Félix. Elle se lève ; elle sort ; elle voit ; elle crie ; elle tombe à la renverse. Ses enfants accourent, ils voient ; ils crient ; ils se roulent sur leur père ; ils se roulent sur leur mère. La charbonnière, rappelée à elle-même par le tumulte et les cris de ses enfants, s'arrache les cheveux, se déchire les joues ; Félix immobile au pied de son arbre, les yeux fermés, la tête renversée en arrière, leur disait d'une voix éteinte : Tuez-moi[1]. Il se faisait un moment de silence ; ensuite la douleur et les cris reprenaient, et Félix leur redisait : Tuez-moi ; enfants, par pitié, tuez-moi.

» Ils passèrent ainsi trois jours et trois nuits à se désoler ; le quatrième, Félix dit à la charbonnière : Femme, prends ton bissac, mets-y du pain, et suis-moi. Après un long circuit à travers nos montagnes et nos forêts, ils arrivèrent à la maison d'Olivier, qui est située, comme vous savez, à l'extrémité du bourg, à l'endroit où la voie se partage en deux routes, dont l'une conduit en Franche-Comté, et l'autre en Lorraine.

» C'est là que Félix va apprendre la mort d'Olivier, et se trouver entre les veuves de deux hommes massacrés à son sujet. Il entre, et dit brusquement à la femme Olivier : Où est Olivier ? Au silence de cette femme, à son vêtement, à ses pleurs, il comprit qu'Olivier n'était plus. Il se trouva mal ; il tomba, et se fendit la tête contre la huche à pétrir le pain. Les deux veuves le relèvent ; son sang coulait sur elles ; et tandis qu'elles s'occupaient à l'étancher avec leurs tabliers, il leur disait : Et vous êtes leurs femmes, et vous me secourez ! Puis il défaillait, puis il revenait, et disait en soupirant : Que ne me laissait-il ? Pour-

quoi s'en venir à Reims ? Pourquoi l'y laisser venir ?...
Puis sa tête se perdait ; il entrait en fureur ; il se roulait à terre, et déchirait ses vêtements. Dans un de ces accès il tira son sabre, et il allait s'en frapper ; mais les deux femmes se jetèrent sur lui, crièrent au secours ; les voisins accoururent. On le lia avec des cordes, et il fut saigné sept à huit fois[1] ; sa fureur tomba avec l'épuisement de ses forces, et il resta comme mort pendant trois ou quatre jours, au bout desquels la raison lui revint. Dans le premier moment il tourna ses yeux autour de lui, comme un homme qui sort d'un profond sommeil, et il dit : Où suis-je ? Femmes, qui êtes-vous ? La charbonnière lui répondit : Je suis la charbonnière. Il reprit : Ah ! oui, la charbonnière... Et vous ?... La femme d'Olivier se tut. Alors il se mit à pleurer ; il se tourna du côté de la muraille, et dit en sanglotant : Je suis chez Olivier... ce lit est celui d'Olivier... et cette femme qui est là, c'était la sienne ! Ah !

» Ces deux femmes en eurent tant de soin, elles lui inspirèrent tant de pitié, elles le prièrent si instamment de vivre, elles lui remontrèrent d'une manière si touchante, qu'il était leur unique ressource, qu'il se laissa persuader.

» Pendant tout le temps qu'il resta dans cette maison, il ne se coucha plus. Il sortait la nuit, il errait dans les champs, il se roulait sur la terre, il appelait Olivier ; une des femmes le suivait et le ramenait au point du jour.

» Plusieurs personnes le savaient dans la maison d'Olivier ; et parmi ces personnes, il y en avait de mal intentionnées[2]. Les deux veuves l'avertirent du péril qu'il courait. C'était une après-midi ; il était assis sur un banc, son sabre sur ses genoux, les coudes appuyés sur une table, et ses deux poings sur ses deux yeux. D'abord il ne répondit rien. La femme Olivier avait un garçon de dix-sept à dix-huit ans ; la charbonnière une fille de quinze. Tout à coup il dit à la charbonnière : La charbonnière ! va chercher ta fille, et amène-la ici. Il avait quelques fauchées[1] de prés, il les vendit. La charbonnière revint avec sa fille : le fils d'Olivier l'épousa. Félix leur donna l'argent de ses prés, les embrassa, leur demanda pardon en pleurant ; et ils allèrent s'établir dans la cabane où ils sont encore, et où ils servent de père et de mère aux autres enfants. Les deux veuves demeurèrent ensemble ; et les enfants d'Olivier eurent un père et deux mères[2].

» Il y a à peu près un an et demi que la charbonnière est morte ; la femme d'Olivier la pleure encore tous les jours.

» Un soir qu'elles épiaient Félix, car il y en avait une des deux qui le gardait toujours à vue, elles le virent qui fondait en larmes ; il tournait en silence ses bras vers la porte qui le séparait d'elles, et il se remettait ensuite à faire son sac. Elles ne lui dirent rien ; car elles comprenaient de reste combien son départ était nécessaire. Ils soupèrent tous les trois sans parler : la nuit il se leva ; les femmes ne dormaient point ; il s'avança vers la porte sur la pointe des pieds. Là il s'arrêta, regarda vers le lit des deux femmes, essuya ses yeux de ses mains, et sortit. Les deux femmes se serrèrent dans les bras l'une de l'autre, et passèrent le reste de la nuit à pleurer. On ignore où il se réfugia ; mais il n'y a guère eu de semaines où il ne leur ait envoyé quelque secours.

» La forêt où la fille de la charbonnière vit avec le fils d'Olivier, appartient à un M. Le Clerc de Rançonnières, homme fort riche, et seigneur d'un autre village de ces cantons, appelé Courcelles[1]. Un jour que M. de Rançonnières ou de Courcelles, comme il vous plaira, faisait une chasse dans sa forêt, il arriva à la cabane du fils d'Olivier : il y entra ; il se mit à jouer avec les enfants, qui sont jolis ; il les questionna ; la figure de la femme, qui n'est pas mal, lui revint ; le ton ferme du mari, qui tient beaucoup de son père, l'intéressa ; il apprit l'aventure de leurs parents : il promit de solliciter la grâce de Félix ; il la sollicita et l'obtint.

» Félix passa au service de M. de Rançonnières, ce qui lui donna une place de garde-chasse[2].

» Il y avait environ deux ans qu'il vivait dans le château de Rançonnières, envoyant aux veuves une bonne partie de ses gages, lorsque l'attachement à son maître, et la fierté de son caractère l'impliquèrent dans une affaire qui n'était rien dans son origine, mais qui eut les suites les plus fâcheuses.

» M. de Rançonnières avait pour voisin à Courcelles un M. Fourmont, conseiller au présidial de Lh...[3]. Les deux maisons n'étaient séparées que par une borne. Cette borne gênait la porte de M. de Rançonnières, et en rendait l'entrée difficile aux voitures. M. de Rançonnières la fit reculer de quelques pieds du côté de M. Fourmont ; celui-ci renvoya la borne d'autant sur M. de Rançonnières, et puis voilà de la haine, des insultes, un procès entre les deux voisins. Le procès de la borne en suscita deux ou trois autres plus considérables. Les choses en étaient là, lorsqu'un soir M. de Rançonnières, revenant de la chasse, accompagné de son garde Félix, fit rencontre sur le grand chemin de M. Fourmont le magistrat, et de son frère le militaire. Celui-ci dit à son frère : Mon frère, si l'on coupait le visage à ce vieux bouc-là, qu'en pensez-vous ? Ce propos ne fut pas entendu de M. de Rançonnières ; mais il le fut malheureusement de Félix, qui s'adressant fièrement au jeune homme, lui dit : Mon officier, seriez-vous assez brave pour vous mettre seulement en devoir de faire ce que vous avez dit ? Au même instant il pose son fusil à terre, et met la main sur la garde de son sabre ; car il n'allait jamais sans son sabre. Le jeune militaire tire son épée, s'avance sur Félix ; M. de Rançonnières accourt, s'interpose, saisit son garde. Cependant le militaire s'empare du fusil qui était à terre, tire sur Félix, le manque ; celui-ci riposte d'un coup de sabre, fait tomber l'épée de la main au jeune homme, et avec l'épée la moitié du bras : et voilà un procès criminel en sus de trois ou quatre procès civils ; Félix confiné dans les prisons, une procédure effrayante, et à la suite de cette procédure un magistrat dépouillé de son état, et presque déshonoré, un militaire exclus de son corps, M. de Rançonnières mort de chagrin, et Félix, dont la détention durait toujours, exposé à tout le ressentiment des Fourmont. Sa fin eût été malheureuse, si l'amour ne l'eût secouru. La fille du geôlier prit de la passion pour lui, et facilita son évasion. Si cela n'est pas vrai, c'est du moins l'opinion publique[1]. Il s'en est allé en Prusse, où il sert aujourd'hui dans le régiment des gardes. On dit qu'il y est aimé de ses camarades, et même connu du roi. Son nom de guerre est *le Triste*. La veuve Olivier m'a dit qu'il continuait à la soulager.

» Voilà, madame, tout ce que j'ai pu recueillir de l'histoire de Félix. Je joins à mon récit une lettre de M. Papin, notre curé[2] : je ne sais ce qu'elle contient ;

mais je crains bien que le pauvre prêtre, qui a la tête un peu étroite et le cœur assez mal tourné, ne vous parle d'Olivier et de Félix, d'après ses préventions [1]. Je vous conjure, madame, de vous en tenir aux faits, sur la vérité desquels vous pouvez compter, et à la bonté de votre cœur, qui vous conseillera mieux que le premier casuiste de Sorbonne, qui n'est pas M. Papin. »

LETTRE

*De M. PAPIN, docteur en théologie,
et curé de Sainte-Marie, à Bourbonne.*

J'ignore, madame, ce que M. le subdélégué a pu vous conter d'Olivier et de Félix, ni quel intérêt vous pouvez prendre à deux brigands, dont tous les pas dans ce monde ont été trempés de sang. La providence qui a châtié l'un, a laissé à l'autre quelque moment de répit, dont je crains bien qu'il ne profite pas. Mais que la volonté de Dieu soit faite! Je sais qu'il y a des gens ici, et je ne serais point étonné que M. le subdélégué fût de ce nombre, qui parlent de ces deux hommes comme de modèles d'une amitié rare. Mais qu'est-ce aux yeux de Dieu que la plus sublime vertu dénuée des sentiments de la piété, du respect dû à l'Église et à ses ministres, et de la soumission à la loi du souverain? Olivier est mort à la porte de sa maison, sans sacrements. Quand je fus appelé auprès de Félix chez les deux veuves, je n'en pus jamais tirer autre chose que le nom d'Olivier; aucun signe de religion, aucune marque de repentir. Je n'ai pas mémoire que celui-ci se soit présenté une fois au tribunal de la pénitence. La femme Olivier est une arrogante qui m'a manqué en plus d'une occasion. Sous prétexte qu'elle sait lire et écrire, elle se croit en état d'élever ses enfants ; et on ne les voit ni aux écoles de la paroisse, ni à mes instructions. Que madame juge, d'après cela, si des gens de cette espèce sont bien dignes de ses bontés ! L'évangile ne cesse de nous recommander la commisération pour les pauvres ; mais on double le mérite de sa charité par un bon choix des misérables, et personne ne connaît mieux les vrais indigents que le pasteur commun des indigents et des riches. Si madame daignait m'honorer de sa confiance, je placerais peut-être les marques de sa bienfaisance d'une manière plus utile pour les malheureux, et plus méritoire pour elle.

    Je suis avec respect, etc.

Madame de *** remercia M. le subdélégué Aubert de son attention, et envoya ses aumônes à M. Papin, avec le billet qui suit :

« Je vous suis très obligée, monsieur, de vos sages conseils. Je vous avoue que l'histoire de ces deux hommes m'avait touchée ; et vous conviendrez que l'exemple d'une amitié aussi rare, était bien fait pour séduire une âme honnête et sensible. Mais vous m'avez éclairée, et j'ai conçu qu'il valait mieux porter ses secours à des vertus chrétiennes et malheureuses, qu'à des vertus naturelles et païennes. Je vous prie d'accepter la somme modique que je vous envoie, et de la distribuer d'après une charité mieux entendue que la mienne.

    J'ai l'honneur d'être, etc. »

On pense bien que la veuve Olivier et Félix n'eurent aucune part aux aumônes de madame de ***. Félix mourut; et la pauvre femme aurait péri de misère avec ses enfants, si elle ne s'était réfugiée dans la forêt chez son fils aîné où elle travaille, malgré son grand âge, et subsiste comme elle peut, à côté de ses enfants et de ses petits-enfants[1].

Et puis il y a trois sortes de contes... Il y en a bien davantage, me direz-vous... À la bonne heure... Mais je distingue le conte à la manière d'Homère, de Virgile, du Tasse, et je l'appelle le conte merveilleux. La nature y est exagérée; la vérité y est hypothétique; et si le conteur a bien gardé le module[2] qu'il a choisi, si tout répond à ce module et dans les actions et dans les discours, il a obtenu le degré de perfection que le genre de son ouvrage comportait, et vous n'avez rien de plus à lui demander. En entrant dans son poème, vous mettez le pied dans une terre inconnue, où rien ne se passe comme dans celle que vous habitez, mais où tout se fait en grand, comme les choses se font autour de vous en petit... Il y a le conte plaisant, à la façon de La Fontaine, de Vergier, de l'Arioste, d'Hamilton[3], où le conteur ne se propose ni l'imitation de la nature, ni la vérité, ni l'illusion; il s'élance dans les espaces imaginaires. Dites à celui-ci: Soyez gai, ingénieux, varié, original, même extravagant, j'y consens; mais séduisez-moi par les détails: que le charme de la forme me dérobe toujours l'invraisemblance du fond; et si ce conteur fait ce que vous en exigez ici, il a tout fait... Il y a enfin le conte historique, tel qu'il est écrit dans les nouvelles de Scarron, de Cervantès[4], etc... Au diable le conte et le conteur historique! C'est un menteur plat et froid... Oui, s'il ne sait pas son métier. Celui-ci se propose de vous tromper, il est assis au coin de votre âtre; il a pour objet la vérité rigoureuse; il veut être cru: il veut intéresser, toucher, entraîner, émouvoir, faire frissonner la peau et couler les larmes; effets qu'on n'obtient point sans éloquence et sans poésie. Mais l'éloquence est une source de mensonge, et rien de plus contraire à l'illusion que la poésie; l'une et l'autre exagèrent, surfont, amplifient, inspirent la méfiance. Comment s'y prendra donc ce conteur-ci pour vous tromper? Le voici: il parsèmera son récit de petites circonstances si liées à la chose, de traits si simples, si naturels, et toutefois si difficiles à imaginer, que vous serez forcé de vous dire en vous-même: Ma foi, cela est vrai; on n'invente pas ces choses-là. C'est ainsi qu'il sauvera l'exagération de l'éloquence et de la poésie; que la vérité de la nature couvrira le prestige[1] de l'art, et qu'il satisfera à deux conditions qui semblent contradictoires, d'être en même temps historien et poète, véridique et menteur. Un exemple emprunté d'un autre art, rendra peut-être plus sensible ce que je veux vous dire. Un peintre exécute sur la toile une tête; toutes les formes en sont fortes, grandes et régulières; c'est l'ensemble le plus parfait et le plus rare. J'éprouve, en le considérant, du respect, de l'admiration, de l'effroi; j'en cherche le modèle dans la nature, et ne l'y trouve pas; en comparaison tout y est faible, petit et mesquin. C'est une tête idéale, je le sens; je me le dis... Mais que l'artiste me fasse apercevoir au front de cette tête une cicatrice légère, une verrue à l'une de ses tempes, une coupure imperceptible à la lèvre inférieure, et d'idéale qu'elle était, à l'instant la tête devient un portrait ; une marque de petite vérole[1] au coin de l'œil ou à côté du nez, et ce visage de femme n'est plus celui de Vénus ; c'est le portrait de quelqu'une de mes voisines. Je dirai donc à nos conteurs historiques : Vos figures sont belles, si vous voulez ; mais il y manque la verrue à la tempe, la coupure à la lèvre, la marque de petite vérole à côté du nez qui les rendraient vraies ; et, comme disait mon ami Cailleau[2], un peu de poussière sur mes souliers, et je ne sors pas de ma loge, je reviens de la campagne.

Atque ita mentitur, sic veris falsa remiscet,
Primo ne medium, medio ne discrepet imum.

Hor. *Art. poet.* v. 151[3].

Et puis un peu de morale, après un peu de poétique, cela va si bien ! Félix était un gueux qui n'avait rien ; Olivier était un autre gueux qui n'avait rien : dites-en autant du charbonnier, de la charbonnière et des autres personnages de ce conte, et concluez qu'en général il ne peut guère y avoir d'amitiés entières et solides qu'entre des hommes qui n'ont rien : un homme alors est toute la fortune de son ami, et son ami est toute la sienne. De là la vérité de l'expérience que le malheur resserre les liens, et la matière d'un petit paragraphe de plus pour la première[4] édition du livre de l'esprit[5].

Ceci n'est pas un conte

Lorsqu'on fait un conte, c'est à quelqu'un qui l'écoute ; et pour peu que le conte dure, il est rare que le conteur ne soit interrompu quelquefois par son auditeur. Voilà pourquoi j'ai introduit dans le récit qu'on va lire, et qui n'est pas un conte ou qui est un mauvais conte, si vous vous en doutez, un personnage qui fasse à peu près le rôle du lecteur, et je commence.

───────────────

Et vous concluez de là ? — Qu'un sujet aussi intéressant devrait mettre toutes les têtes en l'air, défrayer pendant un mois tous les cercles de la ville, y être tourné et retourné jusqu'à l'insipidité, fournir à mille disputes, à vingt brochures au moins et à quelques centaines de pièces en vers pour et contre ; et qu'en dépit de toute la finesse, de toutes les connaissances, de tout l'esprit de l'auteur, puisque son ouvrage n'a excité aucune fermentation violente, il est médiocre et très médiocre. — Mais il me semble que nous lui devons pourtant une soirée assez agréable, et que cette lecture a amené... — Quoi ? Une litanie d'historiettes[1] usées qu'on se décochait de part et d'autre et qui ne disaient qu'une chose connue de toute éternité, c'est que l'homme et la femme sont deux bêtes très malfaisantes. — Cependant l'épidémie vous a gagné, et vous avez payé votre écot tout comme un autre. — C'est que bon gré, malgré qu'on en ait, on se prête au ton donné ; qu'en entrant dans une société, on arrange à la porte d'un appartement jusqu'à sa physionomie sur celles qu'on voit ; qu'on contrefait le plaisant quand on est triste ; le triste quand on serait tenté d'être plaisant ; qu'on ne veut être étranger à qui que ce soit ; que le littérateur politique ; que le politique métaphysique[1] ; que le métaphysicien moralise ; que le moraliste parle finance ; le financier, belles lettres ou géométrie ; que plutôt que d'écouter ou se taire, chacun bavarde de ce qu'il ignore, et que tous s'ennuient par sotte vanité ou par politesse. — Vous avez de l'humeur. — À mon ordinaire. — Et je crois qu'il est à propos que je réserve mon historiette pour un moment plus favorable. — C'est-à-dire que vous attendrez que je n'y sois pas. — Ce n'est pas cela. — Ou que vous craignez que je n'aie moins d'indulgence pour vous tête à tête que je n'en aurais pour un indifférent en société. — Ce n'est pas cela. — Ayez donc pour agréable de me dire ce que c'est. — C'est que mon historiette ne prouve pas plus que celles qui vous ont excédé. — Eh, dites toujours. — Non, non, vous en avez assez. — Savez-vous que de toutes les manières qu'ils ont de me faire enrager la vôtre m'est la plus antipathique ? — Et quelle est la mienne ? — Celle d'être prié de la chose que vous mourez de faire. Eh bien, mon ami, je vous prie, je vous supplie de vouloir bien vous satisfaire. — Me satisfaire ! — Commencez, pour dieu, commencez. — Je tâcherai d'être court. — Cela n'en sera pas plus mal. — Ici, un peu par malice, je toussai, je crachai, je pris mon mouchoir, je me mouchai, j'ouvris ma tabatière, je pris une prise de tabac, et j'entendais mon homme qui disait entre ses dents : si l'histoire est courte, les préliminaires sont longs. Il me prit envie d'appeler un domestique sous prétexte de quelque commission ; mais je n'en fis rien et je dis.

Ceci n'est pas un conte.

Il faut avouer qu'il y a des hommes bien bons et des femmes bien méchantes. — *C'est ce qu'on voit tous les jours et quelquefois sans sortir de chez soi. Après.* — Après ? J'ai connu une Alsacienne belle, mais belle à faire accourir les vieillards et à arrêter tout court les jeunes gens[1]. — *Et moi aussi je l'ai connue, elle s'appelait Mme Reymer.* — Il est vrai. Un nouveau débarqué de Nancy, appelé Tanié, en devint éperdument amoureux. Il était pauvre. C'était un de ces enfants perdus[2] que la dureté des parents qui ont une famille nombreuse chasse de la maison et qui se jettent dans le monde, sans savoir ce qu'ils deviendront, par un instinct qui leur dit qu'ils n'y auront pas un destin pire que celui qu'ils fuient. Tanié, amoureux de Mme Reymer, exalté par une passion qui soutenait son courage et ennoblissait à ses yeux toutes ses actions, se soumettait sans répugnance aux plus pénibles et aux plus viles, pour soulager la misère de son amie. Le jour il allait travailler sur les ports ; à la chute du jour il mendiait dans les rues. — *Cela était fort beau, mais cela ne pouvait durer.* — Aussi Tanié, las ou de lutter contre le besoin ou plutôt de retenir dans le besoin une femme charmante obsédée[1] d'hommes opulents qui la pressaient de chasser ce gueux de Tanié, — *Ce qu'elle aurait fait quinze jours, un mois plus tard.* — et d'accepter leurs richesses, résolut de la quitter et d'aller tenter la fortune au loin. Il sollicite, il obtient son passage[2] sur un vaisseau de roi. Le moment de son départ est venu ; il va prendre congé de Mme Reymer. Mon amie, lui dit-il, je ne saurais abuser plus longtemps de votre tendresse. J'ai pris mon parti, je m'en vais. « Vous vous en allez. » Oui. « Et où allez-vous ? » Aux Îles[3]. Vous êtes digne d'un autre sort, et je ne saurais l'éloigner plus longtemps. — *Le bon Tanié !* — « Et que voulez-vous que je devienne ? » — *La traîtresse !* — Vous êtes environnée de gens qui cherchent à vous plaire Je vous rends vos promesses. Je vous rends vos serments. Voyez quel est celui de ces prétendants qui vous est le plus agréable. Acceptez-le, c'est moi qui vous en conjure. « Ah, Tanié, c'est vous qui me proposez »... — *Je vous dispense de la pantomime de Mme Reymer ; je la vois, je la sais.* — En m'éloignant, la seule grâce que j'exige de vous, c'est de ne former aucun engagement qui nous sépare à jamais. Jurez-le-moi, ma belle amie. Quelle que soit la contrée de la terre que j'habiterai, il faudra que j'y sois bien malheureux s'il se passe une année sans vous donner des preuves certaines de mon tendre attachement. Ne pleurez pas. — *Elles pleurent toutes quand elles veulent*[4]. — Et ne combattez pas un projet que les reproches de mon cœur m'ont enfin inspiré, et auquel ils ne tarderaient pas à me ramener. Et voilà Tanié parti pour Saint-Domingue. — *Et parti tout à temps pour Mme Reymer et pour lui.* — Qu'en savez-vous ? — *Je sais tout aussi bien qu'on peut le savoir que quand Tanié*

lui conseilla de faire un choix, il était fait. — Bon!
— *Continuez votre récit.* — Tanié avait de l'esprit et une grande aptitude aux affaires. Il ne tarda pas d'être connu. Il entra au Conseil souverain du Cap. Il s'y distingua par ses lumières et par son équité. Il n'ambitionnait pas une grande fortune, il ne la désirait qu'honnête et rapide. Chaque année il en envoyait une portion à Mme Reymer. Il revint au bout... — *De neuf à dix ans. Non, je ne crois pas que son absence ait été plus longue.* — Présenter à son amie un petit portefeuille qui renfermait le produit de ses vertus et de ses travaux. — *Et heureusement pour Tanié, ce fut au moment où elle venait de se séparer du dernier des successeurs de Tanié.* — Du dernier? — *Oui.* — Elle en avait donc eu plusieurs? — *Assurément. Allez, allez.* — Mais je n'ai peut-être rien à vous dire que vous ne sachiez mieux que moi. — *Qu'importe; allez toujours.* — Mme Reymer et Tanié occupaient un assez beau logement rue Sainte-Marguerite, à ma porte[1]. Je faisais grand cas de Tanié, et je fréquentais sa maison qui était sinon opulente, du moins fort aisée. — *Je puis vous assurer, moi, sans avoir compté avec la Reymer, qu'elle avait mieux de quinze mille livres de rente[2] avant le retour de Tanié.* — À qui elle dissimulait sa fortune? — *Oui.* — Et pourquoi? — *Parce qu'elle était avare et rapace.* — Passe pour rapace, mais avare! Une courtisane avare[3]! Il y avait cinq à six ans que ces deux amants vivaient dans la meilleure intelligence. — *Grâce à l'extrême finesse de l'un et à la confiance sans borne de l'autre.* — Oh, il est vrai qu'il était impossible à l'ombre d'un soupçon d'entrer dans une âme aussi pure que celle de Tanié. La seule chose dont je me sois quelquefois aperçu, c'est que

Mme Reymer avait bientôt oublié sa première indigence ; qu'elle était tourmentée de l'amour du faste et de la richesse ; qu'elle était humiliée qu'une aussi belle femme allât à pied[1]. — *Que n'allait-elle en carrosse ?* — Et que l'éclat du vice lui en dérobait la bassesse. Vous riez ?... Ce fut alors que M. de Maurepas forma le projet d'établir au Nord une maison de commerce[2]. Le succès de cette entreprise demandait un homme actif et intelligent. Il jeta les yeux sur Tanié à qui il avait confié la conduite de plusieurs affaires importantes pendant son séjour au Cap, et qui s'en était toujours acquitté à la satisfaction du ministre. Tanié fut désolé de cette marque de distinction ; il était si content, si heureux à côté de sa belle amie ; il était ou se croyait aimé. — *C'est bien dit.* — Qu'est-ce que l'or pouvait ajouter à son bonheur ? Rien. Cependant le ministre insistait ; il fallait se déterminer, il fallait s'ouvrir à Mme Reymer. J'arrivai chez lui précisément sur la fin de cette scène fâcheuse. Le pauvre Tanié fondait en larmes. Qu'avez-vous donc, lui dis-je, mon ami ? Il me dit en sanglotant : C'est cette femme. Mme Reymer travaillait tranquillement à un métier de tapisserie. Tanié se leva brusquement et sortit. Je restai seul avec son amie qui ne me laissa pas ignorer ce qu'elle qualifiait de la déraison de Tanié. Elle m'exagéra la modicité de son état ; elle mit à son plaidoyer tout l'art dont un esprit délié sait pallier les sophismes de l'ambition. « De quoi s'agit-il ? D'une absence de deux ou trois ans au plus. » C'est bien du temps pour un homme que vous aimez et qui vous aime autant que lui. « Lui, il m'aime ! S'il m'aimait, balancerait-il à me satisfaire ? » Mais, madame, que ne le suivez-vous ? « Moi, je ne vais point là, et tout extravagant qu'il est, il ne s'est point avisé de me le proposer. Doute-t-il de moi ? » Je n'en crois rien. « Après l'avoir attendu pendant douze ans, il peut bien s'en reposer deux ou trois ans sur ma bonne foi. Monsieur, c'est que c'est une de ces occasions singulières qui ne se présentent qu'une fois dans la vie, et je ne veux pas qu'il ait un jour à se repentir et à me reprocher peut-être de l'avoir manquée. » Tanié ne regrettera rien, tant qu'il aura le bonheur de vous plaire. « Cela est fort honnête, mais soyez sûr qu'il sera très content d'être riche, quand je serai vieille. Le travers des femmes est de ne jamais penser à l'avenir, ce n'est pas le mien »... Le ministre était à Paris ; de la rue Sainte-Marguerite à son hôtel il n'y avait qu'un pas : Tanié y était allé et s'était engagé. Il rentra l'œil sec, mais l'âme serrée. Madame, lui dit-il, j'ai vu M. de Maurepas ; il a ma parole, je m'en irai, je m'en irai et vous serez satisfaite. Ah, mon ami ! Mme Reymer écarte son métier[1], s'élance vers Tanié, jette ses bras autour de son cou, l'accable de caresses et de propos doux. Ah, c'est pour cette fois que je vois que je vous suis chère ! Tanié lui répondit froidement : Vous voulez être riche. — *Elle l'était la coquine, dix fois plus qu'elle ne le méritait.* — Et vous le serez. Puisque c'est l'or que vous aimez, il faut aller vous chercher de l'or. C'était le mardi, et le ministre avait fixé son départ au vendredi sans délai. J'allai lui faire mes adieux au moment où il luttait avec lui-même, où il tâchait de s'arracher des bras de la belle, indigne et cruelle Reymer. C'était un désordre d'idées, un désespoir, une agonie[2] dont je n'ai jamais vu un second exemple. Ce n'était pas de la plainte, c'était un long cri. Mme Reymer était encore au lit ;

il tenait une de ses mains. Il ne cessait de dire et de répéter : cruelle femme. Femme cruelle ! Que te faut-il de plus que l'aisance dont tu jouis, et un ami, un amant tel que moi ? J'ai été lui chercher la fortune dans les contrées brûlantes de l'Amérique, elle veut que j'aille la lui chercher encore au milieu des glaces du Nord. Mon ami, je sens que cette femme est folle ; je sens que je suis un insensé, mais il m'est moins affreux de mourir que de la contrister. Tu veux que je te quitte, je vais te quitter. Il était à genoux au bord de son lit, la bouche collée sur sa main et le visage caché dans les couvertures qui en étouffant son murmure, ne le rendait que plus triste et plus effrayant. La porte de la chambre s'ouvrit, il releva brusquement la tête ; il vit le postillon qui venait lui annoncer que les chevaux étaient à la chaise. Il fit un cri et recacha son visage sur les couvertures. Après un moment de silence il se leva ; il dit à son amie : Embrassez-moi, madame, embrassez-moi encore une fois, car tu ne me reverras plus. Son pressentiment n'était que trop vrai. Il partit ; il arriva à Pétersbourg, et trois jours après il fut attaqué d'une fièvre dont il mourut le quatrième. — *Je savais tout cela.* — Vous avez peut-être été un des successeurs de Tanié ? — *Vous l'avez dit, et c'est avec cette belle abominable que j'ai dérangé mes affaires.* — Ce pauvre Tanié ! — *Il y a des gens dans le monde qui vous diraient que c'est un sot.* — Je ne le défendrai pas, mais je souhaiterais au fond de mon cœur que leur mauvais destin les adresse à une femme aussi belle et aussi artificieuse que Mme Reymer. — *Vous êtes cruel dans vos vengeances.* — Et puis s'il y a des femmes très méchantes et des hommes très bons, il y a aussi des femmes très bonnes et des hommes très méchants; et ce que je vais ajouter n'est pas plus un conte que ce qui précède[1]. — *J'en suis convaincu.*

M. d'Hérouville[2]. — *Celui qui vit encore, le Lieutenant général des armées du Roi, celui qui épousa cette charmante créature appelée Lolotte?*[3] — Lui-même. — *C'est un galant homme, ami des sciences.* — Et des savants. Il s'est longtemps occupé d'une histoire générale de la guerre dans tous les siècles et chez toutes les nations[4]. — *Le projet est vaste.* — Pour le remplir il avait appelé autour de lui quelques jeunes gens d'un mérite distingué, tels que M. de Montucla, l'auteur de l'histoire des mathématiques[5]. — *Diable! En avait-il beaucoup de cette force-là?* — Mais celui qui se nommait Gardeil[6], le héros de l'aventure que je vais vous raconter, ne lui cédait guère dans sa partie. Une fureur commune pour l'étude de la langue grecque commença entre Gardeil et moi une liaison que le temps, la réciprocité des conseils, le goût de la retraite, et surtout la facilité de se voir, conduisirent à une assez grande intimité. — *Vous demeuriez alors à l'Estrapade.* — Lui, rue Saint-Hyacinthe, et son amie, Mlle de La Chaux, place Saint-Michel[7]. Je la nomme de son propre nom, parce que la pauvre malheureuse n'est plus, parce que sa vie ne peut que l'honorer dans tous les esprits bien faits, et lui mériter l'admiration, les regrets et les larmes de ceux que nature aura favorisés, ou punis d'une petite portion de la sensibilité de son âme. — *Mais votre voix s'entrecoupe, et je crois que vous pleurez.* — Il me semble que je vois encore ses grands yeux noirs, brillants et doux, et que le son de sa voix touchante retentisse dans mon oreille et trouble mon cœur. Créature charmante ! Créature unique ! Tu n'es plus. Il y a près de vingt ans que tu n'es plus, et mon cœur se serre encore à ton souvenir. — *Vous l'avez aimée ?* — Non. Ô La Chaux ! Ô Gardeil ! Vous fûtes l'un et l'autre deux prodiges, vous de la tendresse de la femme, vous de l'ingratitude de l'homme. Mlle de La Chaux était d'une famille honnête ; elle quitta ses parents pour se jeter entre les bras de Gardeil. Gardeil n'avait rien ; Mlle de La Chaux jouissait de quelque bien, et ce bien fut entièrement sacrifié aux besoins et aux fantaisies de Gardeil. Elle ne regretta ni sa fortune dissipée ni son honneur flétri ; son amant lui tenait lieu de tout. — *Ce Gardeil était donc bien séduisant, bien aimable ?* — Point du tout. Un petit homme, bourru, taciturne et caustique, le visage sec, le teint basané, en tout une figure mince et chétive ; laid, si un homme peut l'être avec la physionomie de l'esprit. — *Et voilà ce qui avait renversé la tête à une fille charmante ?* — Et cela vous surprend ? — *Toujours.* — Vous ? — *Moi.* — Mais vous ne vous rappelez donc plus votre aventure avec la Deschamps[1] et le profond désespoir où vous tombâtes, lorsque cette créature vous ferma sa porte ? — *Laissons cela ; continuez.* — Je vous disais : Elle est donc bien belle, et vous me répondiez tristement : Non[2]. Elle a donc bien de l'esprit ? C'est une sotte. Ce sont donc ses talents qui vous entraînent ? Elle n'en a qu'un. Et ce rare, ce sublime, ce merveilleux talent ? C'est de me rendre plus heureux entre ses bras que je ne le fus jamais entre les bras d'aucune autre femme. — *Mais Mlle de La Chaux ?* — L'honnête, la sensible Mlle de La Chaux se promettait secrètement, d'instinct, à son insu, le bonheur que vous connaissiez et qui vous faisait dire de la Deschamps : Si cette malheureuse, si cette infâme s'obstine à me chasser de chez elle, je prends un pistolet et je me brûle la cervelle dans son antichambre. L'avez-vous dit ou non ? — *Je l'ai dit, et même à présent je ne sais pas pourquoi je ne l'ai pas fait.* — Convenez donc. — *Je conviens de tout ce qu'il vous plaira.* — Mon ami, le plus sage d'entre nous est bienheureux de n'avoir pas rencontré la femme belle ou laide, spirituelle ou sotte qui l'aurait rendu fou à enfermer aux petites maisons. Plaignons beaucoup les hommes, blâmons-les sobrement, regardons nos années passées comme autant de moments dérobés à la méchanceté qui nous suit ; et ne pensons jamais qu'en tremblant à la violence de certains attraits de nature, surtout pour les âmes chaudes et les imaginations ardentes. L'étincelle qui tombe fortuitement sur un baril de poudre ne produit pas un effet plus terrible. Le doigt prêt à secouer sur vous ou sur moi cette fatale étincelle, est peut-être levé[1].

M. d'Hérouville jaloux d'accélérer son ouvrage, excédait de fatigue ses coopérateurs[2]. La santé de Gardeil en fut altérée. Pour alléger sa tâche, Mlle de La Chaux apprit l'hébreu, et tandis que son ami reposait, elle passait une partie de la nuit à interpréter et transcrire des lambeaux d'auteurs hébreux. Le temps de dépouiller les auteurs grecs arriva ; Mlle de La Chaux se hâta de se perfectionner dans cette langue dont elle avait déjà quelque teinture, et tandis que Gardeil dormait, elle était occupée à traduire et à copier des passages de Xénophon et de Thucydide[3]. À la connaissance du grec et de l'hébreu elle joignit celle de l'italien et de l'anglais. Elle posséda l'anglais au point de rendre en français les premiers essais de métaphysique de M. Hume, ouvrage où la difficulté de la matière ajoutait infiniment à celle de l'idiome¹. Lorsque l'étude avait épuisé ses forces, elle s'amusait à graver de la musique. Lorsqu'elle craignait que l'ennui ne s'emparât de son amant, elle chantait. Je n'exagère rien : j'en atteste M. Le Camus, docteur en médecine², qui l'a consolée dans ses peines et secourue dans son indigence ; qui lui a rendu les services les plus continus ; qui l'a suivie dans le grenier où sa pauvreté l'avait reléguée, et qui lui a fermé les yeux quand elle est morte. Mais j'oublie un de ses premiers malheurs ; c'est la longue persécution qu'elle eut à souffrir d'une famille indignée d'un attachement public et scandaleux. On employa et la vérité et le mensonge pour disposer de sa liberté d'une manière infamante. Ses parents et les prêtres la poursuivirent de quartier en quartier, de maison en maison, et la réduisirent plusieurs années à vivre seule et cachée. Elle passait les journées à travailler pour Gardeil ; nous lui apparaissions la nuit, et à la présence de son amant tout son chagrin, toute son inquiétude étaient évanouis. — *Quoi ? Jeune, pusillanime, sensible, au milieu de tant de traverses³ !* — Elle était heureuse. — *Heureuse !* — Oui, elle ne cessa de l'être que quand Gardeil fut ingrat. — *Mais il est impossible que l'ingratitude ait été la récompense de tant de qualités rares, tant de marques de tendresse, tant de sacrifices de toute espèce.* — Vous vous trompez ; Gardeil fut ingrat. Un jour Mlle de La Chaux se trouva seule dans ce monde, sans honneur, sans fortune, sans appui. Je vous en impose⁴ ; je lui restai pendant quelque temps : le docteur Le Camus lui resta toujours. — *Ô les hommes ! les hommes !* — De qui parlez-vous ? — *De*

Gardeil. — Vous regardez le méchant et vous ne voyez pas tout à côté l'homme de bien. Ce jour de douleur et de désespoir elle accourut chez moi. C'était le matin. Elle était pâle comme la mort. Elle ne savait son sort que de la veille, et elle offrait l'image des longues souffrances. Elle ne pleurait pas, mais on voyait qu'elle avait beaucoup pleuré. Elle se jeta dans un fauteuil. Elle ne parlait pas, elle ne pouvait parler. Elle me tendait les bras, et en même temps elle poussait des cris. Qu'est-ce qu'il y a, lui dis-je? Est-ce qu'il est mort? « C'est pis : il ne m'aime plus, il m'abandonne. » — *Allez donc*. — Je ne saurais. Je la vois, je l'entends, et mes yeux se remplissent des pleurs. Il ne vous aime plus! «Non. » Il vous abandonne! «Eh oui. Après tout ce que j'ai fait! Monsieur, ma tête s'embarrasse. Ayez pitié de moi. Ne me quittez pas ; surtout ne me quittez pas. » En prononçant ces mots elle m'avait saisi le bras qu'elle serrait fortement, comme s'il y avait eu près d'elle quelqu'un qui la menaçât de l'arracher et de l'entraîner. Ne craignez rien, mademoiselle. « Je ne crains que moi. » Que faut-il faire pour vous? « D'abord me sauver de moi-même. Il ne m'aime plus, je le fatigue, je l'excède, je l'ennuie, il me hait, il m'abandonne, il me laisse, il me laisse! » À ce mot répété succéda un silence profond, et à ce silence des éclats d'un rire convulsif plus effrayants mille fois que les accents du désespoir ou le râle de l'agonie. Ce furent ensuite des pleurs, des cris, des mots inarticulés, des regards tournés vers le ciel, des lèvres tremblantes, un torrent de douleurs qu'il fallait abandonner à son cours ; ce que je fis, et je ne commençai à m'adresser à sa raison que quand je vis son âme brisée et stupide. Alors je repris : Il vous hait, il vous laisse! et qui est-ce qui vous l'a dit? « Lui. » Allons, mademoiselle, un peu d'espérance et de courage; ce n'est pas un monstre. « Vous ne le connaissez pas, vous le connaîtrez. » Je ne saurais le croire. « Vous le verrez. » Est-ce qu'il aime ailleurs? « Non. » Ne lui avez-vous donné aucun soupçon, aucun mécontentement? « Aucun, aucun. » Qu'est-ce donc? « Mon inutilité. Je n'ai plus rien, je ne lui suis plus bonne à rien; son ambition, il a toujours été ambitieux; la perte de ma santé, celle de mes charmes, j'ai tant souffert et tant fatigué; l'ennui, le dégoût. » On cesse d'être amants, mais on reste amis. « Je suis devenue un objet insupportable; ma présence lui pèse, ma vue l'afflige et le blesse. Si vous saviez ce qu'il m'a dit. Oui, monsieur, il m'a dit que s'il était condamné à passer vingt-quatre heures avec moi, il se jetterait par les fenêtres. » Mais cette aversion n'a pas été l'ouvrage d'un moment. « Que sais-je? Il est naturellement si dédaigneux, si indifférent, si froid. Il est si difficile de lire au fond de ces âmes, et l'on a tant de répugnance à lire son arrêt de mort. Il me l'a prononcé, et avec quelle dureté! » Je n'y conçois rien. « J'ai une grâce à vous demander, et c'est pour cela que je suis venue. Me l'accorderez-vous? » Quelle qu'elle soit. « Écoutez; il vous respecte. Vous savez tout ce qu'il me doit. Peut-être rougira-t-il de se montrer à vous tel qu'il est. Non, je ne crois pas qu'il en ait ni le front ni la force. Je ne suis qu'une femme et vous êtes un homme. Un homme tendre, honnête et juste en impose. Vous lui en imposerez. Donnez-moi le bras, et ne me refusez pas de m'accompagnez chez lui. Je veux lui parler devant vous. Qui sait ce que ma douleur et votre présence pourront faire sur lui? Vous m'accompagnerez ? » Très volontiers. — *Je crains bien que sa douleur et votre présence n'y fassent que de l'eau claire. Le dégoût! C'est une terrible chose que le dégoût, en amour et d'une femme.* — J'envoyai chercher une chaise à porteur, car elle n'était guère en état de marcher. Nous arrivons chez Gardeil, à cette grande maison neuve, la seule qu'il y ait à droite, dans la rue Hyacinthe, en entrant par la place Saint-Michel. Là les porteurs arrêtent; ils ouvrent. J'attends, elle ne sort point. Je m'approche et je vois une femme saisie d'un tremblement universel, ses dents se frappaient comme dans le frisson de la fièvre, ses genoux se battaient l'un contre l'autre; un moment, monsieur, me dit-elle. Je vous demande pardon; je vous demande pardon, je ne saurais. Que vais-je faire là ? Je vous aurai dérangé de vos affaires inutilement. J'en suis fâchée. Je vous demande pardon. Cependant je lui tendais le bras; elle le prit, elle essaya de se lever, elle ne le put. Encore un moment, monsieur, me dit-elle. Je vous fais peine, vous pâtissez de mon état. Enfin elle se rassura un peu, et en sortant de la chaise elle ajouta tout bas : Il faut entrer, il faut le voir. Que sait-on ? J'y mourrai peut-être. Voilà la cour traversée, nous voilà à la porte de l'appartement, nous voilà dans le cabinet de Gardeil. Il était à son bureau en robe de chambre et en bonnet de nuit[1]. Il me fit un salut de la main et continua le travail qu'il avait commencé. Ensuite il vint à moi et me dit: Convenez, monsieur, que les femmes sont bien incommodes; je vous fais mille excuses des extravagances de Mademoiselle. Puis s'adressant à la pauvre créature qui était plus morte que vive : Mademoiselle, lui dit-il, que prétendez-vous encore de moi ? Il me semble qu'après la manière nette et précise dont je me suis expliqué, tout doit être fini entre nous. Je vous ai dit que je ne vous aimais plus ; je vous l'ai dit seul à seul ; votre dessein est apparemment que je vous le répète devant Monsieur. Eh bien, mademoiselle, je ne vous aime plus ; l'amour est un sentiment éteint dans mon cœur pour vous, et j'ajouterai, si cela peut vous consoler, pour toute autre femme. « Mais apprenez-moi pourquoi vous ne m'aimez plus. » Je l'ignore. Tout ce que je sais, c'est que j'ai commencé sans savoir pourquoi, et que je sens qu'il est impossible que cette passion revienne. C'est une gourme que j'ai jetée et dont je me crois et me félicite d'être parfaitement guéri. « Quels sont mes torts ? » Vous n'en avez aucun. « Auriez-vous quelque objection secrète à faire à ma conduite ? » Pas la moindre ; vous avez été la femme la plus constante, la plus tendre, la plus honnête qu'un homme pût désirer. « Ai-je omis quelque chose qu'il fût en mon pouvoir de faire ? » Rien. « Ne vous ai-je pas sacrifié mes parents ? » Il est vrai. « Ma fortune ? » J'en suis au désespoir. « Ma santé ? » Cela se peut. « Mon honneur, ma réputation, mon repos ? » Tout ce qu'il vous plaira. « Et je te suis odieuse ? » Cela est dur à dire, dur à entendre, mais puisque cela est, il faut en convenir. « Je lui suis odieuse ! » Je le sens et ne m'en estime pas davantage. « Odieuse ! Ah dieux. » À ces mots une pâleur mortelle se répandit sur son visage ; ses lèvres se décolorèrent ; les gouttes d'une sueur froide qui se formaient sur ses joues, se mêlaient aux larmes qui descendaient de ses yeux ; ils étaient fermés ; sa tête se renversa sur le dos de son fauteuil ; ses dents se serrèrent ; tous ses membres tressaillaient ; à ce tressaillement succéda une défaillance qui me parut l'accomplissement de l'espérance qu'elle avait conçue à la porte de cette maison[1]. La durée de cet état acheva de m'effrayer. Je lui ôtai son mantelet[2], je desserrai les cordons de sa robe, je relâchai ceux de ses jupons, et je lui jetai quelques gouttes d'eau fraîche sur le visage. Ses yeux se rouvrirent à demi, il se fit entendre un murmure sourd dans sa gorge; elle voulait prononcer: je lui suis odieuse, et elle n'articulait que les dernières syllabes du dernier mot. Puis elle poussait un cri aigu, ses paupières s'abaissaient, et l'évanouissement reprenait. Gardeil froidement assis dans son fauteuil, le coude appuyé sur sa table, et sa tête appuyée sur sa main, la regardait sans émotion et me laissait le soin de la secourir. Je lui dis à plusieurs reprises: Mais, monsieur, elle se meurt, il faudrait appeler. Il me répondit en souriant et haussant les épaules: Les femmes ne meurent pas pour si peu; cela n'est rien, cela se passera. Vous ne les connaissez pas, elles font de leur corps tout ce qu'elles veulent[3]. Elle se meurt, vous dis-je. En effet son corps était comme sans force et sans vie, il s'échappait de dessus son fauteuil, et elle serait tombée à terre de droite ou de gauche, si je ne l'avais retenue. Cependant Gardeil s'était levé brusquement, et en se promenant dans son appartement, il disait d'un ton d'impatience et d'humeur: Je me serais bien passé de cette maussade[4] scène, mais j'espère que ce sera la dernière. À qui diable en veut cette créature? Je l'ai aimée, je me battrais la tête contre le mur qu'il n'en serait ni plus ni moins. Je ne l'aime plus; elle le sait à présent ou elle ne le saura jamais. Tout est dit. «Non, monsieur, tout n'est pas dit. Quoi? Vous croyez qu'un homme de bien n'a qu'à dépouiller une femme de tout ce qu'elle a et la laisser ? » Que voulez-vous que je fasse, je suis aussi gueux qu'elle. « Ce que je veux que vous fassiez ? Que vous associez votre misère à celle où vous l'avez réduite. » Cela vous plaît à dire. Elle n'en serait pas mieux et j'en serais beaucoup plus mal. « En useriez-vous ainsi avec un ami qui vous aurait tout sacrifié ? » Un ami ! Je n'ai pas grande foi aux amis, et cette expérience m'a appris à n'en avoir aucune aux passions. Je suis fâché de ne l'avoir pas su plus tôt. « Et il est juste que cette malheureuse femme soit la victime de l'erreur de votre cœur ? » Et qui vous a dit qu'un mois, un jour plus tard je ne l'aurais pas été moi tout aussi cruellement de l'erreur du sien ? « Qui me l'a dit ? Tout ce qu'elle a fait pour vous et l'état où vous la voyez. » Ce qu'elle a fait pour moi ! Oh pardieu, il est acquitté de reste par la perte de mon temps. « Ah, monsieur Gardeil, quelle comparaison de votre temps et de toutes les choses sans prix que vous lui avez enlevées ! » Je n'ai rien fait, je ne suis rien, j'ai trente ans, il est temps ou jamais de penser à soi et d'apprécier toutes ces fadaises-là ce qu'elles valent. Cependant la pauvre demoiselle était un peu revenue à elle-même. À ces derniers mots elle reprit avec vivacité : Qu'a-t-il dit de la perte de son temps ? J'ai appris quatre langues pour le soulager dans ses travaux ; j'ai lu mille volumes ; j'ai écrit, traduit, copie les jours et les nuits. J'ai épuisé mes forces, usé mes yeux, brûlé mon sang ; j'ai contracté une maladie fâcheuse dont je ne guérirai peut-être jamais. La cause de son dégoût, il n'ose l'avouer, mais vous allez la connaître. À l'instant elle arrache son fichu[1], elle sort un de ses bras de sa robe, elle met son épaule à nu, et me montrant une tache érésipélateuse[2] : La raison de ce changement, la voilà, me dit-elle, la voilà. Voilà l'effet des nuits que j'ai veillées. Il arrivait le matin avec ses rouleaux de parchemin. M. d'Hérouville, me disait-il, est très pressé de savoir ce qu'il y a là-dedans, il faudrait que cette besogne fût faite demain, et elle l'était. Dans ce moment nous entendîmes le pas de quelqu'un qui s'avançait vers la porte. C'était un domestique qui annonçait l'arrivée de M. d'Hérouville. Gardeil en pâlit. J'invitai Mlle de La Chaux à se rajuster et à se retirer. Non, dit-elle, non, je reste, je veux démasquer l'indigne. J'attendrai M. d'Hérouville, je lui parlerai. « Et à quoi cela servira-t-il ? » À rien, me répondit-elle ; vous avez raison. « Demain vous en seriez désolée. Laissez-lui tous ses torts, c'est une vengeance digne de vous. » Mais est-elle digne de lui ? Est-ce que vous ne voyez pas que cet homme là n'est... Partons, monsieur, partons vite ; car je ne puis répondre ni de ce que je ferais ni de ce que je dirais. Mlle de La Chaux répara en un clin d'œil le désordre que cette scène avait mis dans ses vêtements, s'élança comme un trait hors du cabinet de Gardeil ; je la suivis et j'entendis la porte qui se fermait sur nous avec violence. Depuis j'ai appris qu'on avait donné son signalement au portier. Je la conduisis chez elle où je trouvai le docteur Le Camus qui nous attendait. La passion qu'il avait prise pour cette jeune fille différait peu de celle qu'elle ressentait pour Gardeil. Je lui fis le récit de notre visite, et tout à travers les signes de sa colère, de sa douleur, de son indignation... — *Il n'était pas trop difficile de démêler sur son visage que votre peu de succès ne lui déplaisait pas trop ?* — Il est vrai. — *Voilà l'homme ; il n'est pas meilleur que cela.* — Cette rupture fut suivie d'une maladie violente pendant laquelle le bon, l'honnête, le tendre et délicat docteur lui rendit des soins qu'il n'aurait pas eus pour la plus grande dame de France. Il venait trois, quatre fois par jour. Tant qu'il y eut du péril, il coucha dans sa chambre sur un lit de sangle. C'est un bonheur qu'une maladie dans les grands chagrins. — *En nous rapprochant de nous, elle écarte le souvenir des autres, et puis c'est un prétexte pour s'affliger sans indiscrétion et sans contrainte.* — Cette réflexion juste d'ailleurs n'était pas applicable à Mlle de La Chaux.

Pendant sa convalescence nous arrangeâmes l'emploi de son temps. Elle avait de l'esprit, de l'imagination, du goût, des connaissances plus qu'il n'en fallait pour être admise à l'Académie des Inscriptions. Elle nous avait tant et tant entendu métaphysiquer[1], que les matières les plus abstraites lui étaient devenues familières, et sa première tentative littéraire fut la traduction des premiers ouvrages de Hume[2]. Je la revis, et en vérité elle m'avait laissé bien peu de choses à rectifier. Cette traduction fut imprimée en Hollande et bien accueillie du public.

Ma *Lettre sur les sourds et muets* parut presque en même temps ; quelques objections très fines qu'elle me proposa donnèrent lieu à une Lettre qui lui fut dédiée[3]. Cette Lettre n'est pas ce que j'ai fait de plus mal.

La gaieté de Mlle de La Chaux était un peu revenue. Le docteur nous donnait quelquefois à manger, et ces dîners n'étaient pas trop tristes. Depuis l'éloignement de Gardeil, la passion de Le Camus avait fait de merveilleux progrès. Un jour, à table au dessert, qu'il s'en expliquait avec toute l'honnêteté, toute la sensibilité, toute la naïveté d'un enfant, toute la finesse d'un homme d'esprit, elle lui dit avec une franchise qui me plut infiniment, mais qui déplaira peut-être à d'autres : Docteur, il est impossible que l'estime que j'ai pour vous s'accroisse jamais. Je suis comblée de vos services, et je serais aussi noire que le monstre de la rue Hyacinthe si je n'étais pas pénétrée de la plus vive reconnaissance. Votre tour d'esprit me plaît on ne saurait davantage ; vous me parlez de votre passion avec tant de délicatesse et de grâce, que je serais, je crois, fâchée que vous ne m'en parlassiez plus. La seule idée de perdre votre société ou d'être privée de votre amitié, suffirait pour me rendre malheureuse. Vous êtes un homme de bien s'il en fut jamais. Vous êtes d'une bonté et d'une douceur de caractère incomparables. Je ne crois pas qu'un cœur puisse tomber en de meilleures mains. Je prêche le mien du matin au soir en votre faveur ; mais a beau prêcher qui n'a envie de bien faire, je n'en avance pas davantage. Cependant vous souffrez, et j'en ressens une peine cruelle. Je ne connais personne qui soit plus digne que vous du bonheur que vous sollicitez, et je ne sais ce que je n'oserais pas pour vous rendre heureux. Tout le possible sans exception. Tenez, docteur, j'irais... Oui, j'irai jusqu'à coucher : jusque-là inclusivement. Voulez-vous coucher avec moi ? Vous n'avez qu'à dire. Voilà tout ce que je puis faire pour votre service ; mais vous voulez être aimé, et c'est ce que je ne saurais. Le docteur l'écoutait, lui prenait la main, la baisait, la mouillait de ses larmes, et moi je ne savais si je devais rire ou pleurer. Mlle de La Chaux connaissait bien le docteur, et le lendemain que je lui disais : Mais, mademoiselle, si le docteur vous eût prise au mot ? Elle me répondit : J'aurais tenu parole ; mais cela ne pouvait arriver : mes offres n'étaient pas de nature à pouvoir être acceptées par un homme tel que lui. — *Pourquoi non ? Il me semble qu'à la place du docteur j'aurais espéré que le reste viendrait après.* — Oui ; mais à la place du docteur, Mlle de La Chaux ne vous aurait pas fait la même proposition.

La traduction de Hume ne lui avait pas rendu grand argent. Les Hollandais impriment tant qu'on veut pourvu qu'ils ne paient rien. — *Heureusement pour nous ; car avec les entraves qu'on donne à l'esprit, s'ils s'avisent une fois de payer les auteurs, ils attireront chez eux tout le commerce de la librairie*[1]. — Nous lui conseillâmes de faire un ouvrage d'agrément auquel il y aurait plus d'honneur et plus de profit. Elle s'en occupa pendant quatre à cinq mois au bout desquels elle m'apporta un petit roman historique intitulé *Les Trois Favorites*[2]. Il y avait de la légèreté de style, de la finesse et de l'intérêt ; mais sans qu'elle s'en fût doutée, car elle était incapable d'aucune malice. Il était parsemé d'une multitude de traits applicables à la maîtresse du souverain, la marquise de Pompadour, et je ne lui dissimulai pas que, quelque sacrifice qu'elle fît, soit en adoucissant, soit en supprimant ces endroits, il était presque impossible que cet ouvrage parût sans la compromettre, et que le chagrin de gâter ce qui était bien, ne la garantirait pas d'un autre.

Elle sentit toute la justesse de mon observation, et n'en fut que plus affligée. Le bon docteur prévenait tous ses besoins, mais elle usait de sa bienfaisance avec d'autant plus de réserve qu'elle se sentait moins disposée à la sorte de reconnaissance qu'il en pouvait espérer. D'ailleurs le docteur n'était pas riche alors, et il n'était pas trop fait pour le devenir. De temps en temps elle tirait son manuscrit de son portefeuille et elle me disait tristement : Eh bien, il n'y a donc pas moyen d'en rien faire, et il faut qu'il reste là ? Je lui donnai un conseil singulier : ce fut d'envoyer l'ouvrage tel qu'il était, sans adoucir, sans changer, à Mme de Pompadour même, avec un bout de lettre qui la mît au fait de cet envoi. Cette idée lui plut. Elle écrivit une lettre charmante de tout point, mais surtout par un ton de vérité auquel il était impossible de se refuser. Deux ou trois mois s'écoulèrent sans qu'elle entendît parler de rien, et elle tenait sa tentative pour infructueuse, lorsqu'une Croix de Saint-Louis[1] se présenta chez elle avec une réponse de la marquise. L'ouvrage y était loué comme il le méritait ; on remerciait du sacrifice ; on convenait des applications ; on n'en était point offensée, et l'on invitait l'auteur à venir à Versailles où l'on trouverait une femme reconnaissante et disposée à rendre les services qui dépendraient d'elle. L'envoyé en sortant de chez Mlle de La Chaux laissa adroitement sur sa cheminée un rouleau de cinquante louis.

Nous la pressâmes, le docteur et moi, de profiter de la bienveillance de Mme de Pompadour ; mais nous avions à faire à une fille dont la modestie et la timidité égalaient le mérite. Comment se présenter là avec ses haillons ? Le docteur leva tout de suite cette difficulté. Après les habits ce furent d'autres prétextes, et puis d'autres prétextes encore. Le voyage de Versailles fut différé de jour en jour jusqu'à ce qu'il ne convenait presque plus de le faire ; et il y avait déjà du temps que nous ne lui en parlions pas, lorsque le même émissaire revint avec une seconde lettre remplie de reproches les plus obligeants et une autre gratification équivalente à la première et offerte avec le même ménagement. Cette action généreuse de Mme de Pompadour n'a point été connue. J'en ai parlé à M. Colin[1], son homme de confiance et le distributeur de ses grâces secrètes. Il l'ignorait, et j'aime à me persuader que ce n'est pas la seule que sa tombe recèle.

Ce fut ainsi que Mlle de La Chaux manqua deux fois l'occasion de se tirer de la détresse.

Depuis elle transporta sa demeure sur les extrémités de la ville, et je la perdis tout à fait de vue. Ce que j'ai su du reste de sa vie, c'est qu'il n'a été qu'un tissu de chagrins, d'infirmités et de misère. Les portes de sa famille lui furent opiniâtrement fermées. Elle sollicita inutilement l'intercession de ces saints personnages qui l'avaient persécutée avec tant de zèle. — *Cela est dans la règle.* — Le docteur ne l'abandonna point. Elle mourut sur la paille dans un grenier, tandis que le petit tigre de la rue Hyacinthe, le seul amant qu'elle ait eu, exerçait la médecine à Montpellier ou à Toulouse, et jouissait dans la plus grande aisance de la réputation méritée d'habile homme, et de la réputation usurpée d'honnête homme. — *Mais cela est encore à peu près dans la règle. S'il y a un bon et honnête Tanié, c'est à une Reymer que la providence l'envoie. S'il y a une bonne et honnête de La Chaux, elle deviendra le partage d'un Gardeil, afin que tout soit fait pour le mieux.*

Mais on me dira peut-être que c'est aller bien vite que de prononcer définitivement sur le caractère d'un homme d'après une seule action ; qu'une règle aussi sévère réduirait le nombre des gens de bien au point d'en laisser moins sur la terre que l'évangile du chrétien n'admet d'élus dans le ciel; qu'on peut être inconstant en amour, se piquer même de peu de religion avec les femmes sans être dépourvu d'honneur et de probité; qu'on n'est le maître ni d'arrêter une passion qui s'allume, ni d'en prolonger une qui s'éteint; qu'il y a déjà assez d'hommes dans les maisons et les rues qui méritent à juste titre le nom de coquins, sans inventer des crimes imaginaires qui les multiplieraient à l'infini. On me demandera si je n'ai jamais ni trahi, ni trompé, ni délaissé aucune femme sans sujet. Si je voulais répondre à ces questions, ma réponse ne demeurerait pas sans réplique, et ce serait une dispute à ne finir qu'au jugement dernier. Mais mettez la main sur la conscience et dites-moi, vous, monsieur l'apologiste des trompeurs et des infidèles, si vous prendriez le docteur de Toulouse pour votre ami. Vous hésitez? Tout est dit; et sur ce je prie Dieu de tenir en sa sainte garde toute femme à qui il vous prendra fantaisie d'adresser votre hommage.

Madame de La Carlière

Conte[1]

Rentrons-nous ? — C'est de bonne heure. — Voyez-vous ces nuées ? — Ne craignez rien ; elles disparaîtront d'elles-mêmes et sans le secours de la moindre haleine de vent. — Vous croyez ? — J'en ai fait souvent l'observation en été dans les temps chauds. La partie basse de l'atmosphère que la pluie a dégagée de son humidité va reprendre une portion de la vapeur épaisse qui forme le voile obscur qui vous dérobe le ciel. La masse de cette vapeur se distribuera à peu près également dans toute la masse de l'air, et par cette exacte distribution ou combinaison, comme il vous plaira de dire, l'atmosphère deviendra transparente et lucide. C'est une opération de nos laboratoires qui s'exécute en grand au-dessus de nos têtes. Dans quelques heures des points azurés commenceront à percer à travers les nuages raréfiés ; les nuages se raréfieront de plus en plus. Les points azurés se multiplieront et s'étendront ; bientôt vous ne saurez ce que sera devenu le crêpe noir qui vous effrayait, et vous serez surpris et récréé de la limpidité de l'air, de la pureté du ciel et de la beauté du jour. — Mais cela est vrai, car tandis que vous parliez, je regardais, et le phénomène semblait s'exécuter à vos ordres. — Ce phénomène n'est qu'une espèce de dissolution de l'eau par l'air[1]. — Comme la vapeur qui ternit la surface extérieure d'un verre que l'on remplit d'eau glacée n'est qu'une espèce de précipitation. — Et ces énormes ballons qui nagent ou restent suspendus dans l'atmosphère ne sont qu'une surabondance d'eau que l'air saturé ne peut dissoudre. — Ils demeurent là comme les morceaux de sucre au fond d'une tasse de café qui n'en saurait plus prendre. — Fort bien. — Et vous me promettez donc à notre retour… — Une voûte aussi étoilée que vous l'ayez jamais vue. — Puisque nous continuons notre promenade, pourriez-vous me dire, vous qui connaissez tous ceux qui fréquentent ici, quel est ce personnage sec, long et mélancolique qui s'est assis, qui n'a pas dit un mot, et qu'on a laissé seul dans le salon lorsque le reste de la compagnie s'est dispersé? — C'est un homme dont je respecte vraiment la douleur. — Et vous le nommez? — Le chevalier Desroches. — Ce Desroches qui est devenu possesseur d'une fortune immense à la mort d'un père avare s'est fait un nom par sa dissipation, ses galanteries et la diversité de ses états? — Lui-même. — Ce fou qui a subi toutes sortes de métamorphoses, et qu'on a vu successivement en petit collet, en robe de Palais et en uniforme[2]? — Oui, ce fou. — Qu'il est changé! — Sa vie est un tissu d'événements singuliers. C'est une des plus malheureuses victimes des caprices du sort et des jugements inconsidérés des hommes[3]. Lorsqu'il quitta l'Église pour la magistrature, sa famille jeta les hauts cris; et tout le sot public qui ne manque jamais de prendre le parti des pères contre les enfants, se mit à clabauder à l'unisson. — Ce fut bien un autre vacarme lorsqu'il se retira du tribunal pour entrer au service. — Cependant que fit-il ? Un trait de vigueur dont nous nous glorifierions l'un et l'autre, et qui le qualifia la plus mauvaise tête qu'il y eût ; et puis vous êtes étonné que l'effréné bavardage de ces gens-là m'importune, m'impatiente, me blesse ! — Ma foi, je vous avoue que j'ai jugé Desroches comme tout le monde. — Et c'est ainsi que de bouche en bouche, échos ridicules les unes des autres, un galant homme est traduit pour un plat[1] homme, un homme d'esprit pour un sot, un homme honnête pour un coquin, un homme de courage pour un insensé, et réciproquement. Non, ces impertinents jaseurs ne valent pas la peine que l'on compte leur approbation, leur improbation pour quelque chose dans la conduite de sa vie. Écoutez, morbleu ! et mourez de honte. Desroches entre conseiller au Parlement très jeune ; des circonstances favorables le conduisent rapidement à la Grand'Chambre ; il est de Tournelle à son tour et l'un des rapporteurs dans une affaire criminelle[2]. D'après ses conclusions le malfaiteur est condamné au dernier supplice. Le jour de l'exécution il est d'usage que ceux qui ont décidé la sentence du tribunal se rendent à l'Hôtel de Ville afin d'y recevoir les dernières dispositions du malheureux, s'il en a quelques-unes à faire, comme il arriva cette fois-là. C'était en hiver. Desroches et son collègue étaient assis devant le feu lorsqu'on leur annonça l'arrivée du patient. Cette homme que la torture avait disloqué était étendu et porté sur un matelas. En entrant il se relève, il tourne ses regards vers le ciel, il s'écrie : Grand Dieu ! tes jugements sont justes... Le voilà sur son matelas au pied de Desroches. Est-ce vous, Monsieur, qui m'avez condamné, lui dit-il en l'apostrophant d'une voix forte ? Je suis coupable du crime dont on m'accuse, oui, je le suis, je le confesse ; mais vous n'en savez rien... Puis reprenant toute la procédure, il démontra clair comme le jour qu'il n'y avait ni solidité dans les preuves, ni justice dans la sentence. Desroches saisi d'un tremblement universel, se lève, déchire sur lui sa robe magistrale et renonce pour jamais à la périlleuse fonction de prononcer sur la vie des hommes[1]. Et voilà ce qu'ils appellent un fou ! Un homme qui se connaît et qui craint d'avilir l'habit ecclésiastique par de mauvaises mœurs, ou de se trouver un jour souillé du sang de l'innocent. — C'est qu'on ignore ces choses-là. — C'est qu'il faut se taire quand on ignore. — Mais pour se taire, il faut se méfier. — Et quel inconvénient à se méfier ? — De refuser de la croyance à vingt personnes qu'on estime, en faveur d'un homme qu'on ne connaît pas. — Eh ! Monsieur, je ne vous demande pas tant de garants quand il s'agira d'assurer le bien ; mais le mal !... Laissons cela, vous m'écartez de mon récit et me donnez de l'humeur... Cependant il fallait être quelque chose. Il acheta une compagnie. — C'est-à-dire qu'il laissa le métier de condamner ses semblables pour celui de les tuer sans aucune forme de procès. — Je n'entends pas comment on plaisante en pareil cas. — Que voulez-vous ! vous êtes triste et je suis gai. — C'est la suite de son histoire qu'il faut savoir pour apprécier la valeur du caquet public. — Je la saurais, si vous vouliez. — Cela sera long. — Tant mieux. — Desroches fait la campagne de 1745[2] et se montre bien. Échappé aux dangers de la guerre, à deux cents mille coups de fusil, il vient se faire casser la jambe par un cheval ombrageux à douze ou quinze lieues d'une maison de campagne où il s'était proposé de passer son quartier d'hiver ; et Dieu sait comment cet accident fut arrangé par nos agréables. — C'est qu'il y a certains personnages dont on s'est fait une habitude de rire et qu'on ne plaint de rien. — Un homme qui a la jambe fracassée, cela est en effet très plaisant ! Eh bien, messieurs les rieurs impertinents, riez bien, mais sachez qu'il eût peut-être mieux valu pour Desroches d'avoir été emporté d'un boulet de canon ou d'être resté sur le champ de bataille, le ventre crevé d'un coup de baïonnette. Cet accident lui arriva dans un méchant petit village où il n'y avait d'asile supportable que le presbytère ou le château. On le transporta au château qui appartenait à une jeune veuve appelée Mme de La Carlière, la dame du lieu. — Qui n'a pas entendu parler de Mme de La Carlière ? Qui n'a pas entendu parler de ses complaisances sans bornes pour un vieux mari jaloux à qui la cupidité de ses parents l'avait sacrifiée à l'âge de quatorze ans ? — À cet âge où l'on prend le plus sérieux des engagements, parce qu'on mettra du rouge et qu'on aura de belles boucles. Mme de La Carlière fut avec son premier mari de la conduite la plus réservée et la plus honnête. — Je le crois puisque vous me le dites. — Elle reçut et traita le chevalier Desroches avec toutes les attentions imaginables. Ses affaires la rappelaient à la ville ; malgré ses affaires et les pluies continuelles d'un vilain automne qui en gonflant les eaux de la Marne qui coule dans son voisinage, l'exposait à ne sortir de chez elle qu'en bateau[1], elle prolongea son séjour à sa terre jusqu'à l'entière guérison de Desroches. Le voilà guéri. Le voilà à côté de Mme de La Carlière dans une même voiture qui les ramène à Paris, et le chevalier lié de reconnaissance et attaché d'un sentiment plus doux à sa jeune, riche et belle hospitalière. — Il est vrai que c'était une créature céleste ; elle ne parut jamais au spectacle sans faire sensation. — Et c'est là que vous l'avez vue ? — Il est vrai. — Pendant la durée d'une intimité de plusieurs années, l'amoureux chevalier, qui n'était pas indifférent à Mme de La Carlière, lui avait proposé plusieurs fois de l'épouser, mais la mémoire récente des peines qu'elle avait endurées sous la tyrannie d'un premier époux, et plus encore cette réputation de légèreté que le chevalier s'était faite par une multitude d'aventures galantes, effrayaient Mme de La Carlière qui ne croyait pas à la conversion des hommes de ce caractère. Elle était alors en procès avec les héritiers de son mari. — N'y eut-il pas encore des propos à l'occasion de ce procès-là ? — Beaucoup et de toutes les couleurs. Je vous laisse à penser si Desroches, qui avait conservé nombre d'amis dans la magistrature, s'endormit sur les intérêts de Mme de La Carlière. — Et si nous l'en supposions reconnaissante ? — Il était sans cesse à la porte des juges. — Le plaisant, c'est que parfaitement guéri de sa fracture, il ne les visitait jamais sans un brodequin à la jambe : il prétendait que ses sollicitations appuyées de son brodequin en devenaient plus touchantes ; il est vrai qu'il le plaçait tantôt d'un côté, tantôt d'un autre, et qu'on en faisait quelquefois la remarque. — Et que pour le distinguer d'un parent de même nom, on l'appela *Desroches le Brodequin*. Cependant à l'aide du bon droit et du brodequin pathétique du chevalier, Mme de La Carlière gagna son procès. — Et devint Mme Desroches en titre. — Comme vous y allez ! Vous n'aimez pas les détails communs, et je vous en fais grâce. Ils étaient d'accord, ils touchaient au moment de leur union, lorsque Mme de La Carlière après un repas d'apparat, au milieu d'un cercle nombreux, composé des deux familles et d'un certain nombre d'amis, prenant un maintien auguste et un ton solennel, s'adressa au chevalier et lui dit : « Monsieur Desroches, écoutez-moi. Aujourd'hui nous sommes libres l'un et l'autre, demain nous ne le serons plus, et je vais devenir maîtresse de votre bonheur ou de votre malheur ; vous du mien. J'y ai bien réfléchi ; daignez y penser aussi sérieusement. Si vous vous sentez ce même penchant à l'inconstance qui vous a dominé jusqu'à présent, si je ne suffisais pas à toute l'étendue de vos désirs, ne vous engagez pas, je vous en conjure par vous-même et par moi. Songez que moins je me crois faite pour être négligée, plus je ressentirais vivement une injure. J'ai de la vanité et beaucoup. Je ne sais pas haïr, mais personne ne sait mieux mépriser, et je ne reviens point du mépris. Demain, au pied des autels, vous jurerez de m'appartenir et de n'appartenir qu'à moi. Sondez-vous, interrogez votre cœur tandis qu'il en est encore temps ; songez qu'il y va de ma vie. Monsieur, on me blesse aisément, et la blessure de mon âme ne cicatrise point, elle saigne toujours. Je ne me plaindrai point, parce que la plainte, importune d'abord, finit par aigrir le mal, et parce que la pitié est un sentiment qui dégrade celui qui l'inspire. Je renfermerai ma douleur et j'en périrai. Chevalier, je vais vous abandonner ma personne et mon bien, vous résigner mes volontés et mes fantaisies, vous serez tout au monde pour moi, mais il faut que je sois tout au monde pour vous, je ne puis être satisfaite à moins. Je suis, je crois, l'unique pour vous dans ce moment, et vous l'êtes certainement pour moi ; mais il est très possible que nous rencontrions, vous, une femme qui soit plus aimable, moi, quelqu'un qui me le paraisse. Si la supériorité de mérite, réelle ou présumée, justifiait l'inconstance, il n'y aurait plus de mœurs. J'ai des mœurs[1], je veux en avoir ; je veux que vous en ayez. C'est par tous les sacrifices imaginables que je prétends vous acquérir et vous acquérir sans réserve. Voilà mes droits, voilà mes titres, et je n'en rabattrai jamais rien. Je ferai tout pour que vous ne soyez pas seulement un inconstant, mais pour qu'au jugement des hommes sensés, au jugement de votre propre conscience vous soyez le dernier des ingrats. J'accepte le même reproche si je ne réponds pas à vos soins, à vos égards, à votre tendresse, au-delà de vos espérances. J'ai appris ce dont j'étais capable à côté d'un époux qui ne rendait les devoirs d'une femme ni faciles ni agréables. Voyez ce que vous avez à craindre de vous. Parlez-moi, chevalier, parlez-moi nettement ; ou je deviendrai votre épouse, ou je resterai votre amie : l'alternative n'est pas cruelle. Mon ami, mon tendre ami, je vous en conjure, ne m'exposez pas à détester, à fuir le père de mes enfants, et peut-être dans un excès de désespoir à repousser leurs innocentes caresses : que je puisse toute ma vie, avec un nouveau transport, vous retrouver en eux et me réjouir d'avoir été leur mère. Donnez-moi la plus grande marque de confiance qu'une femme honnête ait sollicitée d'un galant homme : refusez-moi, refusez-moi, si vous croyez que je me mette à un trop haut prix. Loin d'en être offensée, je jetterai mes bras autour de votre cou, et l'amour de celles que vous avez captivées et les fadeurs que vous leur avez débitées ne vous auront jamais valu un baiser aussi sincère, aussi doux que celui que vous aurez obtenu de votre franchise et de ma reconnaissance. » — Je crois avoir entendu dans le temps une parodie bien comique de ce discours. — Et par quelque bonne amie de Mme de La Carlière[1]? — Ma foi, je me la rappelle, vous avez deviné. — Et cela ne suffirait pas à rencogner[2] un homme au fond d'une forêt, loin de toute cette décente canaille pour laquelle il n'y a rien de sacré? J'irai, cela finira par là, rien n'est plus sûr, j'irai. L'assemblée qui avait commencé par sourire finit par verser des larmes. Desroches se précipita aux genoux de Mme de La Carlière, se répandit en protestations honnêtes et tendres, n'omit rien de ce qui pouvait aggraver ou excuser sa conduite passée, compara Mme de La Carlière aux femmes qu'il avait connues et délaissées, tira de ce parallèle juste et flatteur des motifs de la rassurer, de se rassurer lui-même contre un penchant à la mode, une effervescence de jeunesse, le vice des mœurs générales plutôt que le sien; ne dit rien qu'il ne pensât et qu'il ne se promît de faire. Mme de La Carlière le regardait, l'écoutait, cherchait à le pénétrer dans ses discours, dans ses mouvements, et interprétait tout à son avantage. — Pourquoi non, s'il était vrai? — Elle lui avait abandonné une de ses mains qu'il baisait, qu'il pressait contre son cœur, qu'il baisait encore et qu'il mouillait de larmes. Tout le monde partageait leur tendresse: toutes les femmes sentaient comme Mme de La Carlière, tous les hommes comme le chevalier. — C'est l'effet de ce qui est honnête, de ne laisser à une grande assemblée qu'une pensée et qu'une âme. Comme on s'estime, comme on s'aime dans ces moments ! Par exemple, que l'humanité est belle au spectacle[1] ! Pourquoi faut-il qu'on se sépare si vite ! Les hommes sont si bons et si heureux lorsque l'honnête réunit leurs suffrages, les confond, les rend uns. — Nous jouissions de ce bonheur qui nous assimilait[2], lorsque Mme de La Carlière transportée d'un mouvement d'âme exaltée, se leva et dit à Desroches : « Chevalier, je ne vous crois pas encore, mais tout à l'heure je vous croirai... » — La petite comtesse jouait sublimement cet enthousiasme de sa belle cousine. — Elle est bien plus faite pour le jouer que pour le sentir. « Les serments prononcés au pied des autels...[3] » Vous riez ! — Ma foi, je vous en demande pardon, mais je vois encore la petite comtesse hissée sur la pointe de ses pieds et j'entends son ton emphatique. — Allez, vous êtes un scélérat, un corrompu comme tous ces gens-là, et je me tais. — Je vous promets de ne plus rire. — Prenez-y garde. — Eh bien, les serments prononcés au pied des autels... — « Ont été suivis de tant de parjures, que je ne fais aucun compte de la promesse solennelle de demain. La présence de Dieu est moins redoutable pour nous que le jugement de nos semblables[4]. Monsieur Desroches, approchez, voilà ma main, donnez-moi la vôtre, et jurez-moi une fidélité, une tendresse éternelles. Attestez-en les hommes qui nous entourent : permettez que s'il arrive que vous me donniez quelques sujets légitimes de me plaindre, je vous dénonce à ce tribunal et vous livre à son indignation : consentez qu'ils se rassemblent à ma voix et qu'ils vous appellent traître, ingrat, perfide, homme faux, homme méchant. Ce sont mes amis et les vôtres : consentez qu'au moment où je vous perdrais, il ne vous en reste aucun. Vous, mes amis, jurez-moi de le laisser seul... » À l'instant le salon retentit de cris mêlés : Je promets, je permets, je consens, nous le jurons... et au milieu de ce tumulte délicieux, le chevalier qui avait jeté ses bras autour de Mme de La Carlière la baisait sur le front, sur les yeux, sur les joues. — Mais, chevalier !... — Mais, madame, la cérémonie est faite, je suis votre époux, vous êtes ma femme. — Au fond des bois assurément ; ici il manque une petite formalité d'usage. En attendant mieux, tenez, voilà mon portrait, faites-en ce qu'il vous plaira. N'avez-vous pas ordonné le vôtre ? si vous l'avez, donnez-le-moi. — Desroches présenta son portrait à Mme de La Carlière qui le mit à son bras et qui se fit appeler le reste de la journée Mme Desroches. — Je suis bien pressé de savoir ce que cela deviendra. — Un moment de patience ; je vous ai promis d'être long, et il faut que je vous tienne parole. Mais... il est vrai : c'était dans le temps de votre grande tournée et vous étiez alors absent du royaume [1].

Deux ans, deux ans entiers, Desroches et sa femme furent les époux les plus unis, les plus heureux. On crut Desroches vraiment corrigé et il l'était en effet. Ses amis de libertinage qui avaient entendu parler de la scène précédente et qui en avaient plaisanté, disaient que c'était réellement le prêtre qui portait malheur et que Mme de La Carlière avait découvert, au bout de deux mille ans, le secret d'esquiver la malédiction du sacrement. Desroches eut un enfant de Mme de La Carlière que j'appellerai Mme Desroches jusqu'à ce qu'il me convienne d'en user autrement ; elle voulut absolument le nourrir [2]. Ce fut un long et périlleux intervalle pour un jeune homme d'un tempérament ardent et peu fait à cette espèce de régime. Tandis que Mme Desroches était à ses fonctions... — Son mari se répandait dans la société, et il eut le malheur de rencontrer un jour sur son chemin une de ces femmes séduisantes, artificieuses, secrètement irritées de voir ailleurs une concorde qu'elles ont exclue de chez elles, et dont il semble que l'étude et la consolation soient de plonger les autres dans la misère qu'elles éprouvent. — C'est votre histoire, mais ce n'est pas la sienne. Desroches qui se connaissait, qui connaissait sa femme, qui la respectait, qui la redoutait... — C'est presque la même chose. — Passait ses journées à côté d'elle ; son enfant, dont il était fou, était presque aussi souvent entre ses bras qu'entre ceux de la mère dont il s'occupait avec quelques amis communs à soulager la tâche honnête, mais pénible, par la variété des amusements domestiques[1]. — Cela est fort beau. — Certainement. Un de ces amis s'était engagé dans les opérations[2] du gouvernement. Le ministère lui redevait une somme considérable qui faisait presque toute sa fortune et dont il sollicitait inutilement la rentrée. Il s'en ouvrit à Desroches. Celui-ci se rappela qu'il avait été autrefois fort bien avec une femme assez puissante par ses liaisons pour finir cette affaire. Il se tut, mais dès le lendemain il vit cette femme et lui parla. On fut enchantée de retrouver et de servir un galant homme qu'on avait tendrement aimé et sacrifié à des vues ambitieuses. Cette première entrevue fut suivie de plusieurs autres. Cette femme était charmante ; elle avait des torts, et la manière dont elle s'en expliquait n'était point équivoque. Desroches fut quelque temps incertain de ce qu'il ferait. — Ma foi, je ne sais pas pourquoi. — Mais moitié goût, désœuvrement ou faiblesse, moitié crainte qu'un misérable scrupule… — Sur un amusement assez indifférent à sa femme. — Ne ralentît la vivacité de la protectrice de son ami et n'arrêtât le succès de sa négociation, il oublia un moment Mme Desroches et s'engagea dans une intrigue que sa complice avait le plus grand intérêt de tenir secrète, et dans une correspondance nécessaire et suivie. On se voyait peu, mais on s'écrivait souvent. J'ai dit cent fois aux amants : N'écrivez point, les lettres vous perdront[1] : tôt ou tard le hasard en détournera une de son adresse. Le hasard combine tous les cas possibles, et il ne lui faut que du temps pour amener la chance fatale. — Aucuns ne vous ont cru ? — Et tous se sont perdus, et Desroches comme cent mille qui l'ont précédé et cent mille qui le suivront. Celui-ci gardait les siennes dans un de ces petits coffrets cerclés en dessus et par les côtés de lames d'acier. À la ville, à la campagne le coffret était sous la clef d'un secrétaire ; en voyage il était déposé dans une des malles de Desroches ou sur le devant de la voiture ; cette fois-ci il était sur le devant. Ils partent, ils arrivent. En mettant pied à terre, Desroches donne à un domestique le coffret à porter dans son appartement où l'on n'arrivait qu'en traversant celui de sa femme. Là, l'anneau casse, le coffret tombe, le dessus se sépare du reste, et voilà une multitude de lettres éparses aux pieds de Mme Desroches. Elle en ramasse quelques-unes et se convainc de la perfidie de son époux. Elle ne se rappela jamais cet instant sans frisson. Elle me disait qu'une sueur froide s'était échappée de toutes les parties de son corps, et qu'il lui avait semblé qu'une griffe de fer lui serrait le cœur et tiraillait ses entrailles. Que va-t-elle devenir ? Que fera-t-elle ?

Elle se recueillit, elle rappela ce qui lui restait de raison et de force : entre ces lettres elle fit choix de quelques-unes des plus significatives ; elle rajusta le fond du coffret, et ordonna au domestique de le placer dans l'appartement de son maître sans parler de ce qui venait d'arriver, sous peine d'être chassé sur-le-champ. Elle avait promis à Desroches qu'il n'entendrait jamais une plainte de sa bouche, elle tint parole. Cependant la tristesse s'empara d'elle : elle pleurait quelquefois ; elle voulait être seule chez elle ou à la promenade ; elle se faisait servir dans son appartement ; elle gardait un silence continu ; il ne lui échappait que quelques soupirs involontaires. L'affligé, mais tranquille Desroches traitait cet état de vapeurs[1], quoique les femmes qui nourrissent n'y soient pas sujettes. En très peu de temps la santé de sa femme s'affaiblit au point qu'il fallut quitter la campagne et s'en revenir à la ville. Elle obtint de son mari de faire la route dans une voiture séparée. De retour ici, elle mit dans ses procédés tant de réserve et d'adresse, que Desroches qui ne s'était point aperçu de la soustraction des lettres ne vit dans les légers dédains de sa femme, son indifférence, ses soupirs échappés, ses larmes retenues, son goût pour la solitude, que les symptômes accoutumés de l'indisposition qu'il lui croyait. Quelquefois il lui conseillait d'interrompre la nourriture de son enfant ; c'était précisément le seul moyen d'éloigner tant qu'il lui plairait un éclaircissement entre elle et son mari. Desroches continuait donc de vivre à côté de sa femme dans la plus entière sécurité sur le mystère de sa conduite, lorsqu'un matin elle lui apparut grande, noble, digne, vêtue du même habit et parée des mêmes ajustements qu'elle avait portés dans la cérémonie domestique de la veille de son mariage. Ce qu'elle avait perdu de fraîcheur et d'embonpoint[1], ce que la peine secrète dont elle était consumée lui avait ôté de charmes était réparé avec avantage par la noblesse de son maintien. Desroches écrivait à son amie lorsque sa femme entra. Le trouble les saisit l'un et l'autre, mais tous les deux également habiles et intéressés à dissimuler, ce trouble ne fit que passer. Ô ma femme! s'écria Desroches, en la voyant et en chiffonnant, comme de distraction, le papier qu'il avait écrit, que vous êtes belle! Quels sont donc vos projets du jour? — Mon projet, monsieur, est de rassembler les deux familles. Nos amis, nos parents sont invités, et je compte sur vous. — Certainement. À quelle heure me désirez-vous? — À quelle heure je vous désire? mais... à l'heure accoutumée. — Vous avez un éventail et des gants, est-ce que vous sortez? — Si vous le permettez. — Et pourrait-on savoir où vous allez? — Chez ma mère. — Je vous prie de lui présenter mon respect. — Votre respect! — Assurément... — Mme Desroches ne rentra qu'à l'heure de se mettre à table. Les convives étaient arrivés, on l'attendait. Aussitôt qu'elle parut, ce fut la même exclamation que celle de son mari; les hommes, les femmes l'entourèrent en disant tous à la fois: Mais voyez donc qu'elle est belle!... Les femmes rajustaient quelque chose qui s'était dérangé à sa coiffure, les hommes placés à distance et immobiles d'admiration, répétaient entre eux: Non, Dieu ni la Nature n'ont rien fait, n'ont rien pu faire de plus imposant, de plus grand, de plus beau, de plus noble, de plus parfait... Mais ma femme, lui disait Desroches, vous ne me paraissez pas sensible à l'impression que vous faites sur nous.

De grâce, ne souriez pas, un souris accompagné de tant de charmes nous ravirait à tous le sens commun... Mme Desroches répondit d'un léger mouvement d'indignation, détourna la tête et porta son mouchoir à ses yeux qui commençaient à s'humecter. Les femmes qui remarquent tout, se demandaient tout bas : Qu'a-t-elle donc ? on dirait qu'elle ait envie de pleurer... Desroches qui les devinait, portait la main à son front et leur faisait signe que la tête de Madame était un peu dérangée. — En effet on m'écrivit au loin qu'il se répandait un bruit sourd que la belle Mme Desroches, ci-devant la belle Mme de La Carlière, était devenue folle. — On servit. La gaieté se montrait sur tous les visages, excepté sur celui de Mme de La Carlière. Desroches la plaisanta légèrement sur son air de dignité. Il ne faisait pas assez de cas de sa raison ni de celle de ses amis pour craindre le danger d'un de ses souris : Ma femme, si tu voulais sourire... Mme de La Carlière affecta de ne pas entendre et garda son air grave. Les femmes dirent que toutes les physionomies lui allaient si bien qu'on pouvait lui en laisser le choix. Le repas est achevé ; on rentre dans le salon ; le cercle est formé. Mme de La Carlière... — Vous voulez dire Mme Desroches ? — Non, il ne me plaît plus de l'appeler ainsi. Mme de La Carlière sonne ; elle fait signe, on lui apporte son enfant. Elle le reçoit en tremblant, elle découvre son sein, lui donne à téter et le rend à la gouvernante, après l'avoir regardé tristement et mouillé d'une larme qui tomba sur le visage de l'enfant. Elle dit en essuyant cette larme : Ce ne sera pas la dernière... mais ces mots furent prononcés si bas qu'on les entendit à peine. Ce spectacle attendrit tous les assistants et établit dans le salon un silence profond. Ce fut alors que Mme de La Carlière se leva, et s'adressant à la compagnie, dit ce qui suit ou l'équivalent : « Mes parents, mes amis, vous y étiez tous le jour que j'engageai ma foi à M. Desroches et qu'il m'engagea la sienne. Les conditions auxquelles je reçus sa main et lui donnai la mienne, vous vous les rappelez sans doute. Monsieur Desroches, parlez, ai-je été fidèle à mes promesses ? — Jusqu'au scrupule. — Et vous, monsieur, vous m'avez trompée, vous m'avez trahie. — Moi, madame ! — Vous, monsieur. — Qui sont les malheureux, les indignes... — Il n'y a de malheureux ici que moi, et d'indigne que vous. — Madame... ma femme... — Je ne la suis plus. — Madame... — Monsieur, n'ajoutez pas le mensonge et l'arrogance à la perfidie. Plus vous vous défendrez, plus vous serez confus. Épargnez-vous vous-même. » En achevant ces mots, elle tira les lettres de sa poche, en présenta de côté quelques-unes à Desroches et distribua les autres aux assistants. On les prit, mais on ne les lisait pas. « Messieurs, mesdames, disait Mme de La Carlière, lisez et jugez-nous. Vous ne sortirez point d'ici sans avoir prononcé... Puis s'adressant à Desroches : Vous, monsieur, vous devez connaître l'écriture. » On hésita encore, mais sur les instances réitérées de Mme de La Carlière on lut. Cependant Desroches tremblant, immobile, s'était appuyé la tête contre une glace, le dos tourné à la compagnie qu'il n'osait regarder. Un de ses amis en eut pitié, le prit par la main et l'entraîna hors du salon. — Dans les détails qu'on me fit de cette scène, on me disait qu'il avait été bien plat et sa femme honnêtement ridicule. — L'absence de Desroches mit à l'aise : on convint de sa faute, on approuva le ressentiment de Mme de La Carlière, pourvu qu'elle ne le poussât pas trop loin ; on s'attroupa autour d'elle, on la pressa, on la supplia, on la conjura ; l'ami qui avait entraîné Desroches entrait et sortait, l'instruisant de ce qui se passait. Mme de La Carlière resta ferme dans une résolution dont elle ne s'était point encore expliquée. Elle ne répondait que le même mot à tout ce qu'on lui représentait ; elle disait aux femmes : Mesdames, je ne blâme point votre indulgence... aux hommes : Messieurs, cela ne se peut ; la confiance est perdue et il n'y a point de ressource... On ramena le mari ; il était plus mort que vif, il tomba plutôt qu'il ne se jeta aux pieds de sa femme, il y restait sans parler. Mme de La Carlière lui dit : Monsieur, relevez-vous. Il se releva et elle ajouta : « Vous êtes un mauvais époux ; êtes-vous, n'êtes-vous pas un galant homme ? C'est ce que je vais savoir. Je ne puis ni vous aimer ni vous estimer, c'est vous déclarer que nous ne sommes pas faits pour vivre ensemble. Je vous abandonne ma fortune, je n'en réclame qu'une partie suffisante pour ma subsistance étroite et celle de mon enfant. Ma mère est prévenue, j'ai un logement préparé chez elle, et vous permettrez que je l'aille occuper sur-le-champ. La seule grâce que je demande et que je suis en droit d'obtenir, c'est de m'épargner un éclat qui ne changerait pas mes desseins, et dont le seul effet serait d'accélérer la cruelle sentence que vous avez prononcée contre moi. Souffrez que j'emporte mon enfant, et j'attende à côté de ma mère qu'elle me ferme les yeux ou que je ferme les siens. Si vous avez de la peine, soyez sûr que ma douleur et le grand âge de ma mère la finiront bientôt... » Cependant les pleurs coulaient de tous les yeux ; les femmes lui tenaient les mains, les hommes s'étaient prosternés. Mais ce fut lorsque Mme de La Carlière s'avança vers la porte, tenant son enfant entre ses bras, qu'on entendit des sanglots et des cris. Le mari criait : Ma femme ! ma femme ! écoutez-moi. Vous ne savez pas... Les hommes criaient, les femmes criaient : Madame Desroches ! Madame !... Le mari criait : Mes amis, la laisserez-vous aller ! Arrêtez-la, arrêtez-la donc ! Qu'elle m'entende, que je lui parle... Comme on le pressait de se jeter au-devant d'elle : Non, disait-il, je ne saurais, je n'oserais ; moi, porter une main sur elle ! la toucher ! je n'en suis pas digne... Mme de La Carlière partit. J'étais chez sa mère lorsqu'elle y arriva brisée des efforts qu'elle s'était faits. Trois de ses domestiques l'avaient descendue de sa voiture et la portaient par la tête et par les pieds ; suivait la gouvernante pâle comme la mort, avec l'enfant endormi sur son sein. On déposa cette malheureuse femme sur un lit de repos où elle resta longtemps sans mouvement, sous les yeux de sa vieille et respectable mère qui ouvrait la bouche sans crier, qui s'agitait autour d'elle, qui voulait secourir sa fille et qui ne le pouvait. Enfin la connaissance lui revint, et ses premiers mots en levant les paupières furent : Je ne suis donc pas morte[1] ? C'est une chose bien douce que d'être morte. Ma mère, mettez-vous là, à côté de moi, et mourons toutes deux. Mais si nous mourons, qui aura soin de ce pauvre enfant ?... Alors elle prit les deux mains sèches et tremblantes de sa mère dans une des siennes, elle posa l'autre sur son enfant ; elle se mit à répandre un torrent de larmes : elle sanglotait, elle voulait se plaindre, mais sa plainte et ses sanglots étaient interrompus d'un hoquet violent. Lorsqu'elle put articuler quelques paroles elle dit : serait-il possible qu'il souffrît autant que moi !

Cependant on s'occupait à consoler Desroches et à lui persuader que le ressentiment d'une faute aussi légère que la sienne ne pourrait durer, mais qu'il fallait accorder quelques instants à l'orgueil d'une femme fière, sensible et blessée, et que la solennité d'une cérémonie extraordinaire engageait presque d'honneur à une démarche violente. C'est un peu notre faute, disaient les hommes... Vraiment oui, disaient les femmes, si nous eussions vu sa sublime momerie[1] du même œil que le public[2] et la comtesse, rien de ce qui nous désole à présent ne serait arrivé... C'est que les choses d'un certain appareil[3] nous en imposent, et que nous nous laissons aller à une sotte admiration lorsqu'il n'y aurait qu'à hausser les épaules et rire... Vous verrez, vous verrez le beau train que cette dernière scène va faire, et comme on nous tympanisera tous... Entre nous cela prêtait...

De ce jour, Mme de La Carlière reprit son nom de veuve et ne souffrit jamais qu'on l'appelât Mme Desroches. Sa porte longtemps fermée à tout le monde, le fut pour toujours à son mari. Il écrivit, on brûla ses lettres sans les ouvrir. Mme de La Carlière déclara à ses parents et à ses amis qu'elle cesserait de voir le premier qui intercéderait pour lui. Les prêtres s'en mêlèrent sans fruit ; pour les grands, elle rejeta leur médiation avec tant de hauteur qu'elle en fut bientôt délivrée. — Ils dirent sans doute que c'était une impertinente, une prude renforcée. — Et les autres le répétèrent tous d'après eux. Cependant elle était absorbée dans la mélancolie ; sa santé s'était détruite avec une rapidité inconcevable. Tant de personnes étaient confidentes de cette séparation inattendue et du motif singulier qui l'avait amenée, que ce fut bientôt l'entretien général. C'est ici que je vous prie de détourner vos yeux, s'il se peut, de Mme de La Carlière pour les fixer sur le public, sur cette foule imbécile qui nous juge, qui dispose de notre honneur, qui nous porte aux nues ou qui nous traîne dans la fange, et qu'on respecte d'autant plus qu'on a moins d'énergie et de vertu[1]. Esclaves du public, vous pourrez être les fils adoptifs du tyran, mais vous ne verrez jamais le quatrième jour des Ides[2]. Il n'y avait qu'un avis sur la conduite de Mme de La Carlière, c'était une folle à enfermer... Le bel exemple à donner et à suivre !... C'est à séparer les trois quarts des maris de leurs femmes... Les trois quarts, dites-vous ? Est-ce qu'il y en a deux sur cent qui soient fidèles à la rigueur ?... Mme de La Carlière est très aimable sans contredit ; elle avait fait ses conditions, d'accord ; c'est la beauté, la vertu, l'honnêteté même ; ajoutez que le chevalier lui doit tout ; mais aussi vouloir dans tout un royaume être l'unique à qui son mari s'en tienne strictement, la prétention est par trop ridicule... Et puis l'on continuait : Si le Desroches en est si féru, que ne s'adresse-t-il aux lois et que ne met-il cette femme à la raison ?... Jugez de ce qu'ils auraient dit, si Desroches ou son ami avait pu s'expliquer ; mais tout les réduisait au silence. Ces derniers propos furent très inutilement rebattus aux oreilles du chevalier ; il eût tout mis en œuvre pour recouvrer sa femme, excepté la violence. Cependant Mme de La Carlière était une femme vénérée, et du centre de ces voix qui la blâmaient il s'en élevait quelques-unes qui hasardaient un mot de défense, mais un mot bien timide, bien faible, bien réservé, moins de conviction que d'honnêteté. — Dans les circonstances les plus équivoques le parti de l'honnêteté se grossit sans cesse de transfuges. — C'est bien vu. — Le malheur qui dure réconcilie avec tous les hommes, et la perte des charmes d'une belle femme la réconcilie avec toutes les autres. — Encore mieux. En effet lorsque la belle Mme de La Carlière ne présenta plus que son squelette, le propos de la commisération se mêla à celui du blâme : S'éteindre à la fleur de son âge, passer ainsi, et cela par la trahison d'un homme qu'elle avait bien averti, qui devait la connaître, et qui n'avait qu'un seul moyen d'acquitter tout ce qu'elle avait fait pour lui : car, entre nous, lorsque ce Desroches l'épousa, c'était un cadet de Bretagne qui n'avait que la cape et l'épée... La pauvre Mme de La Carlière ! cela est pourtant bien triste... Mais aussi pourquoi ne pas retourner avec lui ?... Ah ! pourquoi ? c'est que chacun a son caractère, et qu'il serait peut-être à souhaiter que celui-là fût plus commun ; nos seigneurs et maîtres y regarderaient à deux fois.

Tandis qu'on s'amusait ainsi pour et contre, en faisant du filet ou en brodant une veste, et que la balance penchait insensiblement en faveur de Mme de La Carlière, Desroches était tombé dans un état déplorable d'esprit et de corps, mais on ne le voyait pas ; il s'était retiré à la campagne où il attendait dans la douleur et dans l'ennui un sentiment de pitié qu'il avait inutilement sollicité par toutes les voies de la soumission. De son côté réduite au dernier degré d'appauvrissement et de faiblesse, Mme de La Carlière fut obligée de remettre à une mercenaire[1] la nourriture de son enfant. L'accident qu'elle redoutait d'un changement de lait arriva : de jour en jour l'enfant dépérit et mourut. Ce fut alors qu'on dit : Savez-vous ? cette pauvre Mme de La Carlière a perdu son enfant... Elle doit en être inconsolable... Qu'appelez-vous inconsolable ? c'est un chagrin qui ne se conçoit pas. Je l'ai vue, cela fait pitié ! on n'y tient pas... Et Desroches ?... Ne me parlez pas des hommes, ce sont des tigres. Si cette femme lui était un peu chère, est-ce qu'il serait à sa campagne ? est-ce qu'il n'aurait pas accouru ? est-ce qu'il ne l'obséderait pas dans les rues, dans les églises, à sa porte ? C'est qu'on se fait ouvrir une porte quand on le veut bien ; c'est qu'on y reste, qu'on y couche, qu'on y meurt... C'est que Desroches n'avait omis aucune de ces choses et qu'on l'ignorait ; car le point important n'est pas de savoir, mais de parler. On parlait donc : L'enfant est mort ; qui sait si ce n'aurait pas été un monstre comme son père ?... La mère se meurt... Et le mari, que fait-il pendant ce temps-là ?... Belle question ! Le jour il court la forêt à la suite de ses chiens, et il passe la nuit à crapuler[2] avec des espèces[3] comme lui. — Fort bien. — Autre événement. Desroches avait obtenu les honneurs de son état. Lorsqu'il épousa, Mme de La Carlière avait exigé qu'il quittât le service et qu'il cédât son régiment à son frère cadet[4]. — Est-ce que Desroches avait un cadet ? — Non, mais bien Mme de La Carlière. — Eh bien ? — Eh bien, le jeune homme est tué à la première bataille, et voilà qu'on s'écrie de tous côtés : Le malheur est entré dans cette maison avec ce Desroches... À les entendre, on eût cru que le coup dont le jeune officier avait été tué était parti de la main de Desroches. C'était un déchaînement, un déraisonnement aussi général qu'inconcevable. À mesure que les peines de Mlle de La Carlière se succédaient, le caractère de Desroches se noircissait, sa trahison s'exagérait, et sans en être ni plus ni moins coupable, il en devenait de jour en jour plus odieux. Vous croyez que c'est tout ? non, non. La mère de Mme de La Carlière avait ses soixante et seize ans passés. Je conçois que la mort de son petit-fils et le spectacle assidu de la douleur de sa fille suffisaient pour abréger ses jours; mais elle était décrépite, mais elle était infirme; n'importe : on oublia sa vieillesse et ses infirmités, et Desroches fut encore responsable de sa mort. Pour le coup on trancha le mot, ce fut un misérable dont Mme de La Carlière ne pouvait se rapprocher sans fouler aux pieds toute pudeur; le meurtrier de sa mère, de son frère, de son fils! — Mais d'après cette belle logique si Mme de La Carlière fût morte, surtout après une maladie longue et douloureuse qui eût permis à l'injustice et à la haine publique de faire tous leurs progrès, ils auraient dû le regarder comme l'exécrable assassin de toute une famille. — C'est ce qui arriva et ce qu'ils firent. — Bon! — Si vous ne m'en croyez pas, adressez-vous à quelques-uns de ceux qui sont ici, et vous verrez comment ils s'en expliqueront. S'il est resté seul dans le salon, c'est qu'au moment où il s'est présenté chacun lui a tourné le dos. — Pourquoi donc ? On sait qu'un homme est un coquin, mais cela n'empêche pas qu'on ne l'accueille. — L'affaire est un peu récente, et tous ces gens-là sont les parents ou les amis de la défunte. Mme de La Carlière mourut la seconde fête de la Pentecôte dernière, et savez-vous où ? à Saint-Eustache, à la messe de la paroisse, au milieu d'un peuple nombreux. — Mais quelle folie! on meurt dans son lit. Qui est-ce qui s'est jamais avisé de mourir à l'église? Cette femme avait projeté d'être bizarre jusqu'au bout. — Oui, bizarre, c'est le mot. Elle se trouvait un peu mieux; elle s'était confessée la veille; elle se croyait assez de force pour aller recevoir le sacrement à l'église, au lieu de l'appeler chez elle. On la porte dans une chaise. Elle entend l'office sans se plaindre et sans paraître souffrir. Le moment de la communion arrive; ses femmes lui donnent le bras et la conduisent à la sainte table; le prêtre la communie, elle s'incline comme pour se recueillir et elle expire. — Elle expire! — Oui, elle expire bizarrement, comme vous l'avez dit. — Et Dieu sait le tumulte!... — Laissons cela, on le conçoit de reste, et venons à la suite. — C'est que cette femme en devint cent fois plus intéressante et son mari cent fois plus abominable. — Cela va sans dire. — Et ce n'est pas tout? — Non. Le hasard voulut que Desroches se trouvât sur le passage de Mme de La Carlière lorsqu'on la transférait morte de l'église dans sa maison. — Tout semble conspirer contre ce pauvre diable. — Il approche, il reconnaît sa femme, il pousse des cris. On demande qui est cet homme. Du milieu de la foule il s'élève une voix indiscrète (c'était celle d'un prêtre de la paroisse) qui dit: C'est l'assassin de cette femme... Desroches ajoute, en se tordant les bras, en s'arrachant les cheveux: Oui, oui, je le suis... À l'instant on s'attroupe autour de lui, on le charge d'imprécations, on ramasse des pierres, et c'était un homme assommé sur la place, si quelques honnêtes gens ne l'avaient sauvé de la fureur de la populace irritée. — Et quelle avait été sa conduite pendant la maladie de sa femme?

— Aussi bonne qu'elle pouvait l'être. Trompé, comme nous tous, par Mme de La Carlière qui dérobait aux autres et qui peut-être se dissimulait à elle-même sa fin prochaine... — J'entends, il n'en fut pas moins un barbare, un inhumain. — Une bête féroce qui avait enfoncé peu à peu un poignard dans le sein d'une femme divine, son épouse et sa bienfaitrice, et qu'il avait laissé périr, sans se montrer, sans donner le moindre signe d'intérêt et de sensibilité. — Et cela pour n'avoir pas su ce qu'on lui cachait. — Et ce qui était ignoré de ceux-mêmes qui vivaient autour d'elle. — Et qui étaient à portée de la voir tous les jours. — Précisément, et voilà ce que c'est que le jugement public de nos actions particulières[1]. Voilà comme une faute légère... — Ô très légère. — S'aggrave à leurs yeux par une suite d'événements qu'il était de toute impossibilité de prévoir et d'empêcher. — Même par des circonstances tout à fait étrangères à la première origine, telles que la mort du frère de Mme de La Carlière par la cession du régiment de Desroches. — C'est qu'ils sont en bien comme en mal alternativement panégyristes ridicules ou censeurs absurdes ; l'événement est toujours la mesure de leur éloge ou de leur blâme. Mon ami, écoutez-les, s'ils ne vous ennuient pas, mais ne les croyez point et ne les répétez jamais, sous peine d'appuyer une impertinence de la vôtre. À quoi pensez-vous donc ? vous rêvez. — Je change la thèse, en supposant un procédé plus ordinaire à Mme de La Carlière. Elle trouve les lettres ; elle boude. Au bout de quelques jours l'humeur amène une explication et l'oreiller un raccommodement, comme c'est l'usage. Malgré les excuses, les protestations et les serments renouvelés, le caractère léger de Desroches le rentraîne dans une seconde erreur; autre bouderie, autre explication, autre raccommodement, autres serments, autres parjures, et ainsi de suite pendant une trentaine d'années, comme c'est l'usage. Cependant Desroches est un galant homme qui s'occupe à réparer par des égards multipliés, par une complaisance sans bornes une assez petite injure. — Comme il n'est pas toujours d'usage. — Point de séparation, point d'éclat; ils vivent ensemble comme nous vivons tous; et la belle-mère, et la mère, et le frère et l'enfant seraient morts qu'on n'en aurait pas sonné le mot. — Ou qu'on n'en aurait parlé que pour plaindre un infortuné poursuivi par le sort et accablé de malheurs. — Il est vrai. — D'où je conclus que vous n'êtes pas loin d'accorder à cette vilaine bête, à cent mille mauvaises têtes et à autant de mauvaises langues tout le mépris qu'elles méritent. Mais tôt ou tard le sens commun lui revient, et le discours de l'avenir rectifie le bavardage du présent[1]. — Ainsi vous croyez qu'il y aura un moment où la chose sera vue telle qu'elle est, Mme de La Carlière accusée et Desroches absous? — Je ne pense pas même que ce moment soit éloigné. Premièrement, parce que les absents ont tort et qu'il n'y a pas d'absent plus absent qu'un mort. Secondement, c'est qu'on parle, on dispute, les aventures les plus usées reparaissent en conversation et sont pesées avec moins de partialité. C'est qu'on verra peut-être encore dix ans ce pauvre Desroches, comme vous l'avez vu, traînant de maison en maison sa malheureuse existence; qu'on se rapprochera de lui, qu'on l'interrogera, qu'on l'écoutera, qu'il n'aura plus aucune raison de se taire, qu'on saura le fonds de son histoire, qu'on réduira sa première sottise à rien. — À ce qu'elle vaut. — Et que nous sommes assez jeunes tous deux pour entendre traiter la belle, la grande, la vertueuse, la digne Mme de La Carlière d'inflexible et hautaine bégueule ; car ils se poussent tous les uns les autres, et comme ils n'ont point de règles dans leurs jugements, ils n'ont pas plus de mesure dans leur expression. — Mais si vous aviez une fille à marier, la donneriez-vous à Desroches ? — Sans délibérer ; parce que le hasard l'avait engagé dans un de ces pas glissants dont ni vous, ni moi, ni personne ne peut se promettre de se tirer ; parce que l'amitié, l'honnêteté, la bienfaisance, toutes les circonstances possibles avaient préparé sa faute et son excuse ; parce que la conduite qu'il a tenue depuis sa séparation volontaire d'avec sa femme a été irrépréhensible, et que, sans approuver les maris infidèles, je ne prise pas autrement les femmes qui mettent tant d'importance à cette rare qualité. Et puis j'ai mes idées, peut-être justes, à coup sûr bizarres, sur certaines actions que je regarde moins comme des vices de l'homme que comme des conséquences de nos législations absurdes, sources de mœurs aussi absurdes qu'elles et d'une dépravation que j'appellerais volontiers artificielle. Cela n'est pas trop clair, mais cela s'éclaircira peut-être une autre fois. Et regagnons notre gîte ; j'entends d'ici les cris enroués de deux ou trois de nos vieilles brelandières[1] qui vous appellent, sans compter que voilà le jour qui tombe et la nuit qui s'avance avec ce nombreux cortège d'étoiles que je vous avais promis. — Il est vrai.

DOSSIER

CHRONOLOGIE

1713. 5 octobre : naissance de Denis Diderot à Langres, sur le plateau champenois. « Les habitants de ce pays ont beaucoup d'esprit, trop de vivacité, une inconstance de girouette. Cela vient, je crois, des vicissitudes de leur atmosphère qui passe en vingt-quatre heures du froid au chaud, du calme à l'orage, du serein au pluvieux [...]. Pour moi, je suis de mon pays : seulement le séjour de la capitale, et l'application assidue m'ont un peu corrigé. »
Son père, Didier Diderot, né en 1685, est artisan coutelier, il est reconnu pour sa fabrication d'instruments chirurgicaux. La mère, Angélique Vigneron, née en 1677, appartient aussi au monde artisanal. Parmi les oncles maternels, l'un est chanoine de la cathédrale, l'autre curé à quelques kilomètres de Langres.
1715. Naissance d'une sœur, Denise, à qui Diderot resta toute sa vie tendrement attaché.
1720. Naissance d'une autre sœur, Angélique. Denis, l'aîné, est parrain.
1722. Naissance du benjamin, Didier-Pierre, futur prêtre et chanoine.
1723. Denis entre chez les jésuites de Langres. Ses maîtres sont satisfaits de lui. Il fait aussi l'apprentissage des combats de la vie : « Telle était de mon temps l'éducation provinciale. Deux cents enfants se partageaient en deux armées. Il n'était pas rare qu'on en rapportât chez leurs parents de grièvement blessés. »
1726. Il reçoit la tonsure, il peut désormais se faire appeler abbé et porter le manteau court.
1728. Prix de vers latins et de version. « Un des moments les

plus doux de ma vie, ce fut [...] lorsque mon père me vit arriver du collège, les bras chargés de prix que j'avais remportés et les épaules chargées de couronnes qu'on m'avait données et qui, trop larges pour mon front, avaient laissé passer ma tête. Du plus loin qu'il m'aperçut, il laissa son ouvrage, il s'avança sur sa porte et se mit à pleurer.»

1729. Son père vient l'installer à Paris. Denis fréquente les collèges Louis-le-Grand et Harcourt, il veut devenir jésuite.

1732. Il est reçu maître ès arts de l'Université de Paris.

1735. Il est reçu bachelier en théologie, mais n'obtient pas de bénéfice dans le diocèse de Langres. Il se tourne vers le droit.

1736. Clerc de procureur chez François-Clément de Ris, Langrois d'origine. Il est surveillé par un cousin, le frère Ange, pour le compte de son père. «Mais que voulez-vous donc être? — Ma foi, mais rien du tout. J'aime l'étude; je suis fort heureux, fort content: je ne demande pas autre chose.»

1737. Le père coupe les vivres et Diderot multiplie les petits emplois, comme précepteur, professeur de mathématiques, journaliste, traducteur. Toutes les carrières restent possibles.

1741. Il fait la connaissance de la fille de sa lingère, Anne-Toinette Champion, née en 1710. «J'arrive à Paris. J'allais prendre la fourrure et m'installer parmi les docteurs de Sorbonne. Je rencontre sur mon chemin une femme belle comme un ange; je veux coucher avec elle, j'y couche; j'en ai quatre enfants; et me voilà forcé d'abandonner les mathématiques que j'aimais, Homère et Virgile que je portais toujours dans ma poche, le théâtre pour lequel j'avais du goût.»

1742. Il traduit l'*Histoire de la Grèce* de Temple Stanyan, fait paraître un premier poème dans *Le Perroquet, ou mélanges de diverses pièces*, renonce à la théologie, visite ses parents à Langres. Son cadet s'engage dans une carrière ecclésiastique et une de ses sœurs est religieuse.

1743. 1er février: le père Diderot écrit à Mme Champion mère pour la persuader de faire renoncer sa fille à l'idée d'un mariage. De son côté, il fait enfermer son fils dans un couvent. Denis s'enfuit. «Je me suis jeté par les fenêtres, la nuit du dimanche au lundi. J'ai marché jusqu'à présent que je viens d'atteindre le coche de Troyes qui me transportera à Paris.»

6 novembre : mariage clandestin à Saint-Pierre-aux-Bœufs, dans l'île de la Cité.

1744. Diderot traduit le *Dictionnaire universel de médecine* du Dr James. « Il venait d'entreprendre cette besogne, racontera sa fille, quand le hasard lui amena deux hommes : l'un était Toussaint, auteur d'un petit ouvrage intitulé *Les Mœurs*, l'autre un inconnu [Eidous]; mais tous deux sans pain et cherchant de l'occupation. Mon père, n'ayant rien, se priva de deux tiers de l'argent qu'il pouvait espérer de sa traduction, et les engagea à partager avec lui cette petite entreprise. »

1745. Traduction de *An Inquiry Concerning Virtue and Merit* de Shaftesbury, sous le titre de *Principes de philosophie morale, ou Essai sur le mérite et la vertu*.

1746. Publication clandestine des *Pensées philosophiques*. Le livre est condamné par le Parlement à être « lacéré et brûlé » comme « scandaleux, contraire à la religion et aux bonnes mœurs ».

Liaison avec Mme de Puisieux qui commence une carrière d'auteur.

1747. Rédaction de *La Promenade du sceptique* (qui ne sera publiée qu'après la mort de Diderot).

Diderot, né en 1713, est lié avec Jean-Jacques Rousseau le Genevois (de 1712), d'Alembert l'enfant trouvé (de 1717) et Condillac le Lyonnais (de 1714).

Contrat de Diderot et d'Alembert avec Le Breton et trois autres libraires pour la direction de l'*Encyclopédie*.

1748. Publication des *Mémoires sur différents sujets de mathématiques* et diffusion clandestine des *Bijoux indiscrets*.

Mort de la mère : Diderot ne retourne pas à Langres. Son père ignore toujours son mariage.

1749. 9 juin : publication de la *Lettre sur les aveugles à l'usage de ceux qui voient*.

24 juillet : perquisition de son appartement et arrestation. Il reste prisonnier au donjon de Vincennes jusqu'au 21 août, puis au château jusqu'au 3 novembre. C'est là que Rousseau vient lui rendre visite : « Je le trouvai très affecté de sa prison. Le donjon lui avait fait une impression terrible, et quoiqu'il fût fort agréablement au château et maître de ses promenades dans un parc qui n'est pas même fermé de murs, il avait besoin de la société de ses amis pour ne pas se livrer à son humeur noire. » Sur le chemin de Vincennes, Rousseau

a l'illumination de son système, il compose sous un chêne la prosopopée de Fabricius — point de départ du premier discours sur les sciences et les arts — et va la lire à Diderot.

1750. Le *Discours sur les sciences et les arts* de Rousseau est couronné par l'Académie de Dijon.
Prospectus de l'*Encyclopédie* qui lance la souscription. Rencontre avec un jeune Allemand, Friedrich Melchior Grimm, venu à Paris comme précepteur et bien décidé à y faire carrière.

1751. Publication avec permission tacite de la *Lettre sur les sourds et muets à l'usage de ceux qui entendent et qui parlent*.
En réponse aux critiques que le *Journal de Trévoux* fait du prospectus, Diderot rend publiques deux Lettres au R.P. Berthier, jésuite. Le premier tome de l'*Encyclopédie* paraît le 28 juin.
Agitation autour de l'entreprise.
Diderot est nommé membre de l'Académie de Berlin.

1752. Janvier: publication du tome II.
Un collaborateur de l'*Encyclopédie*, l'abbé de Prades, est censuré par la Sorbonne. Le privilège de l'*Encyclopédie* est annulé. Mme de Pompadour et le comte d'Argenson interviennent pour faire supprimer tacitement l'arrêt.
Mai-juin: voyage à Langres de Diderot, rejoint par Mme Diderot. Réconciliation générale.
Août: représentation de la *Serva padrona* de Pergolèse qui déclenche la Querelle des Bouffons. Rousseau, d'Holbach, Grimm, Diderot s'engagent en faveur de la musique italienne contre la tradition française. Rousseau fait jouer *Le Devin de village*.

1753. 2 septembre: naissance de Marie-Angélique, le seul enfant de Diderot qui survivra, elle deviendra Mme de Vandeul.
Octobre: tome III de l'*Encyclopédie*.
Décembre: publication avec permission tacite des *Pensées sur l'interprétation de la nature*.
Grimm prend la direction de la *Correspondance littéraire*, périodique manuscrit destiné aux têtes couronnées d'Europe.

1754. Séjour à Langres.
Tome IV de l'*Encyclopédie* et nouveau contrat avec les libraires. Diderot va pouvoir installer sa famille rue

Chronologie 113

Taranne (rue qui a disparu, à l'emplacement du boulevard Saint-Germain, non loin de l'actuelle statue du philosophe).
D'Alembert est élu à l'Académie française.

1755. Mort de Montesquieu. Le tome V de l'*Encyclopédie*, en novembre, s'ouvre sur un éloge du défunt par d'Alembert.
L'Histoire et le secret de la peinture en cire.
Liaison avec Louise Henriette Volland que Diderot appelle Sophie.
1er novembre : tremblement de terre de Lisbonne, crise de conscience des philosophes européens.

1756. Tome VI de l'*Encyclopédie*.
Publication dans la *Correspondance littéraire* d'une lettre à M. Landois sur la liberté et la nécessité, ainsi qu'une lettre à M. Pigalle sur le mausolée du maréchal de Saxe.
Diderot fait la connaissance de Mme d'Épinay, la maîtresse de Grimm.

1757. Attaques contre l'*Encyclopédie*. Palissot publie les *Petites Lettres sur de grands philosophes*.
Le Fils naturel et les *Entretiens sur le Fils naturel*. Un pamphlet attaque Diderot : *Le Bâtard légitimé, ou le Triomphe du comique larmoyant avec un examen du « Fils naturel »*.
Tome VII de l'*Encyclopédie* avec l'article « Genève » dans lequel d'Alembert critique l'interdiction du théâtre dans la cité de Calvin.
Tension entre Rousseau et Diderot.

1758. Rousseau publie la *Lettre à D'Alembert sur les spectacles* et rompt avec le clan encyclopédique.
Le Père de famille avec un discours sur la poésie dramatique.

1759. Après la révocation du privilège de l'*Encyclopédie*, condamnation de l'entreprise par le pape, mais obtention d'un privilège pour les planches.
10 mai : première lettre connue à Sophie Volland.
3 juin : mort du père. Voyage à Langres.
Rédaction du premier *Salon* de Diderot pour la *Correspondance littéraire*.

1760. Rédaction de *La Religieuse*.
Palissot fait jouer une pièce satirique contre les encyclopédistes, *Les Philosophes*.

1761. Première du *Père de famille* à la Comédie-Française.

Mort de Samuel Richardson, rédaction d'un *Éloge de Richardson* publié dans le *Journal étranger* en janvier 1762.
Salon de 1761.
Début de la rédaction du *Neveu de Rameau*.

1762. Parution officielle du premier volume de planches et diffusion clandestine de la suite des volumes d'articles de l'*Encyclopédie*. Catherine II propose de poursuivre l'impression en Russie : « L'*Encyclopédie* trouverait ici un asile assuré contre toutes les démarches de l'envie. » Diderot écrit à Voltaire qui l'en félicite : « C'est un énorme soufflet pour nos ennemis que la proposition de l'Impératrice de Russie. » Mais le philosophe décline l'invitation.

1763. *Salon de 1763.*
Lettre historique et politique sur le commerce de la librairie, lettre adressée à Sartine, nouvellement nommé comme Directeur général de la Librairie et de l'Imprimerie.

1764. Diderot découvre la censure que Le Breton a exercée sur les derniers volumes de l'*Encyclopédie*. Grimm témoigne : « Il se mit à revoir les meilleurs articles tant de sa main que de ses meilleurs aides, et trouva presque partout le même désordre, les mêmes vestiges du meurtrier absurde qui avait tout ravagé. Cette découverte le mit dans un état de frénésie et de désespoir que je n'oublierai jamais. » Diderot écrit à Le Breton : « Vous ne savez pas combien de mépris vous aurez à digérer de ma part. Je suis blessé jusqu'au tombeau » Il renonce pourtant à quitter l'*Encyclopédie*.

1765. Sur la suggestion de Grimm, Catherine II achète en viager la bibliothèque de Diderot et décide de lui verser une rente annuelle de 1 000 livres. Elle organise une campagne médiatique pour faire savoir son geste de générosité à travers l'Europe : Dorat compose une *Épître à Catherine II*, Pierre Légier une *Épître à Diderot*.
Juillet : « Sur Térence » dans la *Gazette littéraire de l'Europe*.
Septembre : achèvement de l'*Encyclopédie*.
Salon de 1765.
Décembre : début d'un échange de lettres sur la postérité, qui se poursuivra jusqu'en avril 1767 avec Falconet. Falconet joue les cyniques, Diderot défend le

principe d'une survie toute laïque après la mort et d'un jugement dernier strictement humain.

1766. *Essais sur la peinture* pour faire suite au *Salon de 1765*.
Diderot recommande Falconet à Catherine II. Le sculpteur part à Saint-Pétersbourg pour faire la statue de Pierre le Grand.
La tsarine en retard dans le versement de la rente à son «bibliothécaire» lui fait verser cinquante ans d'avance.

1767. Janvier: promotions des frères Diderot, l'abbé est nommé chanoine de la cathédrale de Langres, et le philosophe membre de l'Académie impériale des arts de Saint-Pétersbourg.
Rédaction du *Salon de 1767* qui va durer une bonne partie de l'année suivante.

1768. Longues missives à une comédienne, Mlle Jodin, et à Falconet.
Les lettres à Sophie sont désormais adressées conjointement à la mère et à ses deux filles, «Mesdames et bonnes amies».
Septembre-octobre: *Mystification*.
Décembre: vente de la collection Gaignat. Diderot achète plusieurs tableaux pour le compte de Catherine II.

1769. *Regrets sur ma vieille robe de chambre*.
Mai: Grimm part en voyage et laisse la responsabilité de la *Correspondance littéraire* à Mme d'Épinay et à Diderot.
Rédaction du *Rêve de d'Alembert*.
Diderot fait paraître les *Dialogues sur le commerce des blés* de l'abbé Galiani qui a quitté Paris. Il renonce à participer au *Supplément* de l'*Encyclopédie*.
Villégiature d'été à Sèvres qui deviendra sa résidence d'été jusqu'à sa mort.
Salon de 1769.
Rédaction de *Garrick ou les acteurs anglais*, origine du *Paradoxe sur le comédien*.
Flambée amoureuse pour Mme de Maux.

1770. Rédaction des *Principes philosophiques sur la matière et le mouvement*.
Probable participation au *Système de la nature* du baron d'Holbach.
Fiançailles d'Angélique Diderot avec Abel François Nicolas Caroillon de Vandeul, fils d'amis d'enfance de Langres. Diderot retourne dans son pays natal avec Grimm, il retrouve à Bourbonne son amie Mme de

Maux et la fille de celle-ci. Il compose le *Voyage à Bourbonne, à Langres* et *Les Deux Amis de Bourbonne*.

1771. *Apologie de Galiani*, réponse aux critiques faites par Morellet aux *Dialogues sur le commerce des blés*.
Entretien d'un père avec ses enfants. Première version de *Jacques le Fataliste*.
Diderot édite les *Leçons de clavecin* de Bemetzrieder.
Rousseau fait des lectures des *Confessions*, Mme d'Épinay en demande l'interdiction.

1772. Publication du traité d'Helvétius, décédé l'année précédente, *De l'homme*, et des *Lettres sur l'homme et ses rapports* d'Hemsterhuis. Diderot fera la réfutation des deux textes.
Essai sur le caractère, les mœurs et l'esprit des femmes dans les différents siècles de Thomas. Diderot réagit avec *Sur les femmes*.
Collaboration à l'*Histoire des deux Indes* de l'abbé Raynal.
Parution des *Œuvres philosophiques de M. D**** qui lui attribuent de nombreux textes qui ne sont pas de lui et des *Œuvres philosophiques et dramatiques de M. Diderot*.
9 septembre : mariage d'Angélique à Saint-Sulpice. Diderot écrit à Grimm : « Ah, mon ami, quel moment ! Si j'avais à refaire *Le Père de famille*, je vous ferais entendre bien d'autres choses ! » Le 13, il adresse à sa fille une longue lettre de direction morale : « Je vous ordonne de serrer cette lettre, et de la relire au moins une fois par mois. C'est la dernière fois que je vous dis *Je le veux*. »

1773. *Ceci n'est pas un conte, Madame de La Carlière, Supplément au Voyage de Bougainville* dans la *Correspondance littéraire*.
Les Deux Amis de Bourbonne et l'*Entretien d'un père avec ses enfants* paraissent avec les *Nouvelles idylles* de Gessner, en allemand, puis en français à Zurich.
Collection complète des œuvres philosophiques, littéraires et dramatiques de M. Diderot qui contient plusieurs textes qui ne sont pas de lui.
11 juin : départ de Paris pour la Hollande et la Russie où il veut aller remercier la tsarine de ses bontés.
Séjour à La Haye, chez Galitzine, ambassadeur de Russie.
Rédaction des Réfutations d'Helvétius et d'Hemsterhuis, ainsi que du *Paradoxe sur le comédien*.

20 août : départ de La Haye, traversée de l'Allemagne, en évitant Berlin.
8 octobre : arrivée à Saint-Pétersbourg.
Accueil décevant de Falconet.
Entretiens quotidiens avec Catherine II. Grimm écrit à un ami : « Il est cependant avec elle tout aussi singulier, tout aussi original, tout aussi Diderot qu'avec vous. Il lui prend la main comme à vous ; il lui secoue les bras comme à vous, il s'assied à ses côtés comme chez vous ; mais, en ce dernier point, il obéit aux ordres souverains et vous jugez bien qu'on ne s'assied vis-à-vis de Sa Majesté que quand on y est forcé. » Catherine aurait rapporté à Mme Geoffrin : « Votre Diderot est un homme extraordinaire ; je ne me tire pas de mes entretiens avec lui sans avoir les cuisses meurtries et toutes noires. »

1774. 5 mars : départ de Saint-Pétersbourg pour La Haye.
Rédaction de l'*Entretien d'un philosophe avec Mme la maréchale de ****, des *Principes de politique des souverains*, des *Observations sur le Nakaz*.
21 octobre : retour à Paris.

1775. Diderot envoie à Catherine II un *Plan d'une université pour le gouvernement de Russie*.
Salon de 1775 et *Pensées détachées sur la peinture, la sculpture, l'architecture et la poésie*.

1776. Longs séjours en dehors de Paris, à Sèvres chez le joaillier Étienne Belle, au Grandval, près de Boissy-Saint-Léger, chez d'Holbach.
Pigalle sculpte son buste. « Je mourrai vieil enfant. Il y a quelques jours, je me suis fendu le front chez Pigalle contre un bloc de marbre ; après cette belle aventure j'allais voir ma fille ; sa petite fille qui a trois ans et qui me vit une énorme bosse à la tête, me dit : "Ah, ah, grand-papa, tu te cognes donc aussi le nez contre les portes." »

1777. Diderot travaille pour la nouvelle édition de l'*Histoire des deux Indes* de Raynal. Il prépare une édition de ses *Œuvres*, il met en ordre, récrit, fait copier.
La Pièce et le prologue, première version d'*Est-il bon ? est-il méchant ?*

1778. Retour de Voltaire à Paris pour son apothéose et sa mort. Décès de Rousseau, peu de temps plus tard.
Diderot travaille à un *Essai sur Sénèque* qui paraît comme dernier volume d'une traduction des *Œuvres* de Sénèque par Lagrange.

1781. Déçu par l'arrivisme et le conformisme de Grimm, Diderot prend la défense du radicalisme de Raynal : *Lettre apologétique de l'abbé Raynal à M. Grimm.*
21 mai : la troisième édition de l'*Histoire des deux Indes* est condamnée et Raynal décrété de prise de corps.
Dernier *Salon* où Diderot fait l'éloge de David.
Sa santé se dégrade.
1782. Publication d'une nouvelle version de l'*Essai sur Sénèque*, devenu *Essai sur les règnes de Claude et de Néron*.
« M. Diderot a craint un moment la Bastille pour son essai sur l'empereur Claude. J'y ai trouvé, a dit le Roi au Garde des sceaux, des notes allusives à la conduite de l'auguste amant de Mme du Barry, grondez beaucoup l'auteur, mais ne lui faites point de mal » *(Correspondance secrète).*
1783. La *Correspondance littéraire* commence à publier la *Réfutation d'Helvétius* et la poursuivra jusqu'en 1786.
15 avril : mort de Mme d'Épinay.
Septembre : « Nous sommes sur le point de perdre MM. d'Alembert et Diderot : le premier d'un marasme joint à une maladie de vessie ; le second d'une hydropisie » (Meister).
29 octobre : mort de d'Alembert qui a refusé les dernires sacrements. L'Église prétend empêcher son inhumation.
1784. 22 février : mort de Sophie Volland.
Mi-juillet : Diderot emménage dans un bel appartement loué par Catherine II rue de Richelieu, dans une paroisse dont le curé est compréhensif. Celui-ci rend visite au malade et lui propose une « petite rétractation » de ses livres qui ferait « un fort bel effet dans le monde ». « Je le crois, M. le curé, mais convenez que je ferais un impudent mensonge. »
31 juillet : mort de Diderot.
1er août : inhumation à Saint-Roch.

DOCUMENTS

SAINT-LAMBERT, *LES DEUX AMIS*

Conte iroquois

(1770)

Les Iroquois habitent entre le fleuve Saint-Laurent et l'Ohio[1]. Ils composent une nation peu nombreuse, mais guerrière ; et qui a conservé son indépendance au milieu des Français et des Anglais.

Les Iroquois vivent rassemblés dans des villages, où ils ne sont soumis à l'autorité d'aucun homme ni d'aucune loi. Dans la guerre, ils obéissent volontairement à des chefs ; dans la paix, ils n'obéissent à personne.

Ils ont les uns pour les autres les plus grands égards : chacun d'eux craint de blesser l'amour-propre d'un autre, parce que cet amour-propre s'irrite aisément, et que la plus légère offense est bientôt vengée. La vengeance est l'instinct le plus naturel aux hommes qui vivent dans les sociétés indépendantes[2] ; et le sauvage, qui ne peut faire craindre à son semblable le magistrat et les lois, fait craindre ses fureurs.

C'est donc la crainte qui est, chez les sauvages, la cause de leur politesse cérémonieuse et de leurs compliments éternels : elle l'est aussi de quelques associations. Certaines familles, quelques particuliers, se promettent par serment de se secourir, de se protéger ; de se défendre : ils passent leur vie dans un commerce de bons offices mutuels ; ils sont tranquilles à l'abri de l'amitié, et ils connaissent mieux que nous son prix et ses charmes.

Tolho et Mouza, deux jeunes Iroquois du village d'Ontaïo, étaient nés le même jour dans deux cabanes voisines, et dont les habitants, unis par serment, avaient résisté ensemble à leurs ennemis, aux besoins et aux accidents de la vie.

Dès l'âge de quatre à cinq ans, Tolho et Mouza étaient unis comme leurs pères : ils se protégeaient l'un l'autre dans les petites querelles qu'ils avaient avec d'autres enfants : ils partageaient les fruits qu'ils pouvaient cueillir. Amusés des mêmes jeux, occupés des mêmes choses, ils passaient leurs jours ensemble dans leurs cabanes, sur la neige ou sur le gazon. Le soir leurs parents avaient peine à les séparer, et souvent la même natte servait de lit à tous deux.

Lorsqu'ils eurent quelque force et quelques années de plus, ils s'instruisirent à courir, à tendre l'arc, à faire des flèches, à les lancer, à franchir les ruisseaux, à nager, à conduire un canot. Ils avaient l'ambition d'être les plus forts et d'être les plus adroits de leur village ; mais Tolho ne voulait point surpasser Mouza, et Mouza ne voulait point surpasser Tolho.

Ils devenaient de jour en jour plus chers et plus nécessaires l'un à l'autre : tous les matins ils sortaient de leur cabane : ils élevaient les yeux au ciel et disaient :

« Grand esprit, je te rends grâce de tirer le soleil du fond du grand lac et de le porter sur la chevelure des montagnes : soit qu'il sorte du grand lac, ou soit qu'il descende de la chevelure des montagnes, il réjouira mon ami. Grand esprit, donne la rosée la terre, du poisson à mes filets, la proie à mes flèches, la force à mon cœur, et tous les biens à mon ami. »

Déjà ces deux jeunes sauvages allaient à la chasse du chevreuil, du lièvre et des animaux timides : ils ne chassaient jamais séparément, et le gibier qu'ils apportaient, se partageait également entre leurs cabanes.

Lorsqu'ils eurent assez de force et d'expérience pour attaquer, dans la forêt, le loup, le tigre et le carcajou[1], avant de tenter ces chasses où ils pouvaient courir quelques dangers, ils pensèrent à se choisir un Manitou.

Les Iroquois, comme tous les sauvages, adorent un Être suprême, qui a tout créé, et dont rien ne borne la puissance : ils le nomment le *Grand Esprit*. Ils sont persuadés que cet être donne à chacun d'eux un génie qui doit les protéger dans tout le cours de leur vie : ils croient qu'ils sont les maîtres d'attacher le génie à tout ce qu'ils veulent. Les uns choisissent un arbre ; d'autres une pierre ; ceux-ci une jeune fille ; ceux-là un ours ou un orignal. Ils pensent qu'aussitôt qu'ils ont fait ce choix, et qu'ils ont dit : « Orignal[2], arbre ou pierre, je me confie à toi», le génie qui doit veiller sur eux, s'attache à ces substances qu'ils appellent leur *Manitou*[1], et ils se tiennent fort sûrs que toutes les fois qu'ils invoquent leur génie, il quitte le Manitou et vient les secourir. Ces superstitions sont absurdes, j'en conviens ; mais elles ne le sont pas plus que celles de plusieurs peuples policés.

Tolho et Mouza se proposèrent un jour d'aller sur la montagne où les Iroquois vont adorer le Grand Esprit, et ils s'y rendirent au lever du soleil. Là, ils répétèrent leurs exercices : ils frappaient les arbres du casse-tête ou de la hache ; ils perçaient de leurs flèches les oiseaux qui volaient autour d'eux ; ils couraient l'un contre l'autre avec des gestes menaçants ; ils se firent même quelques légères blessures, d'où ils virent avec joie couler leur sang.

«Grand Esprit, disaient-ils, nous sommes des hommes ; nous ne craindrons ni l'ennemi, ni la douleur : donne-nous un génie il ne rougira pas d'être notre guide.»

Après cette courte prière, les deux jeunes sauvages se regardèrent avec attendrissement et une sorte de respect ; leurs regards s'animaient, ils semblaient saisis d'un saint enthousiasme, et obéir à des impulsions dont ils n'étaient pas les maîtres. Dans ces transports, chacun d'eux prononça le nom de son ami, chacun d'eux attacha son génie à la personne de son ami. Mouza fut le Manitou de Tolho ; Tolho fut le Manitou de Mouza.

Dès ce moment, leur amitié leur devint sacrée ; les soins qu'ils se rendaient avaient quelque chose de religieux ; chacun d'eux était pour l'autre un objet de culte, un être divin. Ils se trouvèrent un courage plus ferme, une audace plus intrépide. Ils attaquèrent avec succès les animaux les plus féroces, et tous les jours ils revenaient dans Ontaïo chargés de proie et de fourrures.

Les jeunes filles des sauvages aiment beaucoup les bons chasseurs : elles les préfèrent même aux guerriers. Ceux-ci donnent à leurs maîtresses ou à leurs femmes, de la considération : les chasseurs leur donnent des vivres et des fourrures ; et chez les femmes sauvages, l'abondance vaut mieux que la gloire[2]. Les jeunes filles d'Ontaïo faisaient de fréquentes agaceries aux deux jeunes amis ; mais ils y résistaient, parce que les Iroquois sont persuadés que les plaisirs de l'amour énervent[3] le corps et affaiblissent le courage, lorsqu'on s'y livre avant l'âge de vingt ans. Mouza et Tolho n'en avaient que dix-huit, et ils auraient rougi de n'avoir pas sur eux-mêmes autant de pouvoir qu'en ont communément les jeunes gens de leur nation.

Selon l'auteur du Mémoire sur les mœurs des Iroquois, cité dans les *Variétés littéraires*, et selon les relations de tous les voyageurs, les filles chez ces peuples ont fort peu de retenue[1]. Ce n'est pas que la nature n'ait prescrit dans le Nouveau-Monde comme dans l'ancien, l'attaque aux hommes, la défense aux femmes ; mais dans ces contrées, on attache de l'honneur à la chasteté des hommes, et les femmes attachent de l'honneur à la conquête des chasseurs habiles et des vaillants guerriers. Dans tous les climats, l'homme et la femme naissent avec les mêmes instincts ; mais dans tous les climats, l'opinion établit des habitudes qui changent la nature. De toutes les espèces d'animaux, l'espèce humaine est celle que l'habitude modifie le plus.

Parmi les jeunes filles qui tentèrent la conquête de Tolho et de Mouza, Érimé était la plus aimable. Elle avait dix-sept ans : elle n'avait point encore eu d'amants ; elle était vive et gaie ; elle aimait le travail et le plaisir, elle était coquette avec les jeunes gens, respectueuse, attentive avec un frère de sa mère qui avait élevé son enfance, et de la cabane duquel elle prenait soin. Ce vieillard s'appelait Cheriko : il était respecté dans les différents bourgs d'une nation qui porte à l'excès le respect dû aux vieillards.

Sa nièce essaya de plaire alternativement à chacun des deux amis ; mais les Iroquois étaient menacés d'une guerre avec les Outaouais. Le moment des grandes pêches arrivait. Mouza et Tolho soumis à leurs préjugés, occupés des préparatifs de leur pêche, parurent faire peu d'attention aux agaceries d'Érimé. Ils s'embarquèrent sur le fleuve Saint-Laurent. À leur départ, Érimé ne parut point triste ; elle les conduisit en riant jusqu'au rivage, et au moment qu'ils entraient dans le canot, elle leur chanta gaiement la chanson suivante qu'elle venait de composer pour eux.

«Ils partent les deux Amis, les voilà qui habitent le grand fleuve. Ils partent, et les filles d'Ontaïo soupirent. Pourquoi soupirez-vous, filles d'Ontaïo ? Mouza et Tolho n'ont point veillé à la porte de vos cabanes.

»Les deux Amis sont deux mangliers[2] en fleurs : leurs yeux ont l'éclat de la rosée au lever du soleil : leurs cheveux sont noirs comme l'aile du corbeau. Ils partent, et les filles d'Ontaïo soupirent.

»Ne soupirez pas, filles d'Ontaïo ; ils reviendront les deux Amis : ils seront hommes, ils auront tout leur esprit : ils viendront à vos cabanes, et vous serez heureuses.»

Cependant Mouza et Tolho voguèrent vers les parties du

fleuve qui forment dans les terres des espèces de golfes, et qui abondent le plus en poisson. Les sauvages parlent peu, parce qu'ils ont peu d'opinions, et que ces opinions sont les mêmes ; mais ils ont un sentiment vif et ils l'expriment fréquemment par des exclamations ou des gestes. Un ami a besoin de révéler à son ami quelles sont les impressions qu'il reçoit des objets extérieurs ; il a besoin de lui manifester ses craintes, ses espérances, le sentiment qui le domine. Dans leur navigation, les deux Iroquois gardaient un profond silence. Enfin Mouza regarda Tolho tendrement et baissa les yeux et la tête d'un air consterné. Tolho, qui rencontra les yeux de Mouza, ne put soutenir ses regards et détourna la tête en rougissant.

Ils arrivèrent, à l'entrée de la nuit, dans le golfe où ils voulaient tendre leurs filets : ils attachèrent leur canot à de longs peupliers qui bordaient le rivage ; ils abattirent quelques branches de chêne ; ils formèrent une hutte, dont ils garnirent le fond de feuillages sur lesquels ils s'étendirent.

Mouza s'endormit ; mais après un moment de sommeil, il s'éveilla. Son ami l'entendit qui répétait à demi-voix la chanson d'Érimé. Tolho s'endormit enfin. Il parut fort agité pendant son sommeil, et Mouza, qui l'observait, crut l'entendre prononcer en dormant, le nom d'Érimé.

Dès que le jour parut, ils se levèrent en silence, et commencèrent leur pêche qui ne fut pas heureuse. Ils étaient affligés l'un et l'autre. Mouza montrait la tristesse la plus profonde, et Tolho de la douleur et de l'indignation. Ils se proposèrent de se rendre dans un golfe plus abondant en poisson, mais assez voisin de la cascade de Niagara, cette cascade célèbre où le fleuve Saint-Laurent, large de près d'une lieue, précipite ses eaux de la hauteur de deux cents toises[1]. Le fleuve, aux environs du golfe que cherchaient les jeunes Iroquois, est serré entre des montagnes et semé de rochers et d'écueils : il y a des courants très rapides, et la navigation en est très dangereuse. Mouza et Tolho naviguaient à travers ces rochers conduits par la crainte de revenir dans Ontaïo sans être chargés de poisson, et avec la confiance que leur donnait leur courage.

Ils n'étaient pas éloignés de ce golfe où ils voulaient se rendre, lorsqu'il s'éleva un vent violent qui les emporta vers la cascade. Ce vent était poussé par un orage qui s'étendait à l'occident. Le ciel était encore serein au zénith ; mais un peu au-dessus des montagnes, il était sombre et noir, les éclairs semblaient des feux qui s'élançaient de ces montagnes, dont le tonnerre et les vapeurs enveloppaient les sommets. Les feux de la nue se réfléchissaient sur l'étendue des eaux agitées. Le canot volait rapidement sur un courant qui l'entraînait vers la cascade ; le bruit continu de la chute immense des eaux, le bruit interrompu des tonnerres et des vents portaient la crainte dans l'âme courageuse des deux jeunes sauvages ; mais cette crainte ne leur ôtait point la présence d'esprit.

Malgré la force du courant et de la tempête, ils dirigeaient le canot avec art, et ils évitaient les écueils. Ils regardaient de toutes parts pour découvrir quelque plage où ils pourraient aborder ; mais ils se voyaient environnés partout de rochers escarpés ou suspendus. Déjà ils découvraient le nuage éclatant qu'élèvent jusqu'au ciel les eaux du fleuve en rejaillissant des rochers sur lesquels elles se brisent. Ce nuage était entre les jeunes amis et le soleil : la lumière de cet astre étincelait à travers les vapeurs, et y répandait toutes les couleurs de l'arc-en-ciel ; ces vapeurs brillantes touchaient à l'extrémité du sombre nuage d'où partaient la foudre et les éclairs. Tolho et Mouza sentirent qu'ils ne pouvaient éviter d'être entraînés dans la chute du fleuve, et de tomber avec la masse des eaux sur les pointes des rochers. Ils se regardèrent en s'écriant : « Mouza n'aura point à regretter Tolho, Tolho n'aura point à regretter Mouza. Pleure, Érimé, pleure ; ceux qui t'aiment vont mourir. » C'est Mouza qui prononça ces paroles. Ils s'embrassèrent encore. Ils étaient déjà couverts des vapeurs qui s'élèvent et retombent sur les bords de la cascade terrible ; ils se sentirent près du gouffre ; ils ne s'abandonnèrent pas encore à leur destinée, et regardant de côté et d'autre sur les eaux écumantes, ils virent à côté d'eux quelques arbres qui étendaient leurs branches sur le fleuve ; ils se les montrèrent ; ils se jetèrent à la nage, leurs flèches dans les mains, le carquois sur l'épaule, et abordèrent sous les arbres dans une prairie marécageuse, d'où ils se rendirent bientôt sur un terrain plus élevé ; ils entrèrent ensuite dans une forêt, dont les arbres immenses ombrageaient les rives du grand fleuve.

Dès qu'ils eurent mis les pieds sur le rivage, ils s'embrassèrent ivres de joie, et tous deux se jetèrent à genoux. « Grand Esprit, âme des fleuves, du soleil et des tonnerres[1], dit Mouza, tu m'as conservé mon ami. — Cher ami, s'écria Tolho, nous ne pouvons périr ensemble. »

Après cette première effusion de tendresse et de joie, ils se reposèrent quelque temps sur le gazon, sans se parler ; et, les yeux fixés à terre, ils se regardèrent, et Mouza versait un torrent de larmes.

« Ô Mouza ! dit Tolho, j'atteste le Grand Esprit, mon âme vit avec toi, je souffre de tes peines, je ris de ta joie. Hélas, je le vois, ton esprit t'abandonne, il n'est plus auprès de Tolho, il suit Érimé.

— Ah! dit Mouza, en se jetant dans les bras de son ami, j'aime Tolho plus que moi-même; mais Érimé possède ma pensée, il est vrai, oui, il est vrai.

— Écoute, dit Tolho, j'ai vu tes peines; n'as-tu pas vu les miennes? N'as-tu pas vu qu'Érimé m'enlevait mon esprit?... — Je l'ai vu, dit Mouza, et je meurs... — Ah! reprit Tolho, tu ne peux être plus malheureux que moi; mais je ne ferai pas longtemps couler tes larmes. J'ai eu tort; il faut que tu me le pardonnes. Il y a près d'une lune que mon cœur est déchiré, et je ne t'ai point prié de le guérir... — Ah! dit Mouza, ne t'ai-je pas aussi caché mes pensées? Oui, j'ai scellé ma bouche auprès de mon ami; mais ma bouche va s'ouvrir: tu verras le cœur qui t'aime et qui souffre; il ne veut plus se cacher à toi. Disons tout. Tu te souviens du jour où nous revînmes chargés de peaux de tigres, d'ours et de carcajou; nos parents furent riches de notre chasse, et les filles d'Ontaïo chantaient les chasseurs. Érimé vint à moi: le souris était sur ses lèvres, l'esprit d'amour était dans ses yeux. Mouza, dit-elle, abat les tigres, perce le carcajou, renverse l'ours, et il n'en demande pas la récompense aux filles d'Ontaïo. Après avoir dit ces mots, elle se retourna, je rougis; et je ne lui répondis rien. Je m'éloignai, mais avec peine; mes pieds étaient pesants, et mes genoux ne se pliaient pas. Je me retirai le soir dans la cabane de mon père, et je ne t'y appelai pas; l'image d'Érimé occupait tout mon esprit: elle l'occupa dans le sommeil; à mon réveil, je vis encore Érimé. Je me disais cependant, les Outaouais menacent Ontaïo; j'aurai besoin de mes forces et de mon courage: l'amour abat, dit-on, les forces du guerrier qui n'a pas vingt ans, et je n'ai pas vingt ans. J'ajoutais bientôt: qu'Érimé est douce et belle! Ses yeux demandent de l'amour; qui pourrait résister?... Tolho, Tolho résisterait, et si je cédais à l'amour, je ne pourrais plus soutenir les regards de mon ami. C'est ainsi que je commençais à te craindre. — Arrête, dit Tolho, qui écoutait avec des yeux inquiets, arrête: dis-moi le jour, le moment où Érimé t'a dit les paroles d'amour. — Le jour même de notre arrivée, répondit Mouza, et un moment avant la nuit. — Ah! dit Tolho, tu es le premier de nous auquel elle a parlé d'amour. » Mouza poursuit: «Le souvenir des promesses que nous nous étions faites l'un à l'autre, de ne goûter les douceurs de l'amour, qu'après avoir enlevé des chevelures à l'ennemi, revenait à ma pensée, et je me trouvais fort; mais je me retraçais les charmes, le souris, les regards d'Érimé, et je perdais ma force. Ô Tolho ! dans ton absence, je t'invoquais, et en ta présence je n'osais te parler. Mais ce n'est pas encore à ce moment où j'ai pensé que je pouvais t'aimer moins ; c'est lorsque je te vis, la veille de notre départ, entretenir Érimé qui te prit la main, et que tu regardais des yeux de l'amour. Je frissonnai comme la jeune fille qui voit la couleuvre qu'elle entend siffler ; j'étais agité, troublé, confus, jaloux du cœur d'Érimé et du tien. À notre départ, je crus entrevoir que la plus belle des filles ne t'aimait pas plus que moi, et que tu pouvais encore être la moitié de mon âme.

— Ah ! Mouza, dit son ami, Érimé m'entraîne, mais avec toi. Elle semblait m'aimer la veille de notre départ. Tolho, dit-elle, passe le temps des fleurs dans les forêts et sur les eaux, où il n'y a point de fleurs. Elle me dit ces mots d'une voix douce comme celle du vent dans les roseaux ! ma main rencontra sa main. L'eau brûlante que nous vendent les hommes d'au-delà du grand lac, ne répand pas autant de chaleur dans nos sens, et ne nous donne pas autant de vie et de cœur, que je m'en sentis en touchant la main d'Érimé. Ce feu ne s'éteint pas ; il brûle encore le sang de ton ami : mon âme me semble augmentée ; j'ai une foule de pensées que je n'avais pas : je me sens plus le besoin de montrer ma force, d'exercer mon courage. Je donnerais mille fois ma vie pour te sauver un chagrin ; je m'exposerais à toutes les douleurs pour plaire à la belle Érimé. Quand j'ai vu qu'elle occupait ton esprit, j'ai frémi ; il m'a semblé que je t'aimerais moins si tu la possédais ; mais l'amitié que j'ai pour toi m'est si chère, que si je craignais de la perdre, le fleuve que tu vois me guérirait de la vie ; cependant j'aime Érimé, j'en conviens. Il faut qu'elle m'aime, je le sens, et je le dis. » Mouza l'interrompit. « Ah, lui dit-il, tu n'as pas prononcé une parole qui ne m'ait fait sentir la peine ou le plaisir. Quelles délices je trouve dans mon cœur quand tu me parles de notre amitié sacrée ; mais quel supplice tu me fais souffrir quand tu m'assures, avant tant de force, que tu ne cesseras jamais d'aimer la belle fille que j'aime ! — Oh ! Mouza, dit Tolho, nos cœurs sont les mêmes en tout, et nous sommes malheureux. »

Ils parlèrent encore longtemps de leur passion[1], et se peignirent en détail la manière dont ils la sentaient. Ni l'un ni l'autre n'imaginaient encore de la combattre et de la vaincre. Tolho avait dans le caractère plus de violence, d'impétuosité et de fierté que Mouza : celui-ci était plus tendre ; il avait une sensibilité plus douce. Ils étaient également généreux, l'un par élévation d'âme, et l'autre par tendresse : ils avaient au même degré le courage, l'amitié et l'amour.

Cependant leur longue conversation avait épuisé leurs forces. L'un et l'autre accablés de fatigue, se laissèrent tomber sur le gazon et goûtèrent quelque repos. À leur réveil, ils cherchèrent des fruits qui pussent les nourrir, et après un léger repas, ils songèrent à se faire des armes. Ils n'avaient que leurs flèches qui ne pouvaient les défendre contre des animaux féroces: ils coupèrent de jeunes arbres dont ils séchèrent la racine au feu qu'ils allumèrent avec des cailloux. Avec ces massues, ils se trouvèrent en état de combattre toute sorte d'ennemis.
   Enfin Mouza proposa de retourner au village d'Ontaïo pour y reprendre un canot, des filets, et se mettre en état de faire une pêche plus heureuse. Tolho sourit d'abord à cette proposition; mais bientôt son visage devint sérieux; il fit sentir à son ami le trouble, les jalousies, les peines auxquelles ils allaient s'exposer l'un et l'autre. Mouza partagea bientôt les craintes de Tolho qui étaient fondées, et tous deux retombèrent dans la tristesse la plus profonde.
   Ils ne prenaient aucune résolution, et ils passèrent plusieurs jours dans la forêt sans former le dessein d'en sortir, sans avoir le projet d'y rester: ils se parlaient souvent de leur situation.
   Tolho dit un jour à son ami: «Ce ne sont pas les plaisirs de l'amour qui avilissent les jeunes guerriers; c'est son empire. Nous savons vaincre la douleur, cette compagne de l'homme; nous résistons à la faim, nous bravons le danger; mais pouvons-nous nous croire des hommes si nous restons les esclaves de l'amour? L'homme rougit de céder à l'homme, et nous cédons à une jeune fille, nous souffrons qu'elle occupe nos pensées, qu'elle nous tourmente. — Ah! dit Mouza, j'aurais rougi de ma faiblesse; mais comment rougir d'une faiblesse que je partage avec toi? Ton exemple m'a ôté la honte; mais aujourd'hui ton exemple relève mon courage. Eh! que ferons-nous en cessant d'aimer Érimé? ce qu'ont fait plusieurs sauvages que des filles ont refusés. Nous avons vu ces amants s'affliger pendant quelques jours, et dédaigner bientôt celles qui les avaient dédaignés. — Ah! dit Tolho, ils n'avaient pas notre amour. — Cela est vrai, dit Mouza; mais ils n'avaient ni notre amitié, ni notre courage.»
   Après plusieurs discours dans lesquels ils se rappelaient la conduite des jeunes sauvages qui avaient vaincu leurs passions, après quelques contestations sur les moyens d'imiter ces héros, ils firent le projet de ne retourner dans Ontaïo, que lorsqu'ils seraient l'un et l'autre en état de revoir Érimé sans

émotion. Ils se construisirent une cabane un peu plus commode que leur hutte, et là, ils vécurent de leur chasse et de quelques fruits. Ils se demandaient de temps en temps des nouvelles de l'état de leur âme, et, d'ordinaire, ils ne répondaient que par un soupir.

Un jour Mouza vint dire à son ami qu'il se croyait enfin guéri. Tolho pleura de honte, poussa des cris et avoua qu'il se croyait incurable; mais après un moment de réflexion, «Puisque tu es guéri, dit-il à Mouza, tu ne seras donc pas malheureux si je suis l'époux d'Érimé?» Mouza se retira sans répondre, et avant la fin du jour, il avoua qu'il s'était trompé, et qu'il aimait Érimé plus que jamais.

L'un et l'autre, depuis ce moment, parurent plongés dans la plus noire mélancolie; leurs regards étaient farouches et sombres; ils étaient distraits dans leurs fonctions : souvent quand ils étaient ensemble, ils s'avouaient leur douleur profonde; quand ils étaient séparés, ils poussaient des cris, ils se jetaient à terre, ils la pressaient de leurs mains, ils se relevaient en portant les yeux au ciel et en invoquant le Grand Esprit.

Un jour Tolho était assis sous un hêtre, dont les racines découvertes embrassaient un rocher suspendu sur le fleuve. Sa tête était penchée, et ses yeux fixés sur les eaux, ses bras étaient croisés sur sa poitrine; il était pâle, immobile, et sortait de temps en temps de ce repos funeste par des mouvements violents et de peu de durée. Mouza qui le cherchait, le vit et s'arrêta. Tolho qui se croyait seul, se leva avec impétuosité et se jetant à genoux : «Grand Esprit, s'écria-t-il, je renonce à la vie; veille sur les jours de mon ami.»

Il allait se précipiter dans le fleuve, et il se trouva dans les bras de Mouza[1], qui s'écria : «Barbare! tu me laisses seul sur la terre : quoi, tu ne veux pas que je partage la mort avec toi? — Ah! dit Tolho, tu m'attaches à la vie.» Mouza, sans lui rien dire, l'embrassait fortement, et l'entraînait vers le fleuve, pour s'y précipiter avec lui. Tolho l'arrêtait, en le conjurant de vivre avec Érimé. Mouza l'accablait de reproches les plus tendres; enfin entraîné par Tolho, il s'éloigna du fleuve, et tous deux vinrent se reposer à l'entrée de leur cabane. Là, ils s'entretinrent avec assez de tranquillité. Dans la scène qui venait de se passer entre eux, ils avaient épuisé leurs forces, ils n'en avaient plus assez pour se livrer aux sentiments violents; ils venaient de sentir les horreurs du désespoir; leur âme fatiguée de cet état cruel, cherchait à se faire des illusions et à retrouver l'espérance.

« Mon ami, dit Mouza, toi avec qui je veux partager la vie et la mort, écoute une de mes pensées. Tu sais la chanson qu'Érimé fit pour nous au moment de notre départ. Cette belle fille chantait tes louanges et les miennes : elle semblait nous regretter tous deux. — Oui, dit Tolho, et j'ai eu ta pensée. Je me suis dit : pourquoi ne pourrais-je partager les plaisirs de l'amour avec l'ami de mon cœur, l'ornement de ma vie ? Je souriais à cette pensée ; mais je me représentais Érimé entre tes bras, et les vipères de la jalousie me rongeaient le cœur. — Je te pardonne, dit Mouza ; mais écoute la suite de mes pensées. Je me suis interrogé, et je me suis dit : Si Tolho goûtait dans les bras d'Érimé les plaisirs de l'amour, pourquoi mon âme en serait-elle affligée, mon âme qui est heureuse des plaisirs de Tolho ? c'est parce qu'Érimé serait à Tolho et ne serait pas à moi. Mais, si Érimé le veut, ne pouvons-nous pas être heureux l'un et l'autre ? Elle serait à nous, et alors... — Ah ! dit Tolho, j'ai aussi interrogé mon cœur. Écoute : tu te souviens que dès notre enfance, nous avons évité d'être plus forts, plus puissants, plus adroits l'un que l'autre. Tu n'as pas voulu me surpasser. Si Érimé t'aimait mieux que moi, dans ses bras même je sentirais ton avantage, et j'aurais peut-être une fureur qui deviendrait funeste à tous trois. » Mouza fut longtemps sans répondre ; il dit enfin : « Je viens de m'interroger. Je t'avoue que si la belle Érimé donne son cœur à l'un et à l'autre, ou si elle nous laisse ignorer qui des deux elle préfère, je sens que je serai heureux de ton bonheur et du mien. Interroge ton cœur, et tu me répondras. »

Tolho, après avoir rêvé quelque temps, dit son ami : « Ô moitié de moi-même ! je sens que je puis tout partager avec toi. »

À ces mots, ils s'embrassèrent et formèrent sur-le-champ le dessein de retourner au village d'Ontaïo.

Ils partirent après un léger repas, et à l'entrée de la nuit ; il fallait monter des rochers difficiles, et traverser de vastes forêts qui leur étaient inconnues : mais ils observaient les astres ; et de plus, pour ne point s'égarer, ils n'avaient qu'à suivre les bords du grand fleuve. Dans la route, ils chantaient souvent la chanson d'Érimé : ils convenaient ensemble de la manière dont ils lui parleraient de leur passion, et des moyens qu'ils emploieraient pour engager cette belle fille à ne donner à aucun des deux la préférence sur l'autre. Ils marchaient avec joie, pleins d'espérance, et impatients de revoir Érimé. Ils avaient déjà franchi les rochers, et ils avançaient dans la forêt. Ils étaient près de la fin de leur journée, et déjà le crépuscule commençait à rendre la verdure plus sombre et plus profonde.

Ils entendirent du bruit assez près d'eux, et distinguèrent quelques voix. Ils avancèrent vers le bruit, et bientôt ils virent une petite troupe de sept ou huit Outaouais et de cinq captifs Iroquois. Mouza regarda Tolho et lui dit : « Je sens mon cœur qui bondit dans mon sein ; il s'élance loin de moi ; il m'emporte vers les ennemis de nos pères. »

Tolho regardait les Outaouais avec des yeux étincelants de rage. — « Mon arc, disait-il, se tend dans mes mains ; mes flèches vont partir d'elles-mêmes ; on connaîtra les deux Amis. » À ces mots, ils tirent leurs flèches qui tuent un Outaouais et en blessent deux, dont un seul fut hors de combat. Les deux Amis jettent leur arc derrière le dos, et la massue à la main, foncent sur les Outaouais qui viennent à eux au nombre de quatre, tandis que deux autres emmenaient les prisonniers.

Tolho et Mouza échappèrent adroitement à ces quatre Outaouais, et s'élancèrent comme des traits sur ceux qui conduisaient les captifs. La nuit, qui succédait au crépuscule, et les rameaux des grands arbres répandaient tant d'obscurité, qu'on avait peine à distinguer les objets. Les deux sauvages voyant des ennemis et ne sachant pas leur nombre, songèrent à se sauver, mais après avoir massacré leurs captifs. Mouza le premier arrive à leur secours, et les deux bourreaux prirent la fuite. Tolho les poursuivit un moment. Deux captifs cependant avaient été assommés, et dans ceux qui restaient, Mouza reconnut Érimé et Cheriko. « Érimé, Érimé, s'écria-t-il, je mourrai ou je te sauverai la vie. — Je te la dois, jeune et beau Mouza, dit Érimé, je te la dois. » Au cri de Mouza, à la voix d'Érimé, Tolho revient ; les Outaouais réunis revinrent les attaquer. Érimé et les deux compagnons, enchaînés encore, s'éloignaient du combat avec peine, et en traînant avec leurs chaînes les cadavres des deux Iroquois massacrés. Les deux amis tuèrent d'abord deux Outaouais. Tolho en vit un qui retournait sur les captifs : il courut à lui et le tua.

Érimé, tremblante et lui tendant la main, le pria de rompre leurs liens ; Tolho, ivre d'amour et de joie, lui rendit ce service ; mais il fallut un peu de temps.

Dès qu'Érimé fut libre, elle se précipita aux genoux de son libérateur qui s'en débarrassa pour aller rejoindre son ami.

Quelle fut la crainte et la douleur de Tolho, quand il ne trouva plus ni Mouza, ni les Outaouais ! Il répéta plusieurs fois de toutes ses forces le nom de Mouza : on ne lui répondit point. Il prêta l'oreille et il n'entendit que le bruit terrible du Niagara. Il revint vers Érimé, qui, dégagée de ses liens, achevait de briser ceux de ses compagnons. Tolho les arma de l'arc et des flèches des deux Outaouais tués dans le combat. Ils erraient tous au hasard dans cette obscurité vaste et profonde, au bruit des flots qui se précipitaient des montagnes; ils jetaient de temps en temps des cris de douleur, et quoique assurés de n'être point entendus, ils répétaient de moment en moment le nom de Mouza. Après avoir fait dans la forêt plusieurs tours et détours, ils se retrouvèrent au lever du soleil, sur le lieu du combat: ils y virent les corps de quatre Outaouais, et cherchèrent en vain celui de Mouza. Tolho accablé de lassitude et de désespoir, affaibli par le sang que de légères blessures lui avaient fait répandre, tomba sans sentiment au pied d'un vieux chêne: Érimé et les deux Iroquois firent leurs efforts pour le rappeler à la vie; il reprit peu à peu du mouvement; on vit les larmes couler le long de ses joues, et ses yeux s'ouvrirent: il regarda autour de lui, et prononça le nom de Mouza.

Érimé était à ses côtés, et cherchait à le consoler par les caresses les plus tendres, elle lui jurait, au nom du Grand Esprit, un attachement éternel. Tolho la regarda, et lui dit: «Mouza était ton amant: c'est lui qui le premier t'a sauvé la vie: les Outaouais vont dévorer l'ami de Tolho et le cœur qui t'adore.» Érimé se tut et fondit en larmes. Ils se livraient ensemble à leurs douleurs; Cheriko se leva. C'était un homme de cinquante ans, distingué par plusieurs actions de courage; il avait même été plus d'une fois chef de guerre et toujours victorieux: on estimait dans Ontaïo son grand sens et sa justice. «Jeune homme, dit-il à Tolho, je suis touché de ta douleur; mais la douleur ne doit point abattre l'homme. Les perfides Outaouais ont enlevé ton ami: ils l'ont peut-être laissé vivre encore. Allons lui rendre la liberté: s'il n'est plus, allons le venger, et teindre les eaux du grand fleuve du sang des Outaouais. Les perfides sont venus comme des brigands nous enlever une femme et quatre guerriers; nous ne sommes qu'à deux journées d'Ontaïo: allons y réveiller la guerre. En arrivant, je vais donner le festin des combats: je rappellerai à nos guerriers les victoires qu'ils ont remportées avec moi: ils me nommeront leur chef, et tu seras vengé.»

Tolho, ranimé par l'espérance de sauver son ami ou de le venger, rendit grâces à Cheriko; ils se mirent en chemin. Érimé ne quittait point les pas de son libérateur. Vers les deux tiers du jour, ils s'arrêtèrent auprès d'un ruisseau bordé de fraises, de framboises et d'autres fruits. Érimé en cueillait qu'elle présentait à Tolho; elle lui parlait, elle le consolait sans cesse : celui-ci, touché, attendri, hors de lui-même, lui dit combien elle lui était chère. Érimé baissa les yeux et rougit. « Garde-toi, lui dit Tolho, de me répondre ; ne jette point sur moi les yeux du mépris, ne me regarde point des yeux de l'amour ; garde-toi d'expliquer ton cœur ; c'est la récompense que je demande pour t'avoir sauvé la vie. Je sauverai mon ami, ou je livrerai mon sein aux flèches des Outaouais. Si nous vivons, si Mouza et Tolho se retrouvent encore sur la même natte, ils viendront à toi, ils te parleront : tu répondras alors. Jusque-là, gardons-nous d'expliquer nos cœurs. » Il prononça ces mots d'un air touché, et en même temps terrible. Érimé fut émue de ce discours et ne le comprit pas.

Ils allaient quitter le ruisseau et se mettre en chemin, lorsqu'ils virent sortir du bois plusieurs hommes armés. Érimé fit un cri d'effroi, mais elle fut bientôt rassurée ; elle et ses compagnons reconnurent les Iroquois d'Ontaïo et ceux de plusieurs villages qui s'étaient réunis contre les Outaouais. Les Iroquois furent charmés de retrouver Cheriko, Érimé et Tolho : ils pleurèrent les deux guerriers qu'on avait perdus : ils espérèrent que Mouza vivrait encore, et ils se dirent qu'il ne fallait pas perdre le moment de le délivrer.

Lorsque les peuples de ces contrées ont fait des prisonniers, ils les destinent quelquefois à remplacer auprès des veuves les époux qu'elles ont perdus ; mais le plus souvent ces malheureux sont destinés à souffrir les supplices les plus recherchés et les plus cruels. Je ne veux point en faire la description : le tableau ferait horreur[1].

Je me contenterai de dire que ces barbares ont perfectionné l'art de faire souffrir leurs victimes sans les faire mourir promptement. Les premiers jours, on les accable d'outrages et de blessures douloureuses qui n'attaquent point les principes de la vie ; les jours suivants, les blessures sont plus grandes, et enfin ces misérables expirent le cinquième ou sixième jour dans les tourments les plus affreux[2]. Il est d'usage de ne mettre les prisonniers à la torture qu'après leur avoir donné de grands festins.

Les Iroquois se flattaient d'arriver chez leurs ennemis avant que les supplices de l'infortuné Mouza fussent commencés : ils marchèrent toute la nuit et le jour suivant. Érimé, qui ne pouvait les suivre, retourna au village d'Ontaïo : elle se sépara de Tolho et de Cheriko en fondant en larmes et en leur disant : « Allez délivrer Mouza. »

Le soir du second jour, les Iroquois aperçurent les fumées d'Aoutan, le principal village des Outaouais. Le chef plaça

Saint-Lambert, Les Deux Amis 133

Cheriko et quelques jeunes gens dans un bouquet de bois peu distant du village : il cacha le gros de la troupe sous de grands arbres à fruit et dans des champs de maïs. Là ils attendirent la nuit, et l'ordre fut donné d'attaquer Aoutan une heure avant le jour.

Il y a, dans les villages de ces peuples, une place destinée au supplice des prisonniers ; auprès de cette place, on construit une loge dans laquelle on garde les malheureux.

Cheriko et quelques sauvages du nombre desquels était Tolho, furent chargés de se rendre directement à cette loge avant qu'on eût commencé l'attaque, et d'y délivrer Mouza, s'il vivait encore.

Au moment prescrit, les Iroquois se mirent en mouvement. Cheriko et Tolho furent reconnus à l'entrée du village, qui ne s'attendait point à être attaqué si promptement. L'alarme fut donnée, mais Cheriko et Tolho marchèrent, sans s'arrêter, à la loge des prisonniers. Ils cassèrent la tête aux deux Outaouais qui gardaient cette loge, dans laquelle ils trouvèrent Mouza étendu sur une natte, pâle et couvert de plaies et de sang.

Tolho jeta un cri et se précipita sur la natte à côté de son ami, sans qu'il lui fût possible d'articuler un mot. Mouza se releva, et ranimé par la présence de Tolho et par le bruit du combat qui commençait à se faire entendre : « Ô mon ami ! donne-moi des armes, dit-il, mes blessures sont cruelles, mais elles n'ont point épuisé mes forces. La douleur pourrait-elle empêcher ton ami de combattre avec toi ? »

On lui donna un arc et des flèches, ils sortirent de la loge ; Mouza marchait avec peine et combattait avec rage.

Les Outaouais surpris, furent d'abord vaincus : la plupart prirent la fuite et se dispersèrent dans les forêts : ce qui ne put fuir, fut massacré sans pitié. Quelques-uns vendirent chèrement leur vie. Cheriko reçut une flèche dans la poitrine. Ce malheur empoisonna le plaisir des vainqueurs, et fut surtout sensible à Tolho et à Mouza.

Les Iroquois, après avoir mis tout à feu et à sang, se rassemblèrent sur la place, et se disposèrent à partir. Ils enchaînèrent quelques jeunes hommes qu'ils destinèrent à remplacer les guerriers qu'ils avaient perdus, et ils se mirent en marche. Les prisonniers transportaient sur des brancards Cheriko qui était blessé dangereusement, et Mouza que ses plaies empêchaient de suivre la troupe. Tolho ne quittait point le brancard de son ami. Bientôt ils se contèrent ce qui était arrivé à chacun d'eux depuis qu'ils ne s'étaient vus. Mouza fut transporté de joie d'apprendre qu'Érimé était sauvée : il le fut aussi de la manière dont Tolho avait parlé à cette fille. Après avoir exprimé à son ami tous les sentiments qui remplissaient son cœur : « J'ai été digne de toi, dit-il ; tu me vis combattre ; tu sais que les Outaouais ne me résistaient pas : ils ne me résistaient pas les perfides Outaouais ; mais deux d'entre eux me surprirent, me saisirent par-derrière, me lièrent les mains et me forcèrent à les suivre. Je t'appelai à mon secours ; tu ne me répondis pas. Je craignis que la flèche de l'Outaouais n'eût fait couler ton sang. Je marchais accompagné de ma douleur, et j'arrivai le lendemain dans l'enceinte d'Aoutan. Les femmes et les enfants m'accablèrent d'injures et me lancèrent des pierres : je ne fus ébranlé ni par les coups, ni par les outrages ; je traversai le village à pas lents, le front calme et la tête élevée, et mes regards exprimaient le mépris. Cependant le désespoir était dans mon cœur ; je craignis que les Outaouais ne vissent ma tristesse. S'ils l'avaient vue, ils auraient dit que ton ami craignait les supplices et la mort. Je fus entouré des veuves des Outaouais. L'une d'elles dit ces paroles : Que le jeune Iroquois soit le maître de ma cabane, et que sa chasse nourrisse mes enfants. Femme, lui répondis-je, les Outaouais ne me compteront point au nombre de leurs chasseurs, et je ne serai point le maître de ta cabane ; je demande la mort. Les veuves et les jeunes gens jetèrent des cris d'indignation, et je fus condamné aux supplices. Le lendemain, je souffris pendant deux heures la cruauté de nos ennemis. Tu vois qu'ils ont placé des fers brûlants sur plusieurs endroits de mon corps : ils ont arraché plusieurs de mes ongles. Mon cher Tolho, je me suis montré homme, et voici ce que je leur ai chanté[1] :

» J'ai vu vos prisonniers chercher d'un œil inquiet la veuve qui viendrait les sauver ; mais les veuves des Iroquois ne veulent point de vos guerriers pour époux.

» J'ai vu vos prisonniers, je les ai vus rire dans la douleur ; mais ils ne vont point au-devant de la douleur comme le jeune Iroquois.

» Femmes, enfants, guerriers d'Aoutan, vous prolongez mes supplices, et je chanterai ma douleur ; redoublez mes supplices, et je cesserai de vivre parmi vous.

» Ô vaillants Iroquois, mes frères ! Ô Tolho, l'ami de mon cœur ! Ô belle Érimé, la plus chère des filles ! je ne vivrai point parmi vos ennemis ; je me complais dans ma mort. Adieu. »

Pendant ce récit, Tolho versait des larmes d'attendrissement et d'admiration : il jouissait des vertus de son ami et du plaisir de l'avoir délivré.

Cependant les blessures de Mouza se guérissaient, malgré

les fatigues de la route. Chez ces peuples, dont le sang n'est pas corrompu par les vins, les mets et la débauche de nos climats, les plus grandes blessures sont guéries en peu de jours, surtout dans la jeunesse. Cheriko, plus âgé que Mouza et blessé plus dangereusement, semblait s'affaiblir et s'éteindre : il conservait à peine un reste de vie lorsque la petite armée des Iroquois arriva dans Ontaïo. Mouza et Tolho lui avaient prodigué leurs soins, et il était rempli de vénération et de tendresse pour ces deux jeunes gens. Il les avait entendus souvent, pendant la route, prononcer le nom d'Érimé, en se parlant avec beaucoup d'émotion : il avait deviné qu'ils étaient amoureux de sa nièce, et il leur avait fait à ce sujet quelques plaisanteries qui les affligèrent.

Le matin du jour qu'on arrivait dans Ontaïo, Tolho et Mouza révélèrent leur passion et leur dessein à Cheriko : ils osèrent le conjurer de leur être favorable. Le vieillard fut d'abord opposé à une sorte d'union qui, sans être contraire au caractère et aux mœurs des Iroquois, n'était pas dans leurs usages. Il sentit que cette union avait des dangers ; il les fit voir aux deux Amis ; il les exhortait à combattre leur passion ; mais pour réponse à cette exhortation, ils lui contèrent tout ce qu'ils avaient fait. Alors le vieillard, touché de l'état cruel de ces deux jeunes héros, attendri par leurs larmes, plein de respect pour leur amitié généreuse, assuré que sa nièce, qui allait le perdre, vivrait dans l'opulence et respectée de son village, pour avoir fait la conquête des deux plus braves guerriers de la nation, persuadé que la délicatesse et la force de leur amitié les rendraient ingénieux à prévenir la jalousie, convaincu même que la conduite que ces deux Amis se proposaient de tenir avec Érimé, pouvait leur faire éviter non toutes les peines, mais toutes les dissensions ; entraîné aussi par le sentiment des services qu'ils avaient rendus à sa nièce et à lui, et que Tolho et Mouza lui rappelèrent, il leur promis de les servir avec chaleur auprès d'Érimé.

Cependant les filles, les enfants, les vieillards d'Ontaïo vinrent au-devant des vainqueurs, chantant leurs louanges. Tolho et Mouza marchaient à la tête de la troupe, comme ceux des guerriers qui s'étaient le plus distingués. Érimé fut ravie de revoir les deux jeunes Amis. Tolho lui conta tout ce que Mouza venait de souffrir chez les Outaouais. Mouza lui conta les exploits de son ami qui l'avait délivré ; mais bientôt elle ne parut occupée que de la blessure de Cheriko. Il crut sentir que sa fin approchait : il fit sortir de sa cabane tous les Iroquois, et quand il fut seul avec sa nièce : « Érimé, dit-il, je vais passer dans la terre étrangère ; c'est à toi, fille de ma sœur, à donner à mes amis un festin sur ma tombe. Que le poteau que tu élèveras auprès de ma tombe, dise à mes amis quel homme fut Cheriko. Les cheveux de vingt-trois de nos ennemis tapissent ma cabane. J'ai cinq fois été chef de guerre ; je n'ai perdu que six hommes ; et j'ai pris ou tué cent hommes à l'ennemi. La flèche de l'Outaouais m'a frappé, lorsque je délivrais un Iroquois ; les tigres et les ours craignent la massue de Cheriko ; l'orignal et le chevreuil ont rempli mes chaudières ; ma chasse a nourri souvent les enfants de la veuve et le vieillard ; je n'ai jamais été coupable du grand crime (c'est le nom que les Iroquois donnent à l'ingratitude[1]). Mon esprit n'a jamais perdu la mémoire du bienfait. Voilà ce que doit dire le poteau que tu élèveras sur ma tombe. Je te laisse d'autres devoirs. Ô toi, qui me dois la gloire et les beaux jours de ta jeunesse ! n'oublie jamais ce que nous devons à Tolho et à Mouza. Ils t'aiment plus que la lumière ; ils ne peuvent en jouir sans toi ; tu sais comme ils sont unis ; la vie de l'un est la vie de l'autre, et cependant Mouza ne peut te céder à Tolho, celui-ci ne peut te céder à Mouza ; ils ont brisé tes liens, et ils vont perdre la vie consumés par l'amour. Ne me laisse point partir pour la terre étrangère, sans m'assurer que les deux plus braves de nos guerriers, les meilleurs entre nos jeunes gens, ne seront point malheureux ; qu'ils habitent avec toi la cabane que je te laisse. Il n'est qu'un danger à craindre pour toi. Tu mettras la colère dans leur cœur, si tu laisses voir qu'il en est un que tu préfères à l'autre ; tu romprais leur amitié, qui fera leur gloire et la tienne. Tous deux méritent ton cœur, qu'ils le possèdent également ; ne souris point à l'un, sans sourire à l'autre ; réponds à leur amour, et ne le préviens jamais. Vis heureuse, ma chère Érimé, tu le peux ; souviens-toi de Cheriko, qui va bientôt dans la terre que le Grand Esprit couvre en tout temps de fruits et de fleurs. »

Cheriko cessa de parler, et sa nièce versa quelques larmes. Après un moment de silence, elle dit qu'elle devait tout aux deux jeunes Amis et à lui, et qu'elle ne serait point coupable du grand crime.

Cheriko appela Tolho et Mouza, qui étaient dans une chambre voisine et séparée de celle du vieillard par une cloison de natte : ils auraient entendu le discours du vieillard, si sa voix avait été moins faible ; mais ils entendirent au moins la réponse d'Érimé : ils entrèrent en se précipitant aux pieds de cette belle fille : chacun d'eux prit une de ses mains ; qu'il couvrit de ses baisers. « Nous serons tous heureux, dit Mouza. — Nous vivrons pour

Érimé, dit Tolho. » Ils se jetèrent aux pieds de Cheriko, et lui rendirent grâces. Le vieillard parut un moment ranimé par la joie de ses amis. Il leur dit qu'il se trouvait mieux. Le lendemain, il parut avoir plus de forces; et il leur donna beaucoup d'espérance qu'il pouvait guérir. Mouza et Tolho se dirent qu'il était temps d'achever leur mariage, et que le vieillard se portait assez bien pour qu'on pût en parler à sa nièce.

Dans les différentes conversations qu'ils avaient eues ensemble le jour précédent, ils avaient décidé qu'ils ne verraient leur épouse en particulier que la nuit; mais ils n'avaient point décidé auquel des deux serait accordée la première nuit. Ils prenaient l'un et l'autre des détours pour se parler de cet article délicat. Tous deux étaient dévorés d'impatience; ils craignaient également de paraître demander une préférence et d'exciter entre eux de la jalousie; enfin Mouza céda le premier à la générosité de son cœur. «Tolho, dit-il, je serais malheureux si la belle Érimé te nommait ce soir son époux; mais c'est Mouza qui te cède les plaisirs de cette nuit; sois heureux.» Après ce peu de mots, il s'éloignait en soupirant. «Arrête, s'écria Tolho, arrête. J'atteste le Grand Esprit que Tolho est aussi capable que toi de dompter son cœur. — Je le crois, dit Mouza; mais sois le plus heureux cette nuit, je n'en serai point tourmenté. — Je le serai, dit Tolho; j'aurai la honte d'être le moins généreux». Mouza l'interrompit en disant: «Je suis le premier à qui Érimé a dit les paroles d'amour, c'est moi qui, le premier, ai sauvé les jours d'Érimé dans la forêt. Quelles tortures n'ai-je pas souffertes pour elle chez les Outaouais? mais qu'importe, sois heureux, je ne serai point jaloux. — Ah! dit Tolho, que n'ai-je pas souffert le jour où je voulus me précipiter dans le grand fleuve? Que n'ai-je pas fait pour Érimé et pour toi? Ne me devez-vous pas tous deux la vie et la liberté! Mais qu'importe; que Mouza soit heureux cette nuit, je ne serai point jaloux. — Mais, dit Mouza, si Cheriko nommait celui d'entre nous... — J'y consens, dit Tolho.» Ils rentrèrent dans la cabane; ils racontèrent ce qui venait de se passer entre eux. Mouza, qui avait fait le premier sacrifice de soi-même, fut nommé par Cheriko. Il fit signe à sa nièce de passer dans la chambre voisine où Mouza la suivit.

Tolho rougit, pâlit, garda quelque temps le silence, et, après un moment de réflexion, s'occupa vivement de Cheriko. Il lui rendait des soins, même inutiles, avec un zèle et une activité extrêmes : il montrait, sur la santé du vieillard, une inquiétude dont cette santé n'était pas l'objet. Il ne pouvait rester un moment tranquille sur sa natte; il entendit quelque bruit dans la chambre voisine ; il se leva et sortit de la cabane avec précipitation.

Cependant Mouza se trouvait au comble de ses vœux. Érimé, jeune, belle, vive, recevait avec transport les caresses de son époux. Après s'être abandonnés l'un et l'autre à l'ivresse des sens, ils devinrent tendres. « Oh ! disait Mouza, tu es l'âme de nos âmes ; tu es la seule femme qui soit belle pour mon ami et pour moi. C'est pour moi que tu es belle aujourd'hui ; tu le seras demain pour mon ami. Dis-moi que tu aimes Tolho, et demain garde-toi d'oublier Mouza. » Érimé lui dit que Tolho lui était cher, et lui prodigua encore les caresses les plus tendres. Mais à peine cet ami généreux aperçut la première lueur du crépuscule : « Je souffre, dit-il à Érimé, des peines de mon ami : allons lui dire combien il est aimé. »

Cependant lorsque Tolho était sorti de la cabane, il s'était arrêté sous les arbres qui l'environnaient. La nuit était obscure, le vent agitait le feuillage, on entendait les animaux féroces qui rugissaient dans l'éloignement. Ces bruits lugubres et les ténèbres ajoutaient à la tristesse et à l'agitation de Tolho ; il se promenait à grands pas autour de la cabane ; il s'en approchait par un instinct machinal ; mais il s'en éloigna subitement, dans la crainte d'entendre quelques mots qui lui auraient percé le cœur. Le crépuscule ne devait pas tarder à paraître, la cause des supplices de Tolho devait bientôt cesser ; il regardait du côté de l'Orient. La couleur opale qu'il découvrait sur cette partie du ciel, lui annonçait le jour et le repos ; les transports de sa jalousie devenaient moins violents : son inquiétude se calmait peu à peu ; son âme forte et vive, disposée à l'enthousiasme, retrouvait celui de l'amitié ; elle s'y livrait, elle sentait même la joie, et l'amour n'était plus pour elle un tourment.

« Soleil[1], s'écria-t-il, sors de ton grand lac et de tes nuages ; Père de la vie, fils aîné du Grand Esprit, chasses les ombres.

» Soleil, rends la joie au monde : que les ombres sont terribles ! Qu'elles pèsent tristement sur la terre ! C'est dans les ombres que le tigre surprend sa proie, et que la jalousie déchire le cœur. »

Il avait à peine prononcé ces derniers mots, qu'il se vit dans les bras de son ami. « Ah ! dit Mouza, il ne manque à mon bonheur qu'un sourire de Tolho. Cher amis, sois content, Érimé nous aime l'un et l'autre. » Ils rentrèrent ensemble dans la cabane. Érimé et Mouza montrèrent à Tolho plus de tendresse que jamais : ils le prévenaient sur tout ; ils s'occupaient de lui ; enfin la nature leur inspirait tout ce qu'il fallait faire et dire pour consoler l'amour-propre de partager ce qu'il veut posséder seul. Tolho reprit sa gaieté, et ils passèrent ensemble une journée délicieuse. Cependant vers le soir, Mouza parut un peu rêveur. Érimé en devina la cause; elle eut pour lui une partie des attentions qu'un moment auparavant elle avait eues pour Tolho. Celui-ci devina le motif des attentions d'Érimé et les imita. Quelque avide qu'il fût des plaisirs qui l'attendaient, amoureux, ardent, passionné, mais généreux, il ne fut pas insensible à la nuance de tristesse qu'il remarquait sur le visage de son ami. La nuit vint, et Cheriko demanda qu'Érimé et Tolho le laissassent seul avec Mouza. Ils lui obéirent.

Tolho passa les premières heures de la nuit dans les transports les plus délicieux, il jouit de tous les plaisirs que lui avaient promis les charmes d'Érimé et l'emportement de sa passion. Érimé parut répondre à son amour. On n'a point su lequel de ces deux époux lui était le plus cher et le plus agréable. On a dit qu'elle était plus tendre avec Mouza et plus passionnée avec Tolho. Dans cette première nuit, qui vaut toujours mieux que celles qui la suivent, lorsque les transports de Tolho furent un peu calmés : « Érimé, dit-il, tu es l'âme de nos âmes : nous vivons en toi. S'il en est un de nous qui soit plus cher que l'autre à ton cœur, ne laisse point échapper ce secret : un mot de ta bouche ôterait la vie aux deux Amis. Règne sur Tolho, règne sur Mouza, et qu'ils conservent jusqu'au tombeau les sentiments qu'ils ont l'un pour l'autre et pour toi. — J'ai associé mon cœur à vos cœurs, répondit Érimé : soyez heureux, je serai heureuse. »

Mouza, resté seul avec Cheriko, lui parut accablé de sa tristesse. « Jeune homme, lui dit le vieillard, tu as chanté dans les supplices, et tu te laisses abattre par la jalousie. Quand tu bravais les tourments chez les Outaouais, que faisais-tu! Ton âme s'élançait au-dehors, le fer et le feu ne saisissaient point ta pensée, et la douleur qui se promenait sur ton corps, ne pénétrait point jusqu'à toi. — Il est vrai, dit Mouza, mais je portais alors ma pensée sur Tolho et sur Érimé; je les vois dans ce moment, je les vois, et ce sont eux qui m'affligent. Oh bon vieillard! où porterai-je ma pensée? où pourra-t-elle s'arrêter loin d'Érimé et de Tolho? — Porte-la, dit Cheriko, dans le passé et dans l'avenir; rappelle-toi les délices dont l'amitié a rempli ton cœur, les secours et la gloire qu'elle te promet: pense à la nuit heureuse que tu as passée avec Érimé, et aux nuits semblables qui te sont promises encore. Ô jeune homme! il nous est donné quelques moments qu'il faut saisir avec avidité et dont il faut jouir avec ivresse, mais dans le plus grand nombre de nos moments, nous souffrons, si nous ne savons pas jouir de l'avenir et du passé, du souvenir et de l'espérance. Je me tais, je t'abandonne à tes pensées, et si tu sais les diriger, tu retrouveras ton courage. Souviens-toi que la nuit marche à grands pas ; le jour la suit. »

Mouza, qui trouvait tous les moments de cette nuit d'une énorme longueur, sortit dans l'espérance de voir bientôt l'aurore. Cette espérance et le discours du vieillard avaient un peu ranimé Mouza : il n'était plus dans l'abattement : une douleur qu'on veut combattre et qui est mêlée d'espérance, agite l'esprit, dispose le corps au mouvement. Mouza se promenait sous les arbres qui étaient aux environs de la cabane : l'air était frais, le ciel était pur[1], la nuit tranquille ; les étoiles étincelaient à travers les arbres ; les pâles rayons de la lune perçaient le feuillage, ils tombaient sur la rosée du gazon qui semblaient couvert d'un voile d'argent ; un ruisseau peu distant roulait et murmurait dans une prairie voisine : Mouza l'entendait ; il entendait aussi le chant voluptueux et tendre de quelques oiseaux qui annonçaient le crépuscule. Ce calme et cette fraîcheur de la nature, cette douce lumière, cette obscurité modérée[2], ces sons variés, qui interrompaient faiblement le silence de la nuit, l'espérance de voir bientôt renaître l'aurore, ne firent point cesser la mélancolie de Mouza, mais lui prêtèrent des charmes. Son âme avait encore des regrets, de l'inquiétude ; mais cette inquiétude, ces regrets, étaient accompagnés d'amour, d'amitié, d'espérance : ces sentiments, les plus agréables de l'humanité, dominaient dans le cœur de Mouza ; il se livrait à sa sensibilité vive et profonde, et il l'exprima bientôt avec cette facilité et ce talent naturel que tous les Sauvages ont pour la poésie[3].

« J'aime, dit-il, j'aime : l'esprit d'amour est mon âme ; qu'il me donne de vie et de délices ! J'aime.

» Mes larmes coulent ; il m'échappe des soupirs profonds ; mes larmes me sont chères, mes soupirs sont doux : j'aime.

» Que ce silence, cette douce obscurité, ces astres d'or, cette belle lune, ce chant des oiseaux, ont de charmes pour moi ! J'aime.

» J'aime Érimé, j'aime Tolho ; et c'est parce qu'ils me sont chers, que tout me plaît dans la nature.

» L'aurore va blanchir l'Orient ; le jour va paraître, et il sera plus délicieux encore que cette belle nuit. J'aime. »

Après cette douce ivresse, Mouza rentra dans la chambre de Cheriko : il y trouva le couple qu'il aimait ; il était si rempli de ses sentiments, qu'il fut quelque temps sans pouvoir les exprimer. Il reçut et rendit bientôt les caresses les plus tendres. Tous trois paraissaient contents, et ils l'étaient. Ce qui ajoutait encore à leur bonheur, Cheriko guérissait de sa blessure. Le grand sens de ce sage vieillard contribua beaucoup à maintenir la paix dans ce ménage extraordinaire. La passion des deux amants éveillée de temps en temps par un peu de jalousie, se conserva longtemps dans sa force ; Érimé ne parut pas se refroidir ni pour l'un ni pour l'autre de ses époux. Tous trois, après avoir passé leur première jeunesse dans les plaisirs et l'agitation de l'amour, jouirent de la paix et des douceurs de l'amitié. Érimé devint un nouvel ami que s'étaient donné Tolho et Mouza : toujours aussi intimement unis qu'ils l'avaient été dans l'enfance, ils continuèrent de se distinguer par leur adresse à la chasse et par leur valeur à la guerre. Ils furent souvent les chefs de leur nation, et ils partageaient le commandement comme les dangers ; ils consolèrent Cheriko de sa vieillesse, ils imitèrent ses vertus. L'heureuse Érimé fut toujours vigilante, douce, attentive, laborieuse, et le modèle de la fidélité conjugale.

RAYNAL, *LES DEUX AMIS DE SAINT-CHRISTOPHE*

L'île[1], prise dans sa totalité, peut avoir soixante-dix milles de circonférence. Le centre en est occupé par un grand nombre de montagnes élevées et stériles. On voit éparses dans la plaine, des habitations[2] agréables, propres, commodes, ornées d'avenues, de fontaines et de bosquets. Le goût de la vie champêtre, qui s'est plus conservé en Angleterre que dans les autres contrées de l'Europe civilisée, est devenu une sorte de passion à Saint-Christophe. Jamais on n'y sentit la nécessité de se réunir en petites assemblées, pour tromper l'ennui ; et si les Français n'y avaient laissé une bourgade où leurs mœurs règnent encore, on n'y connaîtrait point cet esprit de société qui enfante plus de tracasseries que de plaisirs ; qui, nourri de galanterie, aboutit à la débauche ; qui commence par les joies de la table, et finit par les querelles du jeu. Au lieu d'avoir ce simulacre d'union, qui n'est qu'un germe de division, les propriétaires anglais vivent isolés mais contents, l'âme et le front sereins comme le ciel tempéré, où ils respirent un air pur et salubre, au milieu de leurs plantations, et parmi leurs esclaves qu'ils gouvernent sans doute en pères, puisqu'ils leur inspirent des sentiments généreux, et quelquefois héroïques. C'est à Saint-Christophe que l'amour et l'amitié se sont signalés, par une tragédie dont la fable[1] et l'histoire n'avaient point encore fourni l'exemple.

Deux Nègres, jeunes, bien faits, robustes, courageux, nés avec une âme rare, s'aimaient depuis l'enfance. Associés aux mêmes travaux, ils s'étaient unis par leurs peines, qui dans les cœurs sensibles, attachent plus que les plaisirs. S'ils n'étaient pas heureux, ils se consolaient au moins dans leurs infortunes. L'amour, qui les fait toutes oublier, vint y mettre le comble. Une Négresse, esclave comme eux, avec des regards plus vifs sans doute et plus brûlants à travers un teint d'ébène que sous un front d'albâtre, alluma dans ces deux amis une égale fureur. Plus faite pour inspirer que pour sentir une grande passion, leur amante aurait accepté l'un ou l'autre pour époux ; mais aucun des deux ne voulait la ravir, ne pouvait la céder à son ami. Le temps ne fit qu'accroître les tourments qui dévoraient leur âme, sans affaiblir leur amitié ni leur amour. Souvent leurs larmes coulaient amères et cuisantes, dans les embrassements qu'ils se prodiguaient à la vue de l'objet trop chéri qui les désespérait. Ils se juraient quelquefois de ne plus l'aimer, de renoncer à la vie plutôt qu'à l'amitié. Toute l'habitation était attendrie par le spectacle de ces combats déchirants. On ne parlait que de l'amour des deux amis pour la belle Négresse.

Un jour ils la suivirent au fond d'un bois. Là, chacun des deux l'embrasse à l'envi, la serre mille fois contre son cœur, lui fait tous les serments, lui donne tous les noms qu'inventa la tendresse ; et tout à coup, sans se parler, sans se regarder, ils lui plongent à la fois un poignard dans le sein. Elle expire ; et leurs larmes, leurs sanglots, se confondent avec ses derniers soupirs. Ils rugissent. Le bois retentit de leurs cris forcenés. Un esclave accourt. Il les voit de loin qui couvrent de leurs baisers la victime de leur étrange amour. Il appelle, on vient, et l'on trouve ces deux amis, qui, le poignard à la main, se tenant embrassés sur le corps de leur malheureuse amante, baignés dans leur sang, expiraient eux-mêmes dans les flots qui ruisselaient de leurs propres blessures.

Ces amants, ces amis, faisaient portion d'un troupeau de vingt-cinq mille Nègres destinés à fournir à l'Europe douze ou treize mille barriques de sucre. C'est au milieu de ces travaux paisibles, c'est dans cette condition avilissante, que naissent des actions dignes d'étonner l'univers. Malheur à celui que l'énergie de cet amour féroce ne fait pas frémir d'horreur et de pitié. La nature l'a formé, non pas pour l'esclavage des Nègres, mais pour la tyrannie de leurs maîtres. Cet homme aura vécu sans commisération, il mourra sans consolation; il n'aura jamais pleuré, jamais il ne fera pleurer.

Histoire philosophique et politique des établissements et du commerce des Européens dans les deux Indes,
Livre XIV, chap. XLV.

DIDEROT, VERSION PRIMITIVE
DES *DEUX AMIS DE BOURBONNE*

Ce 5 septembre 1770

Je suis donc charmante? J'écris à merveille, cela peut être jusqu'à un certain point, mais l'exagération étant l'effet d'un sentiment quelconque, je vous en remercie toujours comme d'une vérité. Vos louanges peuvent m'encourager à continuer, mais l'amusement m'entraîne; je ne puis m'empêcher de vous raconter un fait qui a troublé mon âme pour plus d'un jour; partagez avec moi, mon petit frère, son indignation et son attendrissement. Si par hasard la voiture historique est celle que vous avez choisie pour aller à l'immortalité je trouve du plaisir à vous procurer des matériaux. Mais avant de vous raconter ce que nous avons recueilli de nouveau, il faut mon petit frère, que je vous dise mon petit mot sur votre belle petite folie de la postérité. Premièrement qu'est-ce que la postérité? Ce n'est rien ni pour nous ni pour elle, et quoi que ce soit un jour ce n'est pas grand-chose. Je ferais fort peu de cas de celui qui m'opposerait cette rivale à naître. Je veux qu'on me donne beaucoup de temps à moi qui suis un être réel, et ce fantôme-là ne laisse que des rognures. Point de rognures. Tout ou rien. Secondement sacrifier son bonheur présent et celui de ceux qui sont, à ceux qui ne sont point me paraît d'une tête folle et qui pis est d'un mauvais cœur; et puis ces morts qu'on loue beaucoup, qui font caqueter autour de leurs cendres, des fous, des sages, des savants, des ignorants, des gens sensés en petit nombre, force impertinents, ne m'en semblent pas habiter une demeure plus gaie. Si par malheur pour eux ils avaient encore leurs oreilles, ils entendraient, comme de leur vivant, mille sots propos pour un bon. Soyez sûr, cher petit frère, que l'avenir sera tout aussi bête que le présent, et vaut encore moins qu'on fasse quelque chose pour lui. Sur ce je m'en tiens à la morale d'un grand roi qui avait à lui seul sept cents femmes[1], sans oser pourtant vous prescrire d'être aussi grand et aussi sage que lui ; il n'appartient pas à tout le monde d'imiter Salomon ; et je connais de fort honnêtes gens qui se contenteraient de la sept centième partie de sa félicité ; et puis j'en reviens à notre dernière aventure.

Il y avait ici deux hommes qu'on pourrait appeler les Orestes et les Pylades de Bourbonne. L'un s'appelait Olivier, l'autre Félix. Ils étaient nés le même jour, dans la même maison et de deux sœurs ; ils avaient été élevés ensemble, ils étaient toujours séparés des autres enfants, ils s'aimaient de l'amitié la plus tendre. Olivier avait autrefois sauvé la vie de Félix qui se piquait d'être grand nageur et qui pensa se noyer ; cent fois Félix avait tiré Olivier des aventures fâcheuses où son caractère impétueux l'avait engagé[2].

Lorsqu'on tira la milice le billet fatal étant tombé sur Félix, Olivier dit sur-le-champ : L'autre est pour moi. Ils firent leur temps de service ensemble ; ils revinrent ici plus chers l'un à l'autre qu'ils ne l'avaient jamais été ; car, petit frère, les bienfaits réciproques ne manquent pas de cimenter l'amitié. Olivier menacé d'avoir la tête fendue d'un coup de sabre, Félix s'était mis au-devant du coup et en était resté balafré. Il était fier de cette blessure. De son côté Olivier avait eu à Hastenbeck l'avantage d'enlever son cher Félix d'entre la foule des morts. C'était un plaisir que de les entendre réciter les secours qu'ils avaient reçus l'un de l'autre sans jamais parler de ceux qu'ils avaient rendus. C'était Olivier qui louait Félix, et c'était Félix qui louait Olivier. Après quelque séjour au pays ils aimèrent la même fille. Il n'y eut entre eux aucune rivalité. Le premier qui s'aperçut de l'amour de son ami se retira ; ce fut Félix. Olivier épousa et Félix dégoûté de la vie se précipita dans toutes sortes de métiers dangereux ; le dernier fut de se faire contrebandier. Vous n'ignorez pas qu'il y a trois tribunaux en France, Reims, Valence et Toulouse où les contrebandiers sont jugés, et que le plus sévère des trois c'est celui de Reims où préside un nommé Collot, l'âme la plus féroce que nature ait jamais formée. Félix fut pris les armes à la main, conduit devant le terrible Collot et condamné au dernier supplice comme cinq cents autres qui l'avaient précédé. Olivier apprend le triste sort de son ami. Une nuit il se lève d'à côté de sa femme, et sans lui rien dire il s'en va à Reims. Il s'adresse au juge Collot, il se jette à ses pieds et lui demande la grâce de voir et d'embrasser son ami Félix. Collot le regarde, se tait un moment, et lui fait signe de s'asseoir. Olivier s'assied. Au bout d'une demi-heure, Collot tire sa montre et dit à Olivier : Si tu veux voir et embrasser ton ami, dépêche-toi, si ma montre va bien, il est en chemin et dans un quart d'heure il sera pendu. Olivier transporté de fureur se lève, décharge sur la nuque du cou, au juge Collot un énorme coup de bâton dont il l'étend presque mort sur la place, court dans les rues, arrive au lieu du supplice, crie, assomme le bourreau, écarte les gens de justice, soulève la populace indignée de ces exécutions, les pierres volent de toutes parts ; Félix délivré s'enfuit ; après avoir pourvu au salut de son ami, Olivier songe au sien ; mais un cavalier de maréchaussée l'avait frappé d'un coup mortel dont il ne s'était pas aperçu ; des voituriers charitables le trouvèrent, le prirent sur leurs charrettes et le déposèrent à sa porte un moment avant qu'il expirât. Il n'eut que le temps de dire à sa femme : Femme approche que je t'embrasse, je me meurs, mais le balafré est sauvé. Une fois que nous allions à la promenade selon notre usage nous vîmes au-devant d'une chaumière une grande femme debout, avec quatre petits enfants à ses pieds. Sa contenance triste et ferme fixa notre attention, et notre attention excita la sienne. Après un moment de silence, elle nous dit : Voilà quatre petits enfants, je suis leur mère, et je n'ai plus de mari. Cette manière haute de solliciter la commisération était bien faite pour nous toucher. Nous lui offrîmes nos secours qu'elle accepta avec honnêteté. C'est à cette occasion que nous avons appris l'histoire de son mari Olivier et de Félix son ami. Nous avons parlé d'elle, et je crois que notre recommandation ne lui a pas été inutile. Vous voyez, petit frère, que la grandeur d'âme et les hautes qualités sont de toutes conditions et de tout pays ; que tel meurt obscur à qui il n'a manqué qu'un théâtre pour être admiré, et qu'il ne faut pas aller jusque chez les Iroquois pour trouver deux amis.

Celui qui se mitonne[1] pour Maman ou pour moi dans Bourbonne devient bien leste. Il sort à présent, il vient passer des six soirées auprès de nous. Nous sommes bien gaies, mais rira bien qui rira le dernier[2]. Voyez comme les hommes diffèrent les uns des autres. Celui-ci recherche la société des femmes et vous voulez la fuir. Attendez au moins que vous ayez quelque chose de commun avec Sophocle[3]. Je ne doute pas que comme lui vous n'ayez un jour les cheveux blancs, mais il n'est pas si sûr que vous rencontriez le miroir qui vous en avertisse. Ce n'est pas d'aujourd'hui que chacun voit suivant son goût ou sa prévention : ce n'en est point une que le plaisir que m'a fait votre lettre, j'aime mieux la teinte de celle-ci que des précédentes. J'ai vu avec satisfaction que notre cœur antique a ému le vôtre, et je crois quoi qu'en dise Maman que si vous vouliez l'écouter plus souvent vous en seriez plus aimable. Savez-vous que cette Maman dit que vous êtes toujours armé de pied en cap contre elle, et qu'il lui semble fort étrange de paraître à vos yeux un être fort extraordinaire? Ce sont ses mots; je n'entre point dans vos différends bien persuadée que toutes ces petites délicatesses finiront à la première vue; mais, mon petit frère, elle n'est pas aussi difficile à vivre qu'on le disait bien.

Nous avons perdu pour la seconde et dernière fois le cher Philosophe. Il nous a quittés après avoir bien déjeuné, bien embrassé Maman et nous avoir recommandé sa filleule. C'est un petit magot[1] qu'il trouve charmant. Cette tendresse ridicule dirait beaucoup s'il n'y avait pas onze ans d'absence, mais comme tout le monde ne sait pas comme nous sa conduite, les bruits sourds ne lui sont pas avantageux, ou pour mieux dire le lui sont beaucoup[2]. Pendant son dernier voyage il a eu une petite consolation de son Quintilien perdu. Vous vous souvenez bien de ce curé de Ravennefontaine[3] qui lui gagna son livre et l'on se moqua de lui, précisément comme vous l'aviez vu en esprit. C'est que ce bon curé a tous les bons goûts, et celui des bons livres, et celui des jolies femmes. Il a su que le Philosophe nous avait fait une seconde visite et il a cherché l'occasion de revoir deux femmes aimables, c'est nous, un excellent homme, c'est le Philosophe, d'augmenter sa bibliothèque d'un bon livre s'il était possible, et de faire un voyage commode dans la voiture d'un de ses paroissiens entre le mari qui est jaloux comme un tigre, et sa femme qui est jolie comme un ange, et coquette comme un petit chien[4]. Voilà donc le curé, la jolie femme et le mari dans la même voiture. L'amour qui sait tirer parti de tout lui inspire de monter en voiture au-dessus du vent, c'est-à-dire que le vent soufflait de la femme au curé, et du curé au mari. Ce curé est grand preneur de tabac; au moment où il venait une bouffée de vent, le curé d'ouvrir sa tabatière, le tabac d'aller dans les yeux du mari, et la femme d'avoir la main ou la joue baisée. Nouveau coup de vent, nouvelle prise de tabac, nouvel aveuglement du mari, nouvelle main prise et baisée. Nos trois voyageurs allaient ainsi de coup de vent en coup de vent, de mari aveuglé en mari aveuglé, et de main baisée en main baisée, lorsque à l'approche du gîte, ce drôle de curé qui ne veut ni gagner un Quintilien, ni caresser la femme d'un jaloux sans plaisanter l'un et l'autre, s'est avisé méchamment au dernier coup de vent et au dernier baisement de main, d'appliquer sur la main de la jeune femme le baiser le plus éclatant; le mari ouvre les yeux, la femme veut retirer la main; le curé la retient et la baise, et le mari de jurer. Comment, morbleu, mon pasteur, est-ce comme cela que vous avez fait tout le voyage?... Le curé: Vous l'avez dit... Savez-vous que cela ne me convient pas?... Cela est pourtant fort doux... Oh parbleu, je ne suis pas homme à vous donner le même passe-temps, et vous pourrez vous pourvoir pour le retour d'une autre voiture et d'un autre benêt... Et vous madame qui riez de si bon cœur (car vous noterez que la femme riait à gorge déployée) nous verrons qui rira le dernier... C'est le curé qui nous a raconté tout cela bien plus plaisamment que je ne vous le dis; vous noterez encore que le susdit prêtre mange comme un loup et boit comme une éponge, et qu'à chaque coup de vent, chaque pincée de tabac et chaque baiser de main il sablait une rasade. Après avoir avalé ses quatre bouteilles de vin, il veut faire encore un trictrac avec le Philosophe qui se disait peu moralement en lui-même: Il est ivre, il fera des écoles[1] que ce sera un plaisir, et si le Quintilien ne nous revient pas nous en rattraperons au moins la valeur; mais vous savez, mon petit frère, qu'il y a un dieu au moins pour les gens ivres. Ce dieu tutélaire des ivrognes a voulu que celui-ci attrapât encore au Philosophe ses neufs francs; et comme c'est le tic de ce curé de plaisanter ceux qu'il mortifie, il disait au Philosophe: Il faut pourtant convenir que les philosophes de Paris sont de bonnes gens. Celui-ci voit un pauvre curé condamné à s'en retourner à son presbytère à pied, et cela lui navre le cœur. C'est qu'il est aussi honnête que sensible; il n'ose pas offrir au pauvre curé de l'argent, car ce curé tout pauvre qu'il est n'en prendrait pas; mais il cherche une tournure, il joue au trictrac, et il perd; oh, cela est au mieux. Et nous d'éclater de rire, et le Philosophe d'être comme vous vous l'imaginez bien; et le curé de prendre congé de nous en lui disant: Adieu, monsieur, que Dieu vous ait en sa sainte garde, et vous adresse à quelque bon diable comme moi... Et le Philosophe de lui répondre: Monsieur l'abbé, ne manquez pas en vous en retournant de prendre le dessus du vent... Eh bien malgré toutes les mauvaises aventures qui attendaient ici votre ami malgré l'enfant trouvé, le Quintilien et l'argent perdu, les plaisanteries du curé et les nôtres, le plaisir de vivre avec nous a été le plus fort, et il a été d'une humeur charmante. Convenez, petit frère, que ces caractères-là sont bien rares[2].

À moins d'événements très intéressants cette lettre sera la

dernière écrite de Bourbonne. Si vous êtes honnête vous en adresserez la réponse à Vandœuvre[1] chez M. de Provenchaire où nous serons le 13 de ce mois si Dieu nous prête vie. Nous pourrions encore recevoir de vos nouvelles à Châlons. C'est Maman qui dit tout cela et moi qui ne doute pas de vos attentions attendu qu'il faut juger quelquefois le présent sur le passé. À Dieu, petit frère.

[Lettre du curé Papin]

Madame, j'ai reçu la lettre que vous m'avez fait l'honneur de m'écrire le 29 du mois passé. Plus je la lis, moins je peux concilier tant de bon sens et d'honnêteté avec l'intérêt que vous prenez au sort de deux bandits dont l'un est mort les flancs percés d'un coup de baïonnette à la porte de sa maison, sans sacrements, sans confession, et dont l'autre sans foi, sans loi, sans religion, finira par obtenir le châtiment public auquel il a échappé aux dépens de la vie de son camarade. Il faut avouer qu'ils ont offert aux hommes deux modèles de l'amitié la plus rare, mais qu'est-ce aux yeux de Dieu qu'une qualité dénuée des sentiments de la piété, du respect pour l'Église et pour ses ministres, et de la soumission aux lois du souverain. La veuve Olivier est une femme arrogante qui a la férocité de caractère de son mari ; elle m'a manqué à moi-même en plus d'une occasion, et sous prétexte qu'elle sait lire et écrire et qu'elle est en état d'élever ses enfants, on ne les voit jamais ni aux écoles de la paroisse ni à mes instructions. Si madame avait en moi quelque confiance, je crois que je placerais sa bienfaisance d'une manière plus utile pour les pauvres et plus méritoire pour elle. Quoi qu'il en soit, elle désire savoir ce qu'est devenu Félix depuis la mort d'Olivier. Je vais tâcher de la satisfaire. J'espère qu'elle reconnaîtra d'après l'histoire de cet homme combien il serait dangereux qu'il reparût dans une contrée où il n'y a déjà que trop de mauvais sujets.

Le nommé Félix vit encore. La Providence qui a châtié Olivier, a laissé à Félix quelques moments de répit dont je crains bien qu'il ne profite pas ; mais que la volonté de Dieu soit faite.

Félix échappé des mains de la justice de Reims, se jeta dans les forêts de la province dont il avait appris à connaître les tours et les détours, tandis qu'il faisait le métier de contrebandier. De forêts en forêts, vivant de fruits sauvages, ou ce qui est plus vraisemblable de vols et de rapines, il s'approchait peu à peu de la demeure d'Olivier dont il ignorait le sort. Vous savez que celui-ci avait obtenu le digne loyer de sa récolte contre justice et de sa mauvaise vie. La baïonnette d'un cavalier de maréchaussée le sauva de la corde; il expira à la porte de sa maison en prononçant le nom de son digne ami, sans penser à Dieu, au juge redoutable devant lequel il allait paraître. Puisse-t-il en avoir obtenu miséricorde; mais hélas! je n'en crois rien.

Il y avait au fond de nos bois un charbonnier dans la cabane duquel il avait souvent cherché un asile pour lui, pour sa troupe et pour leurs animaux; c'était aussi l'entrepôt de leurs armes et de leurs marchandises prohibées, et ce fut là qu'il se rendit après avoir couru cent fois le danger de tomber entre les mains de la maréchaussée qui le suivait pas à pas. Le charbonnier et la charbonnière avaient appris par quelques-uns des associés de Félix son emprisonnement à Reims; ils le croyaient justicié, et les bonnes gens le pleuraient encore lorsqu'il leur apparut. Je vais vous raconter la chose comme je la tiens de la charbonnière qui est décédée ici il n'y a pas longtemps. Ce furent ses enfants qui rôdaient autour de la cabane qui le virent les premiers. Tandis que le plus jeune dont il était le parrain s'était jeté entre ses bras et qu'il s'arrêtait à le caresser, les autres rentrèrent dans la cabane en criant tous à la fois, Félix, Félix; le père et la mère sortirent, se précipitèrent sur lui, en criant aussi Félix, ah! Félix, c'est vous, c'est toi!... Oui, c'est moi. Ô mes amis!... Il était harassé de fatigue et de besoin; les forces lui manquèrent, et il tomba défaillant à la porte de la cabane. Le charbonnier et sa femme le secoururent; il revint. Ils lui donnèrent ce qu'ils avaient, du pain, du vin, de l'eau, quelques légumes, des fruits; il mangea et s'endormit.

À son réveil, son premier mot fut Olivier. Qu'est devenu mon Olivier? ne savez-vous rien d'Olivier?... Non, rien... Et quelle autre réponse pouvait-il attendre de pauvres gens qui ne sortent jamais de leur forêt. Il leur raconta l'aventure de Reims. Il passa la nuit et le jour suivant avec eux. Au lieu de se coller la face contre terre et de rendre grâce à Dieu, il ne pensait qu'à Olivier; il criait dans la forêt: Olivier, mon Olivier, où es-tu? Qu'es-tu devenu? Mes enfants, laissez-moi. Je veux retourner à Reims; je veux aller mourir avec lui. Le charbonnier et la charbonnière eurent toutes les peines du monde à le détourner de ce projet.

Sur le milieu de la seconde nuit, il se leva; il prit un fusil, il mit un sabre sous son bras et s'adressant à voix basse au charbonnier: Charbonnier?... Félix?... Prends ta cognée et marchons... Où allons-nous?... Où? chez Olivier... Ils vont; mais ils débouchaient à peine de la forêt que les voilà enveloppés d'une troupe de cavaliers de maréchaussée, embusqués.

Je m'en rapporte à ce que m'en a dit la charbonnière; mais il est inouï que deux hommes à pied aient pu faire face à une vingtaine d'hommes à cheval. Ceux-ci étaient apparemment épars, et se proposaient de les prendre vifs. L'action fut chaude. Il y eut cinq chevaux d'estropiés, sept cavaliers hachés ou sabrés; le charbonnier resta étendu mort sur la place d'un coup de feu à la tempe; Félix rentra dans la forêt, et comme il est d'une agilité incroyable, il courait d'un endroit à l'autre, donnait un coup de sifflet, tirait un coup de fusil. Les coups de sifflet donnés et ces coups de fusil tirés à différentes distances firent penser aux cavaliers de maréchaussée qu'il y avait là une horde de contrebandiers, et ils se retirèrent en diligence.

Dieu endurcit le cœur de l'homme pervers[1]. Félix ne songe pas au nouveau danger qu'il vient de courir, il revient sur le champ de bataille, il prend le cadavre du charbonnier sur ses épaules et regagne le chemin de la cabane où les enfants du charbonnier et sa pauvre femme dormaient encore. Il s'arrête à la porte; il étend le cadavre à ses pieds, et s'assied à terre, le dos appuyé contre un arbre. Voilà le spectacle qui attendait la charbonnière au sortir de sa cabane.

Elle s'éveille; elle ne trouve point son mari à côté d'elle; elle cherche des yeux Félix; point de Félix; elle se lève, elle sort, elle voit, elle crie, elle tombe à la renverse, ses enfants accourent, ils voient, ils crient, ils se roulent sur leur père, ils se roulent sur leur mère... Nos saintes et cruelles fonctions ne nous laissent pas une âme bien sensible. Ces scènes de douleur sont si fréquentes pour nous; cependant je vous avouerai, madame, que la première fois que j'entendis le récit de celle-ci, je me sentis quelque envie de pleurer... La charbonnière rappelée à elle-même par le tumulte et les cris de ses enfants, se déchire les joues, s'arrache les cheveux. Félix immobile au pied de son arbre, la voix éteinte, les yeux fermés, leur disait: Enfants, tuez-moi. Il se faisait un moment de silence, ensuite sa douleur et les cris recommençaient, et Félix leur redisait: Tuez-moi, enfants, par pitié tuez-moi.

Ils ne le tuèrent point et ils firent bien; car Dieu défend la vengeance. Ils passèrent ainsi trois jours et trois nuits à se désoler. Le quatrième, Félix dit à la charbonnière: Femme prends ton sac, mets-y du pain et suis-moi. Après un long circuit à travers les forêts qui couvrent la cime de nos montagnes, ils arrivèrent à la maison d'Olivier qui est située, comme vous savez, à l'extrémité du village à l'endroit où la voie se partage en deux routes dont l'une conduit en Lorraine et l'autre dans la Franche-Comté. C'est là que le scélérat va recevoir une partie du châtiment qu'il mérite, apprendre la mort de son ami, et se trouver entre les veuves de deux hommes massacrés pour lui. Je ne puis m'empêcher de plaindre la charbonnière. Pour la femme d'Olivier, c'est une insolente qui fera quelque jour une mauvaise fin.

Félix entre et dit brusquement à cette femme : Où est Olivier ? Au silence que la femme Olivier garda, il comprit que son ami n'était plus ; il se trouva mal ; il tomba contre la huche à pétrir le pain et se fendit la tête. Malheureusement il ne se tua pas. Je crains bien, bonne comme vous êtes, madame, que vous n'entendiez pas ce malheureusement comme moi. Les deux veuves le relèvent ; son sang coulait sur elles ; elles l'étanchaient avec leur tablier, et il leur disait : Et vous êtes leurs femmes, et vous me secourez ! Puis il défaillait, puis il revenait, puis il disait en soupirant et fermant les yeux : Olivier, Olivier ! Que ne me laissais-tu ? Pourquoi venir à Reims ? Pourquoi l'y laisser venir ? Puis sa tête se perdait, puis il entrait en fureur. Le voilà dans un de ses accès qui déchire ses vêtements sur sa poitrine, qui tire son sabre, et qui en appuie le pommeau contre terre. Les deux femmes se jetèrent sur lui ; mais elles n'étaient pas assez fortes ; elles appellent du secours, les voisins arrivent ; on le lie avec des cordes ; on le saigna dix fois, je crois. Il resta dans un état de mort pendant plus de huit jours. Je le vis alors, parce que cela était de mon devoir. Je réprimandai fortement ces deux insensées de l'intérêt qu'elles prenaient à un brigand qui était la cause de leur malheur. Je ne sais comment la femme Olivier ne m'arracha pas les yeux. C'est, madame, une méchante, très méchante créature.

La fureur de Félix tomba avec l'épuisement de ses forces, et la raison lui revint, si l'on peut appeler raison, l'instinct féroce de ces hommes-là. Dans le premier bon moment, il tourna ses yeux égarés autour de lui, comme celui qui sort d'un long sommeil, et il dit : Où suis-je ? femmes, qui êtes-vous ? La charbonnière lui répondit : Je suis la charbonnière... Et vous ?... La femme d'Olivier se tut... Alors il se mit à soupirer, à pleurer. Il tourna son visage du côté de la ruelle, et il disait en sanglotant : Je suis chez Olivier ; je suis dans son lit, et c'est sa femme qui est là. Ah !

Ces deux imbéciles en eurent tant de soin, tant de pitié, le prièrent si instamment de vivre, lui remontrèrent si souvent qu'il était leur unique ressource, qu'il se laissa persuader. Pendant tout le temps qu'il resta dans cette maison, il ne se coucha point, il sortait la nuit, il errait dans la campagne, il se roulait dans le sable, une des deux veuves le suivait, et le ramenait au point du jour.

Plusieurs personnes le savaient dans la maison d'Olivier, et parmi ces personnes il y en avait de mal intentionnées ; on me comptait même parmi celles-ci. Je n'aurais peut-être pas été fâché qu'on le prît, c'était toujours un brigand de moins ; mais il était indigne de mon caractère de le déférer[1], et je vous proteste, madame, que je n'en aurais rien fait. Les deux veuves l'avertirent du péril qu'il courait ; il était assis sur un banc, son sacre sur ses genoux, les coudes appuyés sur une table, et les poings dans les yeux. D'abord il ne répondit rien. Olivier avait un garçon de dix-sept à dix-huit ans ; la charbonnière une fille de quinze. Tout à coup il dit à la charbonnière : La charbonnière va chercher ta fille et amène-la ici. Il avait quelques fauchées de prés que j'achetai tout ce qu'elles valaient. La charbonnière amena sa fille, le fils d'Olivier l'épousa ; Félix leur donna l'argent de ses prés, les embrassa, leur demanda pardon en pleurant, et ils allèrent s'établir dans la cabane du père de la fille où ils sont encore à présent, et où ils servent de père et de mère aux autres enfants du charbonnier. Je voudrais bien savoir ce que c'est que ce coin de bonté qui reste au fond de l'âme d'un Félix ? Les deux veuves restèrent ensemble et les enfants d'Olivier eurent un père et deux mères.

Il n'y a pas longtemps que la charbonnière est morte ; c'était une bonne femme, Dieu veuille avoir son âme. Une chose qui me surprend encore, c'est que cette méchante femme d'Olivier la pleura. Un soir qu'elles épiaient Félix, car il y en avait toujours une d'elles qui le gardait à vue, elles s'aperçurent qu'il fondait en larmes, qu'il tournait en silence ses bras du côté de la porte qui le séparait d'elles, et qu'il se remettait ensuite à faire son sac. Elles ne lui en parlèrent point, car elles sentaient de reste combien il était nécessaire qu'il s'éloignât. Ils soupèrent tous les trois sans parler. La même nuit il se leva ; les femmes ne dormaient point ; il s'avança vers la porte sur la pointe du pied ; là il s'arrêta un moment et regarda vers le lit des deux femmes, essuya ses yeux avec ses mains et partit. Les deux femmes se serrèrent dans les bras l'une de l'autre et passèrent le reste de la nuit à pleurer comme deux bêtes qu'elles étaient. Cependant il ne s'est pas passé une semaine, car il faut tout dire, sans qu'elles n'en aient reçu quelques secours que je crois qu'elles devaient en conscience restituer aux pauvres ;

car c'était à coup sûr de l'argent mal acquis. Elles n'en ont rien fait, tant pis pour elles.

La forêt où la fille de la charbonnière vit avec le fils d'Olivier qui ne vaut guère mieux que son père, appartient à un M. de Rançonnières, homme fort riche de ces cantons, et seigneur d'un autre village appelé Courcelles. Un jour que M. de Rançonnières chassait dans sa forêt, il arriva à la cabane du fils d'Olivier ; il y entra ; il se mit à jouer avec les enfants qui sont jolis. Le père et la mère survinrent ; il les questionna sur leur vie, sur leurs occupations. La figure de la femme qui n'est pas mal lui revint ; le ton ferme du mari l'intéressa ; il apprit l'aventure de leur père ; il leur promit de solliciter la grâce de Félix ; il la sollicita et l'obtint.

Félix passa au service de M. de Rançonnières qui lui donna une place parmi ses gardes de chasse. Il y avait environ deux ans qu'il vivait en paix dans la maison de M. de Rançonnières, envoyant aux veuves bonne partie de ce qu'il épargnait de ses gages, car il faut dire le bien et le mal, lorsqu'une affaire de rien qui eut les suites les plus fâcheuses, lui fit quitter ce pays. Sans mon attachement pour un des intéressés dans cette affaire, je n'en aurais pas été trop fâché.

M. de Rançonnières avait à Courcelles un château attenant à la maison de campagne d'un M. Jourdeuil[1] conseiller au Présidial de Langres, homme d'un mérite et d'une piété profonde, le patron de mon église, et qui m'a donné dans tous les temps des marques de bonté. Il y avait une borne qui séparait les deux maisons. Cette borne gênait la porte de M. de Rançonnières et en rendait l'entrée difficile aux voitures. De son autorité privée, M. de Rançonnières la fit reculer de quelques pieds du côté de M. Jourdeuil. M. Jourdeuil, justement offensé de cette entreprise, renvoya la borne d'autant sur M. de Rançonnières, et puis voilà haine, injures, procès entre les deux voisins. Le procès de la borne en entraîna deux ou trois autres plus considérables. Les choses en étaient là, lorsqu'un soir M. de Rançonnières revenant de la chasse avec son garde Félix, fit rencontre sur le grand chemin de M. Jourdeuil le conseiller et de son frère le militaire. Le militaire, jeune homme, un peu trop vif dans le vrai, dit à son frère le magistrat : Mon frère, si l'on coupait le visage à ce vieux bougre-là, qu'en pensez-vous ? Je vous demande pardon, madame, de ce propos malhonnête ; mais c'est ainsi qu'il est rapporté dans la plainte. Il ne fut pas entendu de M. de Rançonnières, mais bien de ce maudit Félix, qui semble traîner le malheur après lui. Il dit au jeune militaire : Mon officier, seriez-vous homme à vous mettre en devoir de faire ce que vous dites ? et au même instant il jette son fusil et met la main sur la garde de son sabre, car il n'allait jamais sans son sabre ; le jeune militaire tire son épée, court sur Félix ; Félix se met en garde ; M. de Rançonnières s'interpose, saisit son garde. Cependant le militaire s'empare du fusil qui était à terre, tire sur Félix, le manque ; Félix tombe sur lui, lui abat son épée et avec son épée la moitié du bras ; et puis voilà un procès criminel par-dessus trois ou quatre procès civils. Vous concevez, madame, tout le chagrin que cette affaire a dû me donner : un homme pieux, le patron de mon église, le soutien de mes pauvres, à moitié ruiné presque déshonoré ; le conseiller dépouillé de son état ; le militaire forcé de quitter son corps ; et tout cela advenu par un malheureux qui n'a pu faire un pas depuis qu'il est au monde, sans le marquer par des traces de sang. Il a gardé les prisons deux ou trois ans, tant que le procès criminel a duré. M. de Rançonnières mourut, et la veuve Olivier m'a dit que Félix s'en était allé à Berlin où il servait dans les gardes, qu'il continuait à la soulager ; qu'il était aimé, estimé de ses camarades, distingué même du roi, ce que je n'ai pas de peine à croire d'un prince hérétique, pour ne rien dire de pis ; qu'il vivait presque seul et toujours rêveur, et qu'il en avait été surnommé le triste.

Jugez à présent, madame, si cet homme est digne de vos bontés. Il est bien d'être compatissante, mais on double le mérite de ses œuvres par le bon choix des misérables ; et personne ne les connaît mieux que le pasteur commun des indigents et des riches.

Je suis avec respect,
madame,

Votre très humble et très obéissant serviteur Papin Bachelier en théologie et vicaire de la paroisse de Ste Marie de Bourbonne.

Ce 24 septembre 1770.

GRIMM, PRÉSENTATION DES *DEUX AMIS DE BOURBONNE*

À Paris, ce 15 décembre 1770

L'année qui va finir a été fatale aux deux amis, ils se sont montrés sur la scène comme deux financiers ou deux commerçants de Lyon[1], en conte comme deux Iroquois, en romans comme deux je ne sais quoi[2], et Dieu merci, ils ont été sifflés partout. Deux amis, affligés de voir de quelle manière on traitait en France leurs semblables par la faute de nos faiseurs de drames, de nos faiseurs de contes et de nos faiseurs de romans, s'en allèrent au mois d'août dernier passez quinze jours aux bains de Bourbonne près de Langres pour y voir deux amies dont l'une, mère de l'autre[3], avait mené à ces bains sa fille jeune, fraîche, jolie et cependant malade, dans l'espérance de lui rendre la santé altérée par les suites d'une première couche. Les deux amis, c'était Denis Diderot le Philosophe et moi, trouvèrent les deux amies faisant des contes à leurs correspondants de Paris pour se désennuyer. Parmi ces correspondants il y en avait un d'une crédulité rare ; il ajoutait foi à tous les fagots[4] que ces dames lui contaient, et la simplicité de ses réponses amusait autant les deux amies que la folie des contes qu'elles lui faisaient. Le Philosophe voulut prendre part à cet amusement, il fit quelques contes que la jeune amie malade inséra dans ses lettres à son ami crédule qui les prit pour des faits avérés, et assura sa jeune amie qu'elle écrivait comme un ange : ce qui était d'autant plus plaisant qu'une de ses prétentions favorites est de reconnaître entre mille une ligne échappée à la plume de notre Philosophe. Denis Diderot essaya entre autres de réhabiliter les deux amis, et il croira les avoir vengés de toutes les injures que leurs historiens leur ont attirées cette année, si le conte que vous allez lire peut mériter votre suffrage.

Correspondance littéraire, 15 décembre 1770

DIDEROT, *ÉLOGE DE RICHARDSON*

(1762)

Par un roman, on a entendu jusqu'à ce jour un tissu d'événements chimériques et frivoles, dont la lecture était dangereuse pour le goût et pour les mœurs[1]. Je voudrais bien qu'on trouvât un autre nom pour les ouvrages de Richardson, qui élèvent l'esprit, qui touchent l'âme, qui respirent partout l'amour du bien, et qu'on appelle aussi des romans.

Tout ce que Montaigne, Charron, La Rochefoucauld et Nicole[2] ont mis en maximes, Richardson l'a mis en action. Mais un homme d'esprit qui lit avec réflexion les ouvrages de Richardson, refait la plupart des sentences des moralistes, et avec toutes ces sentences il ne referait pas une page de Richardson.

Une maxime est une règle abstraite et générale de conduite, dont on nous laisse l'application à faire. Elle n'imprime par elle-même aucune image sensible dans notre esprit : mais celui qui agit, on le voit, on se met à sa place ou à ses côtés ; on se passionne pour ou contre lui ; on s'unit à son rôle, s'il est vertueux ; on s'en écarte avec indignation, s'il est injuste et vicieux. Qui est-ce que le caractère d'un Lovelace, d'un Tomlinson[3] n'a pas fait frémir ? Qui est-ce qui n'a pas été frappé d'horreur du ton pathétique et vrai, de l'air de candeur et de dignité, de l'art profond avec lequel celui-ci joue toutes les vertus ? Qui est-ce qui ne s'est pas dit au fond de son cœur qu'il faudrait fuir de la société et se réfugier au fond des forêts, s'il y avait un certain nombre d'hommes d'une pareille dissimulation ?

Ô Richardson ! on prend, malgré qu'on en ait, un rôle dans tes ouvrages, on se mêle à la conversation, on approuve, on blâme, on admire, on s'irrite, on s'indigne. Combien de fois ne me suis-je pas surpris, comme il est arrivé à des enfants qu'on avait menés aux spectacles pour la première fois, criant : *Ne le croyez pas, il vous trompe... si vous allez là, vous êtes perdu.* Mon âme était tenue dans une agitation perpétuelle. Combien j'étais bon ! combien j'étais juste ! que j'étais satisfait de moi ! j'étais au sortir de ta lecture, ce qu'est un homme à la fin d'une journée qu'il a employée à faire le bien.

J'avais parcouru dans l'intervalle de quelques heures un grand nombre de situations, que la vie la plus longue offre à peine dans toute sa durée. J'avais entendu les vrais discours des passions ; j'avais vu les ressorts de l'intérêt et de l'amour-propre jouer en cent façons diverses ; j'étais devenu spectateur d'une multitude d'incidents, je sentais que j'avais acquis de l'expérience.

Cet auteur ne fait point couler le sang le long des lambris ; il ne vous égare point dans des forêts ; il ne vous transporte point dans des contrées éloignées ; il ne vous expose point à être dévoré par des sauvages[1] ; il ne se renferme point dans des lieux clandestins de débauche ; il ne se perd jamais dans les régions de la féerie[2]. Le monde où nous vivons est le lieu de sa scène ; le fond de son drame est vrai ; ses personnages ont toute la réalité possible ; ses caractères sont pris du milieu de la société ; ses incidents sont dans les mœurs de toutes les nations policées ; les passions qu'il peint sont telles que je les éprouve en moi ; ce sont les mêmes objets qui les émeuvent, elles ont l'énergie que je leur connais ; les traverses[3] et les afflictions de ses personnages sont de la nature de celles qui me menacent sans cesse ; il me montre le cours général des choses qui m'environnent. Sans cet art, mon âme se pliant avec peine à des biais chimériques, l'illusion ne serait que momentanée, et l'impression faible et passagère.

Qu'est-ce que la vertu ? C'est, sous quelque face qu'on la considère, un sacrifice de soi-même[4]. Le sacrifice que l'on fait de soi-même en idée est une disposition préconçue à s'immoler en réalité.

Richardson sème dans les cœurs des germes de vertus qui y restent d'abord oisifs et tranquilles : ils y sont secrètement jusqu'à ce qu'il se présente une occasion qui les remue et les fasse éclore. Alors ils se développent ; on se sent porter au bien avec une impétuosité qu'on ne se connaissait pas. On éprouve à l'aspect de l'injustice une révolte qu'on ne saurait s'expliquer à soi-même. C'est qu'on a fréquenté Richardson ; c'est qu'on a conversé avec l'homme de bien, dans des moments où l'âme désintéressée était ouverte à la vérité.

Je me souviens encore de la première fois que les ouvrages de Richardson tombèrent entre mes mains : j'étais à la campagne[5]. Combien cette lecture m'affecta délicieusement ! À chaque instant je voyais mon bonheur s'abréger d'une page. Bientôt j'éprouvai la même sensation qu'éprouveraient des hommes d'un commerce excellent qui auraient vécu ensemble pendant longtemps et qui seraient sur le point de se séparer. À la fin il me sembla tout à coup que j'étais resté seul.

Cet auteur vous ramène sans cesse aux objets importants de la vie. Plus on le lit, plus on se plaît à le lire.

C'est lui qui porte le flambeau au fond de la caverne[6] ; c'est lui qui apprend à discerner les motifs subtils et déshonnêtes, qui se cachent et se dérobent sous d'autres motifs qui sont honnêtes, et qui se hâtent de se montrer les premiers. Il souffle sur le fantôme sublime qui se présente à l'entrée de la caverne ; et le More hideux qu'il masquait, s'aperçoit.

C'est lui qui sait faire parler les passions : tantôt avec cette violence qu'elles ont lorsqu'elles ne peuvent plus se contraindre ; tantôt avec ce ton artificieux et modéré qu'elles affectent en d'autres occasions.

C'est lui qui fait tenir aux hommes de tous les états, de toutes les conditions[1], dans toute la variété des circonstances de la vie, des discours qu'on reconnaît. S'il est, au fond de l'âme du personnage qu'il introduit un sentiment secret, écoutez bien, et vous entendrez un ton dissonant[2] qui le décèlera. C'est que Richardson a reconnu que le mensonge ne pouvait jamais ressembler parfaitement à la vérité, parce qu'elle est la vérité et qu'il est le mensonge.

S'il importe aux hommes d'être persuadés qu'indépendamment de toute considération ultérieure à cette vie, nous n'avons rien de mieux à faire pour être heureux que d'être vertueux, quel service Richardson n'a-t-il pas rendu à l'espèce humaine ? Il n'a point démontré cette vérité, mais il l'a fait sentir : à chaque ligne il fait préférer le sort de la vertu opprimée au sort du vice triomphant. Qui est-ce qui voudrait être Lovelace avec tous ses avantages ? Qui est-ce qui ne voudrait pas être Clarisse, malgré toutes ses infortunes[3] ?

Souvent j'ai dit en le lisant : Je donnerais volontiers ma vie pour ressembler à celle-ci ; j'aimerais mieux être mort que d'être celui-là.

Si je sais, malgré les intérêts qui peuvent troubler mon jugement, distribuer mon mépris ou mon estime selon la juste mesure de l'impartialité, c'est à Richardson que je le dois. Mes amis, relisez-le, et vous n'exagérerez plus de petites qualités qui vous sont utiles ; vous ne déprimerez plus de grands talents qui vous croisent[4] ou qui vous humilient.

Hommes, venez apprendre de lui à vous réconcilier avec les maux de la vie ; venez, nous pleurerons ensemble sur les personnages malheureux de ses fictions, et nous dirons, si le sort nous accable : du moins les honnêtes gens pleureront aussi sur nous. Si Richardson s'est proposé d'intéresser[5], c'est pour les malheureux. Dans son ouvrage, comme dans ce monde, les hommes sont partagés en deux classes ; ceux qui jouissent et ceux qui souffrent. C'est toujours à ceux-ci qu'il m'associe ; et, sans que je m'en aperçoive, le sentiment de la commisération s'exerce et se fortifie.

Diderot, Éloge de Richardson

Il m'a laissé une mélancolie qui me plaît et qui dure ; quelquefois on s'en aperçoit et l'on me demande : Qu'avez-vous ? vous n'êtes pas dans votre état naturel ? que vous est-il arrivé ? On m'interroge sur ma santé, sur ma fortune, sur mes parents, sur mes amis. Ô mes amis ! *Pamela, Clarisse* et *Grandisson* sont trois grands drames. Arraché à cette lecture par des occupations sérieuses, j'éprouvais un dégoût invincible ; je laissais là le devoir et je reprenais le livre de Richardson. Gardez-vous bien d'ouvrir ces ouvrages enchanteurs, lorsque vous aurez quelques devoirs à remplir.

Qui est-ce qui a lu les ouvrages de Richardson sans désirer de connaître cet homme, de l'avoir pour frère ou pour ami ? Qui est-ce qui ne lui a pas souhaité toutes sortes de bénédictions ?

Ô Richardson, Richardson, homme unique à mes yeux ! tu seras ma lecture dans tous les temps. Forcé par des besoins pressants, si mon ami tombe dans l'indigence, si la médiocrité de ma fortune ne suffit pas pour donner à mes enfants les soins nécessaires à leur éducation, je vendrai mes livres, mais tu me resteras ; tu me resteras[1] sur le même rayon avec Moïse, Homère, Euripide et Sophocle[2], et je vous lirai tour à tour.

Plus on a l'âme belle, plus on a le goût exquis et pur, plus on connaît la nature, plus on aime la vérité, plus on estime les ouvrages de Richardson.

J'ai entendu reprocher à mon auteur ses détails qu'on appelait des longueurs[3] : combien ces reproches m'ont impatienté !

Malheur à l'homme de génie qui franchit les barrières que l'usage et le temps ont prescrites aux productions des arts, et qui foule au pied le protocole[4] et ses formules ! il se passera de longues années après sa mort avant que la justice qu'il mérite, lui soit rendue.

Cependant soyons équitables. Chez un peuple entraîné par mille distractions, où le jour n'a pas assez de ses 24 heures pour les amusements dont il s'est accoutumé de les remplir, les livres de Richardson doivent paraître longs. C'est par la même raison que ce peuple n'a déjà plus d'opéra, et qu'incessamment on ne jouera sur ses autres théâtres[5] que des scènes détachées de comédie et de tragédie.

Mes chers concitoyens, si les romans de Richardson vous paraissent longs, que ne les abrégez-vous ? Soyez conséquents. Vous n'allez guère à une tragédie que pour en voir le dernier acte. Sautez tout de suite aux vingt dernières pages de *Clarisse*.

Les détails de Richardson déplaisent et doivent déplaire à

un homme frivole et dissipé ; mais ce n'est pas pour cet homme-là qu'il écrivait, c'est pour l'homme tranquille et solitaire, qui a connu la vanité du bruit et des amusements du monde, et qui aime à habiter l'ombre d'une retraite, et à s'attendrir utilement dans le silence.

Vous accusez Richardson de longueurs ! Vous avez donc oublié combien il en coûte de peines, de soins, de mouvements, pour faire réussir la moindre entreprise, terminer un procès, conclure un mariage, amener une réconciliation. Pensez de ces détails ce qu'il vous plaira ; mais ils seront intéressants pour moi, s'ils sont vrais, s'ils font sortir les passions, s'ils montrent les caractères.

Ils sont communs, dites-vous ; c'est ce qu'on voit tous les jours ! Vous vous trompez : c'est ce qui se passe tous les jours sous vos yeux et que vous ne voyez jamais. Prenez-y garde ; vous faites le procès aux plus grands poètes, sous le nom de Richardson. Vous avez vu cent fois le coucher du soleil et le lever des étoiles, vous avez entendu la campagne retentir du chant éclatant des oiseaux ; mais qui de vous a senti que c'était le bruit du jour qui rendait le silence de la nuit plus touchant[1] ? Eh bien il en est pour vous des phénomènes moraux ainsi que des phénomènes physiques : les éclats des passions ont souvent frappé vos oreilles ; mais vous êtes bien loin de connaître tout ce qu'il y a de secret dans leurs accents et dans leurs expressions. Il n'y en a aucune qui n'ait sa physionomie ; toutes ces physionomies se succèdent sur un visage, sans qu'il cesse d'être le même ; et l'art du grand poète et du grand peintre est de vous montrer une circonstance fugitive qui vous avait échappé.

Peintres, poètes, gens de goût, gens de bien, lisez Richardson, lisez-le sans cesse.

Sachez que c'est à cette multitude de petites choses que tient l'illusion[2] : il y a bien de la difficulté à les imaginer, il y en a bien encore à les rendre. Le geste est quelquefois aussi sublime que le mot, et puis ce sont toutes ces vérités de détail qui préparent l'âme aux impressions fortes des grands événements. Lorsque votre impatience aura été suspendue par ces délais momentanés qui lui servaient de digues, avec quelle impétuosité ne se répandra-t-elle pas au moment où il plaira au poète de les rompre ! C'est alors qu'affaissé de douleur ou transporté de joie, vous n'aurez plus la force de retenir vos larmes prêtes à couler et de vous dire à vous-même : *Mais peut-être que cela n'est pas vrai*. Cette pensée a été éloignée de vous peu à peu et elle est si loin qu'elle ne se présentera pas.

Une idée qui m'est venue quelquefois en rêvant aux ouvrages de Richardson, c'est que j'avais acheté un vieux château, qu'en visitant un jour ses appartements, j'avais aperçu dans un angle une armoire qu'on n'avait pas ouverte depuis longtemps, et que l'ayant enfoncée, j'y avais trouvé pêle-mêle les lettres de Clarisse et de Pamela[1]. Après en avoir lu quelques-unes, avec quel empressement ne les aurais-je pas rangées par ordres de dates ! Quel chagrin n'aurais-je pas ressenti, s'il y avait eu quelque lacune entre elles ! Croit-on que j'eusse souffert qu'une main téméraire (j'ai presque dit sacrilège) en eût supprimé une ligne ?

Vous qui n'avez lu les ouvrages de Richardson que dans votre élégante traduction française[2] et qui croyez les connaître, vous vous trompez.

Vous ne connaissez pas Lovelace, vous ne connaissez pas Clémentine[3], vous ne connaissez pas l'infortunée Clarisse, vous ne connaissez pas Miss Howe[4], sa chère et tendre Miss Howe, puisque vous ne l'avez point vue échevelée et étendue sur le cercueil de son amie, se tordant les mains, levant ses yeux noyés de larmes vers le ciel[5], remplissant la demeure des Harlowes de ses cris aigus, et chargeant d'imprécations toute cette famille cruelle ; vous ignorez l'effet de ces circonstances que votre petit goût supprimerait, puisque vous n'avez pas entendu le son lugubre des cloches de la paroisse porté par le vent sur la demeure des Harlowes et réveillant dans ces âmes de pierre le remords assoupi[6] ; puisque vous n'avez pas vu le tressaillement qu'ils éprouvèrent au bruit des roues du char qui portait le cadavre de leur victime. Ce fut alors que le silence morne qui régnait au milieu d'eux, fut rompu par les sanglots du père et de la mère ; ce fut alors que le vrai supplice de ces méchantes âmes commença et que les serpents se remuèrent au fond de leurs cœurs et les déchirèrent. Heureux ceux qui purent pleurer !

J'ai remarqué que dans une société où la lecture de Richardson se faisait en commun ou séparément, la conversation en devenait plus intéressante et plus vive.

J'ai entendu, à l'occasion de cette lecture, les points les plus importants de la morale et du goût, discutés et approfondis.

J'ai entendu disputer sur la conduite de ses personnages, comme sur des événements réels ; louer, blâmer Pamela, Clarisse, Grandisson, comme des personnages vivants qu'on aurait connus et auxquels on aurait pris le plus grand intérêt.

Quelqu'un d'étranger à la lecture qui avait précédé et qui avait amené la conversation, se serait imaginé, à la vérité et à la chaleur de l'entretien, qu'il s'agissait d'un voisin, d'un parent, d'un ami, d'un frère, d'une sœur.

Le dirai-je ?... J'ai vu de la diversité des jugements, naître des haines secrètes, des mépris cachés, en un mot, les mêmes divisions entre des personnes unies, que s'il eût été question de l'affaire la plus sérieuse. Alors je comparais l'ouvrage de Richardson à un livre plus sacré encore[1], à un Évangile apporté sur la terre pour séparer l'époux de l'épouse, le père du fils, la fille de la mère, le frère de la sœur[2]; et son travail rentrait ainsi dans la condition des êtres les plus parfaits de la nature. Tous sortis d'une main toute-puissante et d'une intelligence infiniment sage, il n'y en a aucun qui ne pèche par quelque endroit. Un bien présent peut être dans l'avenir la source d'un grand mal; un mal, la source d'un grand bien.

Mais qu'importe, si, grâce à cet auteur, j'ai plus aimé mes semblables, plus aimés mes devoirs, si je n'ai eu pour les méchants que de la pitié; si j'ai conçu plus de commisération pour les malheureux, plus de vénération pour les bons, plus de circonspection dans l'usage des choses présentes, plus d'indifférence sur les choses futures, plus de mépris pour la vie et plus d'amour pour la vertu: le seul bien que nous puissions demander au Ciel et le seul qu'il puisse nous accorder, sans nous châtier de nos demandes indiscrètes.

Je connais la maison des Harlowes comme la mienne; la demeure de mon père ne m'est pas plus familière que celle de Grandisson. Je me suis fait une image des personnages que l'auteur a mis en scène; leurs physionomies sont là: je les reconnais dans les rues, dans les places publiques, dans les maisons; elles m'inspirent du penchant ou de l'aversion. Un des avantages de son travail, c'est qu'ayant embrassé un champ immense, il subsiste sans cesse sous mes yeux quelque portion de son tableau. Il est rare que j'aie trouvé six personnes rassemblées, sans leur attacher quelques-uns de ses noms. Il m'adresse aux honnêtes gens, il m'écarte des méchants; il m'a appris à les reconnaître à des signes prompts et délicats. Il me guide quelquefois sans que je m'en aperçoive.

Les ouvrages de Richardson plairont plus ou moins à tout homme, dans tous les temps et dans tous les lieux; mais le nombre des lecteurs qui en sentiront tout le prix ne sera jamais grand: il faut un goût trop sévère; et puis, la variété des événements y est telle, les rapports y sont si multipliés, la conduite en est si compliquée, il y a tant de choses préparées, tant d'autres sauvées[3], tant de personnages, tant de caractères. À peine ai-je parcouru quelques pages de *Clarisse*, que j'en compte déjà quinze ou seize, bientôt le nombre se double. Il y en a jusqu'à quarante dans *Grandisson* ; mais ce qui confond d'étonnement, c'est que chacun a ses idées, ses expressions, son ton, et que ces idées, ces expressions, ce ton varient selon les circonstances, les intérêts, les passions, comme on voit sur un même visage les physionomies diverses des passions se succéder. Un homme qui a du goût ne prendra point une lettre de Mme Norton pour une lettre d'une des tantes de Clarisse, la lettre d'une tante pour celle d'une autre tante ou de Mme Howe, ni un billet de Mme Howe pour un billet de Mme Harlowe[1] ; quoiqu'il arrive que ces personnages soient dans la même position, dans les mêmes sentiments, relativement au même objet. Dans ce livre immortel, comme dans la nature au printemps, on ne trouve point deux feuilles qui soient d'un même vert[2]. Quelle immense variété de nuances ! S'il est difficile à celui qui lit de les saisir, combien n'a-t-il pas été difficile à l'auteur de les trouver et de les peindre !

Ô Richardson ! j'oserai dire que l'histoire la plus vraie est pleine de mensonges, et que ton roman est plein de vérités. L'histoire peint quelques individus, tu peins l'espèce humaine : l'histoire attribue à quelques individus ce qu'ils n'ont ni dit, ni fait ; tout ce que tu attribues à l'homme, il l'a dit et fait : l'histoire n'embrasse qu'une portion de la durée, qu'un point de la surface du globe ; tu as embrassé tous les lieux et tous les temps. Le cœur humain qui a été, est et sera toujours le même, est le modèle d'après lequel tu copies. Si l'on appliquait au meilleur historien une critique sévère, y en a-t-il aucun qui la soutînt comme toi ? Sous ce point de vue j'oserai dire que souvent l'histoire est un mauvais roman, et que le roman, comme tu l'as fait, est une bonne histoire. Ô peintre de la nature ! c'est toi qui ne mens jamais.

Je ne me lasserai point d'admirer la prodigieuse étendue de tête qu'il t'a fallu pour conduire des drames de trente à quarante personnages qui tous conservent si rigoureusement les caractères que tu leur as donnés ; l'étonnante connaissance des lois, des coutumes, des usages, des mœurs, du cœur humain, de la vie ; l'inépuisable fonds de morale, d'expériences, d'observations qu'ils te supposent.

L'intérêt et le charme de l'ouvrage dérobent l'art de Richardson à ceux qui sont le plus faits pour l'apercevoir. Plusieurs fois j'ai commencé la lecture de Clarisse pour me former, autant de fois j'ai oublié mon projet à la vingtième page ; j'ai seulement été frappé, comme tous les lecteurs ordinaires, du génie qu'il y a à avoir imaginé une jeune fille remplie de sagesse et de prudence, qui ne fait pas une seule démarche qui ne soit fausse, sans qu'on puisse l'accuser, parce qu'elle a des parents inhumains et un homme abominable pour amant ; à avoir donné à cette jeune prude l'amie la plus vive et la plus folle, qui ne dit et ne fait rien que de raisonnable, sans que la vraisemblance en soit blessée ; à celle-ci un honnête homme pour amant, mais un honnête homme empesé et ridicule que sa maîtresse désole, malgré l'agrément et la protection d'une mère qui l'appuie ; à avoir combiné dans ce Lovelace les qualités les plus rares et les vices les plus odieux, la bassesse avec la générosité, la profondeur et la frivolité, la violence et le sang-froid, le bon sens et la folie ; à en avoir fait un scélérat qu'on hait, qu'on aime, qu'on admire, qu'on méprise, qui vous étonne, sous quelque forme qu'il se présente, et qui ne garde pas un instant la même ; et cette foule de personnages subalternes, comme ils sont caractérisés ! Combien il y en a ! et ce Belford avec ses compagnons, et Mme Howe et son Hickman[1], et Mme Norton, et les Harlowes père, mère, frère, sœurs, oncles et tantes, et toutes les créatures qui peuplent le lieu de débauches[2] ! Quels contrastes d'intérêts et d'humeurs ! Comme tous agissent et parlent ! Comment une jeune fille, seule contre tant d'ennemis réunis, n'aurait-elle pas succombé ! Et encore quelle est sa chute !

Ne reconnaît-on pas sur un fond tout divers la même variété de caractères, la même force d'événements et de conduite dans *Grandisson* ?

Pamela est un ouvrage plus simple, moins étendu, moins intrigué[3], mais y a-t-il moins de génie ? Or ces trois ouvrages, dont un seul suffirait pour immortaliser, un seul homme les a faits.

Depuis qu'ils me sont connus, ils ont été ma pierre de touche ; ceux à qui ils déplaisent, sont jugés pour moi. Je n'en ai jamais parlé à un homme que j'estimasse, sans trembler que son jugement ne se rapportât pas au mien. Je n'ai jamais rencontré personne qui partageât mon enthousiasme que je n'aie été tenté de le serrer entre mes bras et de l'embrasser.

Richardson n'est plus[4]. Quelle perte pour les lettres et pour l'humanité ! Cette perte m'a touché comme s'il eût été mon frère. Je le portais en mon cœur sans l'avoir vu, sans le connaître que par ses ouvrages.

Je n'ai jamais rencontré un de ses compatriotes, un des miens qui eût voyagé en Angleterre, sans lui demander : Avez-vous vu le poète Richardson ? ensuite : avez-vous vu le philosophe Hume[5] ?

Un jour une femme d'un goût et d'une sensibilité peu commune fortement préoccupée de l'histoire de Grandisson qu'elle venait de lire, dit à un de ses amis qui partait pour Londres : Je vous prie de voir de ma part Miss Émilie[1], M. Belford et surtout Miss Howe, si elle vit encore.

Une autre fois une femme de ma connaissance, qui s'était engagée dans un commerce de lettres qu'elle croyait innocent, effrayée du sort de Clarisse, rompit ce commerce tout au commencement de la lecture de cet ouvrage[2].

Est-ce que deux amies ne sont pas brouillées, sans qu'aucun des moyens que j'ai employés pour les rapprocher m'ait réussi, parce que l'une méprisait l'histoire de Clarisse, devant laquelle l'autre était prosternée[3] !

J'écrivis à celle-ci, et voici quelques endroits de sa réponse.

« *La piété de Clarisse l'impatiente!* Eh quoi ! veut-elle donc qu'une jeune fille de dix-huit ans, élevée par des parents vertueux et chrétiens, timide, malheureuse sur la terre, n'ayant guère d'espérance de voir améliorer son sort que dans une autre vie, soit sans religion et sans foi ? Ce sentiment est si grand, si doux, si touchant en elle ; ses idées de religion sont si saines et si pures ; ce sentiment donne à son caractère une nuance si pathétique ! Non, non, vous ne me persuaderez jamais que cette façon de penser soit d'une âme bien née.

» *Elle rit, quand elle voit cette enfant désespérée de la malédiction de son père !* Elle rit, et c'est une mère. Je vous dis que cette femme ne peut jamais être mon amie : je rougis qu'elle l'ait été. Vous verrez que la malédiction d'un père respecté, une malédiction qui semble s'être déjà accomplie en plusieurs points importants, ne doit pas être une chose terrible pour un enfant de ce caractère : et qui sait si Dieu ne ratifiera pas dans l'éternité la sentence prononcée par son père.

» *Elle trouve extraordinaire que cette lecture m'arrache des larmes !* Et ce qui m'étonne toujours, moi, quand j'en suis aux derniers instants de cette innocente, c'est que les pierres, les murs, les carreaux insensibles et froids sur lesquels je marche ne s'émeuvent pas et ne joignent pas leur plainte à la mienne. Alors tout s'obscurcit autour de moi, mon âme se remplit de ténèbres et il me semble que la nature se voile d'un crêpe épais.

» *À son avis, l'esprit de Clarisse consiste à faire des phrases, et lorsqu'elle en a pu faire quelques-unes, la voilà consolée.* C'est, je vous l'avoue, une grande malédiction que de sentir et penser ainsi ; mais si grande, que j'aimerais mieux tout à l'heure que ma fille mourût entre mes bras que de l'en savoir frappée. Ma fille !... Oui, j'y ai pensé, et je ne m'en dédis pas.

»Travaillez à présent, hommes merveilleux, travaillez, consumez-vous ; voyez la fin de votre carrière à l'âge où les autres commencent la leur, afin qu'on porte de vos chefs-d'œuvre des jugements pareils. Nature prépare pendant des siècles un homme tel que Richardson ; pour le douer, épuise-toi ; sois ingrate envers tes autres enfants : ce ne sera que pour un petit nombre d'âmes comme la mienne, que tu l'auras fait naître ; et la larme qui tombera de mes yeux sera l'unique récompense de ses veilles. »

Et par postscript[1] elle ajoute : « Vous me demandez l'enterrement et le testament de Clarisse[2], et je vous les envoie ; mais je ne vous pardonnerais de ma vie d'en avoir fait part à cette femme. Je me rétracte : lisez-lui vous-même ces deux morceaux, et ne manquez pas de m'apprendre que ses rires ont accompagné Clarisse jusque dans sa dernière demeure, afin que mon aversion pour elle soit parfaite. »

Il y a, comme on voit, dans les choses de goût, ainsi que dans les choses religieuses, une espèce d'intolérance que je blâme, mais dont je ne me garantirais que par un effort de raison.

J'étais avec un ami, lorsqu'on me remit l'enterrement et le testament de Clarisse, deux morceaux que le traducteur français a supprimés, sans qu'on sache trop pourquoi. Cet ami est un des hommes les plus sensibles que je connaisse et un des plus ardents fanatiques de Richardson : peu s'en faut qu'il ne le soit autant que moi. Le voilà qui s'empare des cahiers, qui se retire dans un coin et qui lit. Je l'examinais : d'abord je vois couler des pleurs, bientôt il s'interrompt, il sanglote ; tout à coup il se lève, il marche sans savoir où il va, il pousse des cris comme un homme désolé et il adresse les reproches les plus amers à toute la famille des Harlowes.

Je m'étais proposé de noter les beaux endroits des trois poèmes[3] de Richardson ; mais le moyen ? Il y en a tant.

Je me rappelle seulement que la cent vingt-huitième lettre[4] qui est de Mme Harvey à sa nièce, est un chef-d'œuvre ; sans apprêt, sans art apparent, avec une vérité qui ne se conçoit pas, elle ôte à Clarisse toute espérance de réconciliation avec ses parents, seconde les vues de son ravisseur, la livre à sa méchanceté, la détermine au voyage de Londres, à entendre des propositions de mariage, etc. Je ne sais ce qu'elle ne produit pas : elle accuse la famille, en l'excusant ; elle démontre la nécessité de la fuite de Clarisse, en la blâmant. C'est un des endroits entre beaucoup d'autres, où je me suis écrié : *Divin Richardson!* Mais pour éprouver ce transport, il faut commencer l'ouvrage et lire jusqu'à cet endroit.

J'ai crayonné dans mon exemplaire la cent vingt-quatrième lettre qui est de Lovelace à son complice Léman, comme un morceau charmant : c'est là qu'on voit toute la folie, toute la gaieté, toute la ruse, tout l'esprit de ce personnage. On ne sait si l'on doit aimer ou détester ce démon. Comme il séduit ce pauvre domestique ! C'est *le bon*, c'est *l'honnête Léman*. Comme il lui peint la récompense qui l'attend ! *Tu seras M. l'Hôte de l'Ours blanc ; on appellera ta femme Mme l'Hôtesse.* Et puis en finissant : *Je suis votre ami Lovelace*. Lovelace ne s'arrête point à de petites formalités, quand il s'agit de réussir : tous ceux qui concourent à ses vues sont ses amis.

Il n'y avait qu'un grand maître qui pût songer à associer à Lovelace cette troupe d'hommes perdus d'honneur et de débauche, ces viles créatures qui l'irritent par des railleries, et l'enhardissent au crime. Si Belford s'élève seul contre son scélérat ami, combien il lui est inférieur ! Qu'il fallait de génie pour introduire et pour garder quelque équilibre entre tant d'intérêts opposés !

Et croit-on que ce soit sans dessein que l'auteur a supposé à son héros cette impétuosité de caractère, cette chaleur d'imagination, cette frayeur du mariage, ce goût effréné de l'intrigue et de la liberté, cette vanité démesurée, tant de qualités et de vices !

Poètes, apprenez de Richardson à donner des confidents aux méchants afin de diminuer l'horreur de leurs forfaits, en la partageant ; et par la raison opposée, à n'en point donner aux honnêtes gens, afin de leur laisser tout le mérite de leur bonté.

Avec quel art ce Lovelace se dégrade et se relève ! Voyez la lettre 175[1]. Ce sont les sentiments d'un cannibale ; c'est le cri d'une bête féroce. Quatre lignes de postscript le transforment tout à coup en un homme de bien, ou peu s'en faut.

Grandisson et *Pamela*, sont aussi deux beaux ouvrages, mais je leur préfère *Clarisse*. Ici l'auteur ne fait pas un pas qui ne soit de génie.

Cependant on ne voit point arriver à la porte du lord le vieux père de Pamela, qui a marché toute la nuit ; on ne l'entend point s'adresser aux valets de la maison, sans éprouver les plus violentes secousses.

Tout l'épisode de Clémentine dans *Grandisson* est de la plus grande beauté[2].

Et quel est le moment où Clémentine et Clarisse deviennent deux créatures sublimes ? Le moment où l'une a perdu l'honneur et l'autre la raison.

Je ne me rappelle point sans frissonner l'entrée de Clémentine dans la chambre de sa mère, pâle, les yeux égarés, les bras ceint d'une bande, le sang coulant le long de son bras et dégouttant du bout de ses doigts et son discours : *Maman, voyez, c'est le vôtre*. Cela déchire l'âme.

Mais pourquoi cette Clémentine est-elle si intéressante dans sa folie ? C'est que n'étant plus maîtresse des pensées de son esprit ni des mouvements de son cœur, s'il se passait en elle quelque chose honteuse, elle lui échapperait. Mais elle ne dit pas un mot qui ne montre de la candeur et de l'innocence, et son état ne permet pas de douter de ce qu'elle dit.

On m'a rapporté que Richardson avait passé plusieurs années dans la société, presque sans parler [1].

Il n'a pas eu toute la réputation qu'il méritait. Quelle passion que l'envie ! C'est la plus cruelle des Euménides : elle suit l'homme de mérite jusqu'au bord de la tombe ; là elle disparaît et la justice des siècles s'assied à sa place.

Ô Richardson ! si tu n'as joui de ton vivant de toute la réputation que tu méritais, combien tu seras grand chez nos neveux, lorsqu'ils te verront à la distance d'où nous voyons Homère ! Alors qui est-ce qui osera arracher une ligne de ton sublime ouvrage ? Tu as eu plus d'admirateurs encore parmi nous que dans ta patrie, et je m'en réjouis. Siècles, hâtez-vous de couler et d'amener avec vous les honneurs qui sont dus à Richardson ! J'en atteste tous ceux qui m'écoutent : je n'ai point attendu l'exemple des autres pour te rendre hommage ; dès aujourd'hui j'étais incliné au pied de ta statue, je t'adorais, cherchant au fond de mon âme des expressions qui répondissent à l'étendue de l'admiration que je te portais, et je n'en trouvais point. Vous qui parcourez ces lignes que j'ai tracées sans liaison, sans dessein et sans ordre, à mesure qu'elles m'étaient inspirées dans le tumulte de mon cœur, si vous avez reçu du Ciel une âme plus sensible que la mienne, effacez-les. Le génie de Richardson a étouffé ce que j'en avais. Ses fantômes errent sans cesse dans mon imagination ; si je veux écrire, j'entends la plainte de Clémentine, l'ombre de Clarisse m'apparaît, je vois marcher devant moi Grandisson, Lovelace me trouble, et la plume s'échappe de mes doigts. Et vous, spectres plus doux, Émilie, Charlotte, Pamela, chère Miss Howe, tandis que je converse avec vous, les années du travail et de la moisson des lauriers se passent, et je m'avance vers le dernier terme, sans rien tenter qui puisse me recommander aussi aux temps à venir.

CHAMPFLEURY, *DE LA RÉALITÉ DANS L'ART*[1]

Diderot a laissé, entre autres chefs-d'œuvre que personne n'oserait nier, l'histoire qui a pour titre: *Ceci n'est pas un conte*, dans lequel se trouve l'épisode qu'on pourrait intituler: *Histoire de Mademoiselle de La Chaux*. De toutes les nouvelles courtes de la littérature française, celle-ci est la plus remarquable: il n'y a pas un mot à y ajouter, à y retrancher. Pour la majorité, cette nouvelle est un roman comme *Paul et Virginie* est un roman; et cependant Diderot n'a rien inventé, rien trouvé, rien imaginé, il n'a été que le copiste intelligent d'une passion malheureuse qui se jouait devant lui. Fort de son système, Diderot a poussé l'audace jusqu'à imprimer les véritables noms des acteurs: s'il s'était mis lui-même en scène et il en avait le droit, mais il y mettait l'infortunée Mlle de La Chaux, le docteur Le Camus, auteur de la *Médecine de l'esprit* (Paris, 1753), et il y montrait comme un traître, comme un ingrat monstrueux *Gardeil*, qui n'est pas un pseudonyme, et qui, malgré sa conduite infâme, mourut médecin à Toulouse le 15 avril 1808, à l'âge de quatre-vingt-deux ans.

Certes, je ne m'enthousiasme pas pour cette Réalité poussée à ses dernières limites, ce qui ferait qu'en vue de la vérité mal comprise, on poursuivrait sur la scène et dans le livre des citoyens qui doivent jouir du bénéfice de la vie privée. Mais je voulais montrer que, dans ce petit *chef-d'œuvre* admis de tous, Diderot, esprit plein d'invention, de feu et d'enthousiasme, n'avait eu qu'à étaler la nature dans quelques pages. Criera-t-on encore au daguerréotype[1]? Oui, peut-être ceux qui liront ici ce fait peu connu, qui ne le connaissaient pas, auront la mauvaise foi de le dire; mais il y a trente ans que *Ceci n'est pas un conte* est reconnu comme un chef-d'œuvre, et les nullificateurs ennemis de la Réalité, ne pouvaient que le faire briller davantage en le niant.

J'ai souvent entendu dire en parlant d'un conte dont on voulait affaiblir la portée: *Nous connaissions cette histoire depuis longtemps*, ou *l'auteur n'a eu qu'à copier*. Ou bien encore: *C'est une histoire que l'auteur a entendu raconter*. On voulait par là diminuer le mérite de l'œuvre de l'écrivain, en donnant à entendre qu'il n'était pas inventeur et qu'il n'avait pas d'imagination.

Or je mets les amis et contemporains de Diderot en présence de Mlle de La Chaux, et j'affirme que ni Grimm, ni Jean-

Jacques, ni Voltaire n'eussent été capables de rendre cette histoire aussi dramatiquement que l'a fait Diderot en quelques pages. Qui sait même s'ils eussent été touchés de cette passion malheureuse d'une femme dévouée! qui sait s'ils l'eussent remarquée! Combien de gens éclairés vivent au milieu de drames domestiques sans s'en douter? Tous les jours il arrive dans notre vie des événements singuliers dont nous sommes touchés intérieurement, mais que nous ne songeons guère à transformer en romans ou en comédies. Le soldat assistant à la bataille est incapable de la raconter sur le papier. Diderot est un *inventeur*[1] en écrivant la passion de Mlle de La Chaux et en laissant un chef-d'œuvre; car cent écrivains à sa place n'auraient peut-être pas été frappés par ce sujet. Et la forme qu'il trouve, pour rendre ce drame, ne lui appartient-elle pas en propre? L'un aurait dramatisé l'action, l'autre l'eût mise en lettres comme il était de mode alors, celui-ci en eût fait un simple récit sans dialogues. Diderot s'est servi seulement d'un dialogue court, net et serré dans lequel il excelle; là où un autre eût délayé cette passion en deux volumes, il l'a racontée en vingt pages.

Donc Diderot, en se servant de la nature et de faits positifs, nous donne l'analyse d'une passion dévorante, telle qu'on n'en avait jamais peint de pareille avant lui. Son mérite est-il donc si mince? Il est immense.

La vie habituelle est un composé de petits faits insignifiants aussi nombreux que les brindilles des arbres; ces petits faits se réunissent et aboutissent à une branche, la branche au tronc; la conversation est pleine de détails oiseux qu'on ne peut reproduire sous peine de fatiguer le lecteur. Un drame réel ne commence pas par une action saisissante; quelquefois il ne se dénoue pas, de même que l'horizon, aperçu de nos faibles yeux, n'est pas la fin du globe. Le romancier choisit un certain nombre de faits saisissants, les groupe, les distribue et les encadre. À toute histoire il faut un commencement et une fin. Or la nature ne donne ni agencement, ni coordonnement, ni encadrement, ni commencement, ni fin. N'y a-t-il pas dans la distribution du conte le plus court une méthode d'une difficulté extrême? Et la machine à daguerréotyper se donne-t-elle tant de peine?

Les partisans les plus avancés de la Réalité dans l'art ont toujours soutenu qu'il y avait un choix à faire dans la nature. Est-ce que Diderot ne s'était pas trouvé maintes fois le confident de drames amoureux? Qu'a-t-il fait? Il ne s'est pas plu, ainsi que Rétif de La Bretonne, à écrire les plus petits drames qu'il observait, il a choisi les plus saisissants, et il ne nous a laissé que l'*Histoire de Madame de La Carlière* et celle de *Mademoiselle de La Chaux*. Curieux, remuant, actif, fréquentant beaucoup de monde, croit-on qu'il n'a rencontré que le *Neveu de Rameau* dans son époque peuplée d'originaux ? S'il a peint avec une touche si ferme cet étrange musicien-bohême, c'est parce qu'en cet être se résumaient tous les êtres de la même famille.

Le Réalisme, 1857

BIBLIOGRAPHIE

Éditions des œuvres de Diderot

Œuvres complètes, éd. Assézat-Tourneux, 1875-1877, 20 vol.
Œuvres complètes, éd. Roger Lewinter, Club français du livre, 1969-1975, 15 vol.
Œuvres complètes, éd. DPV [Herbert Dieckmann, Jacques Proust, Jean Varloot], Hermann, 33 vol., en cours de publication depuis 1975.
Œuvres, éd. Laurent Versini, Laffont, coll. Bouquins, 1994-1997, 5 vol.
Correspondance, éd. Georges Roth-Jean Varloot, Minuit, 1955-1970, 16 vol.

Éditions séparées des contes

Contes, éd. Herbert Dieckmann, Londres, Univ. of London Press, 1963.
Quatre contes, éd. Jaques Proust, Genève, Droz, 1964 [*Mystification, Les Deux Amis de Bourbonne, Ceci n'est pas un conte, Mme de La Carlière*].
Contes et entretiens, éd. Lucette Pérol, Flammarion, coll. GF, 1977.
Voyage à Bourbonne, à Langres et autres récits, éd. Anne-Marie Chouillet, Aux amateurs de livres, 1989.
Contes, éd. Béatrice Didier, Livre de Poche classique, 1998.

Présentation générale de Diderot

Bonnet (Jean-Claude), *Diderot. Textes et débats*, Le Livre de Poche, 1984.
Chouillet (Jacques), *Diderot*, SEDES, 1977.
Lepape (Pierre), *Diderot*, Flammarion, 1991.
Proust (Jacques), *Lectures de Diderot*, Colin, 1974.
Versini (Laurent), *Diderot, alias Frère Tonpla*, Hachette, 1996.
Wilson (Arthur), *Diderot, sa vie et son œuvre* (New York, 1972), Laffont-Ramsay, coll. Bouquins, 1985.

Sur Les Deux Amis de Bourbonne *et autres contes*

Bongie (Laurence L.), *Diderot's Femme savante*, Studies on Voltaire and the Eighteenth Century, CLXVI, Oxford, 1977 [Mlle de La Chaux et *Ceci n'est pas un conte*].
—, «Retour à Mademoiselle de La Chaux», *Recherches sur Diderot et sur l'Encyclopédie*, n° 6, avril 1989.
Chartier (Pierre), «Parole et mystification. Essai d'interprétation des *Deux Amis de Bourbonne* de Diderot», *Recherches nouvelles sur quelques écrivains des Lumières*, sous la direction de Jacques Proust, Genève, Droz, 1972.
—, «Le conte historique. Diderot théoricien de la mystification dans *Les Deux Amis de Bourbonne*», *Le Credibili finzioni della storia*, éd. Daniela Gallingani, Centro editoriale toscano, 1996.
Dieckmann (Herbert), «The presentation of reality in Diderot's tales», *Diderot Studies*, III, 1961, repris dans *Studien zur europäischen Aufklärung*, Munich, Fink Verlag, 1974. Traduction italienne: «Il realismo nei raconti di Diderot», *Il Realismo di Diderot*, Rome-Bari, Laterza, 1977.
Ehrard (Jean), «Diderot conteur: la subversion du conte moral», *Diderot: il politico, il filosofo, il scrittore*, Milan, 1986.
—, «Diderot conteur: l'art de déplacer la question», *Coloquio internacional Diderot*, Lisbonne, 1987 [articles repris dans *L'Invention littéraire au XVIIIe siècle: fictions, idées, sociétés*, PUF, 1997].
Finas (Lucette), «Les brelandières de Diderot», *Po&sie*, n° 14, 1980.
Fleming (John A.), «Ceci n'est pas un conte / Ceci n'est pas une pipe», *Texte*, n° 15-16, 1994.

FRÉMONT (Christiane), «Diderot: les contes de la culpabilité», *Stanford French Review*, hiver 1988.

MARCHAL (Roger), «Des satyres parmi les nymphes: *Contes moraux et nouvelles idylles* de Diderot et Salomon Gessner», *Travaux de littérature*, t. XIV, 2001.

MULLER (D.), «La véritable édition originale de deux contes de Diderot», *Bulletin du bibliophile et du bibliothécaire*, 1928.

PÉROL (Lucette), «Quand un récit s'intitule *Ceci n'est pas un conte*», *Frontières du conte*, CNRS, 1982.

REBEJKOW (Jean-Christophe), «Quelques réflexions sur la révision des *Deux Amis de Bourbonne*», *Lettres romanes*, n° 50, août-septembre 1996.

STEMPEL (Wolf-Dieter), «*Ceci n'est pas un conte*, la rhétorique du conversationnel», *Littérature*, n° 93, février 1994.

VARLOOT (Jean), «*Les Deux Amis de Bourbonne*. Une version originale fort signifiante», *Revue de la Bibliothèque nationale*, n° 17, automne 1985.

Sur Diderot et Saint-Lambert

LITTLE (Roger), «Quelques poèmes en prose de Saint-Lambert», *RHLF*, janvier-février 1997.

MARTIN (Angus), «Diderot's *Deux Amis de Bourbonne* as a critic of Saint-Lambert's *Les Deux Amis, conte iroquois*», *Romance Notes*, XX, n° 2, 1979-1980.

POIRIER (Roger), «Le thème du mariage (ou ménage) à trois dans l'œuvre et la vie de Saint-Lambert», *Transactions of the Eighth International Congress on the Enlightenment, Studies on Voltaire and the Eighteenth Century*, n° 305, 1992.

Sur Diderot et Richardson

CAMMAGRE (Geneviève), «*L'Éloge de Richardson* et les pouvoirs de l'imagination», *L'Esprit et les lettres. Mélanges offerts à Georges Mailhos*, Toulouse, Presses universitaires du Mirail, 1999.

CHARTIER (Roger), «Richardson, Diderot et la lectrice impatiente», *Modern Languages Notes*, 114, 4, 1999.

GOLDBERG (Rita), *Sex and Enlightenment: Women in Richardson and Diderot*, Cambridge University Press, 1984.

LOY (Robert), «Richardson and Diderot», *Enlightenment Stu-*

dies in honour of Lester G. Crocker, éd. A. J. Bingham and V. W. Topazio, Oxford, The Voltaire Foundation, 1979.

PRINCIPATO (Aurelio), «Il Supplément alla traduzione di Clarissa», *Il Raggio nella cripta. Ricerche su Prévost romanziere*, Pise, Pacini, 1988.

ROSENBERG (Aubrey), «Diderot's *Éloge de Richardson* and Rousseau's *Julie ou la Nouvelle Héloïse*», *Lecture de* La Nouvelle Héloïse. *Reading* La Nouvelle Héloïse *today*, éd. Ourida Motefai, Ottawa, 1993.

SERMAIN (Jean-Paul), «*L'Éloge de Richardson* et l'*Avis de Renoncour* en tête de l'*Histoire du chevalier des Grieux et de Manon Lescaut*: Diderot s'est-il laissé prendre au double jeu de Prévost?», *Cahiers Prévost d'Exiles*, n° 1, 1984.

TAUPIN (René), «Richardson, Diderot et l'art de conter», *French Review*, janvier 1939.

VALAHU (Dan T.), «Diderot's *La Religieuse* and Richardson: textual convergence and disparity», *Studies on Voltaire and the Eighteenth Century*, n° 241, 1986.

Sur la mystification

BOURGUINAT (Élisabeth), *Le Siècle du persiflage, 1734-1789*, PUF, 1998.

CATRYSSE (Jean), *Diderot et la mystification*, Nizet, 1970.

CHARTIER (Pierre), «Parole et mystification. Essai d'interprétation des *Deux Amis de Bourbonne* de Diderot» et «Le conte historique. Diderot théoricien de la mystification dans *Les Deux Amis de Bourbonne*», voir plus haut.

KEMPF (Roger), «La Mystification», *Diderot et le roman ou le démon de la présence*, Seuil, 1964, p. 212-222.

MAYER (Jean), «Le thème de la tromperie chez Diderot», *Roman et Lumières*, Éd. sociales, 1970.

On trouvera d'autres références dans

SPEAR (Frederick A.), *Bibliographie de Diderot. Répertoire analytique international*, Genève, Droz, 1980 et 1988.

Recherches sur Diderot et sur l'Encyclopédie, Diffusion Klincksieck, depuis 1986, rubrique bibliographique.

Diderot's Studies, Genève, Droz, depuis 1949.

Sur le conte et le roman au XVIIIe siècle

BARGUILLET (Françoise), *Le Roman français au XVIIIe siècle*, PUF, 1981.
COULET (Henri), *Le Roman jusqu'à la Révolution*, Colin, 1967.
—, *Nouvelles du XVIIIe siècle*, Textes choisis, présentés et annotés par H. C., Gallimard, « Bibl. de la Pléiade », 2002.
FABRE (Jean), *Idées sur le roman, de Mme de La Fayette au marquis de Sade*, Klincksieck, 1979.
GODENNE (René), *Histoire de la nouvelle française aux XVIIe et XVIIIe siècles*, Genève, Droz, 1970.
GUENIER (Nicole), « Pour une définition du conte », *Roman et Lumières au XVIIIe siècle*, Éd. sociales, 1970.
SGARD (Jean), « Marmontel et la forme du conte moral », *De l'Encyclopédie à la Contre-Révolution*, sous la direction de J. Ehrard, Clermont-Ferrand, G. de Bussac, 1970.

Sur le détail

ARASSE (Daniel), *Le Détail, Pour une histoire rapprochée de la peinture*, Flammarion, 1992, coll. « Champs », 1996.
BORDAS (Éric), « Obscènes détails : contre-écriture de la scène sadienne », *Eighteenth-Century Fiction*, 11, 3 avril 1999.
GLEIZE (Joëlle), « Immenses détails. Le détail balzacien et son lecteur », *Balzac ou la tentation de l'impossible*, éd. par Robert Mahieu et Franc Schuerewegen, SEDES, 1999.
LOUVEL (Liliane) éd., *Le Détail*, *La Licorne*, Hors série, colloques VII, Poitiers, 1999.
MOUREY (Jean-Pierre), *Philosophies et pratiques du détail. Hegel, Ingres, Sade et quelques autres*, Champ Vallon, coll. « Milieux », 1996.
RASSON (Luc) et SCHUEREWEGEN (Franc) éd., *Pouvoir de l'infime. Variations sur le détail*, Presses universitaires de Vincennes, 1997.
SCHOR (Naomi), *Lectures du détail*, Nathan, 1994.

Sur la figure du brigand

FUNCK-BRENTANO (Frantz), *Mandrin, capitaine général des contrebandiers de France*, Hachette, 1908.
GARNIER (André), « Contrebandiers à Bourbonne et dans la

région », *Voyage à Bourbonne, à Langres et autres récits*, Aux amateurs de livres, 1989.

GORDON (Lew), « Le thème de Mandrin, le brigand noble dans l'histoire des idées en France avant la Révolution », *Au siècle des Lumières*, Paris-Moscou, SEVPEN, 1970.

HOBSBAWN (Éric J.), *Bandits*, Londres, Weidenfeld & Nicolson, 1969. Trad. franç., Maspero, 1972.

LÜSEBRINK (Hans-Jürgen), « Images et représentations sociales de la criminalité au XVIIIe siècle : l'exemple de Mandrin », *Revue d'histoire moderne et contemporaine*, juillet-septembre 1979.

MAMMUCARI (Renato), *I Briganti. Storia-Arte-Letteratura-Immaginario*, Città di Castello, Edimond, 2000.

NOTICES ET NOTES

Les Deux Amis de Bourbonne

NOTICE

Le 2 août 1770, Diderot et Grimm quittent Paris pour Langres et Bourbonne. Aux eaux de Bourbonne, ils retrouvent Mme de Maux et sa fille, Mme de Prunevaux, venue se soigner. Diderot avait une liaison avec Mme de Maux qui avait été auparavant la maîtresse de Damilaville et dont il avait fait connaissance au chevet de ce dernier. Comme le raconte lui-même Grimm, les deux amis découvrirent la mère et la fille « faisant des contes à leurs correspondants de Paris, pour se désennuyer ». Ils ne pouvaient rester en dehors de ce jeu. Comme parmi leurs destinataires parisiens se trouvait Naigeon qui avait envoyé à Mmes de Maux et de Prunevaux le conte iroquois de Saint-Lambert, *Les Deux Amis*, Diderot en composa une imitation ou une réplique qui fut envoyée à Naigeon. Le 8 septembre, il écrit à Grimm qui est rentré dans la capitale : « Nous avons employé quelques moments doux de nos soirées à faire des contes à Naigeon ; mais des contes quelquefois si vrais qu'on y pouvait donner sans être un imbécile. Parmi ces contes, vous en verrez un où, sous les noms d'Olivier et de Félix, je fais une critique des *Deux Amis* de Saint-Lambert, si fine que lui-même peut-être ne s'en apercevrait pas ; mais vous, pardieu, vous la sentirez de reste. Mon Olivier et mon Félix ne disent rien de ce que disent les deux Iroquois, et font toujours le contraire. J'ai aussi appelé d'un village voisin un curé de mes amis qui vous amusera » (*Correspondance*, t. X, p. 124-125).

Tel est le point de départ du conte de Diderot. Nous ne possédons pas la lettre expédiée à Naigeon ni ne connaissons les étapes précises de la gestation ultérieure de l'œuvre. Du moins disposons-nous de deux versions distinctes. La première, relativement courte, juxtapose deux lettres : l'une est de Mme de Prunevaux à Naigeon et l'autre la lettre du curé Papin à cette dernière. Le manuscrit en est entré à la Bibliothèque nationale de France en 1985 et a été édité pour la première fois par Jean Varloot. La seconde existe sous plusieurs formes manuscrites et publiées. Sous forme manuscrite, il se trouve dans le fonds Vandeul à la BNF, dans la *Correspondance littéraire* à la date du 15 décembre 1770, à Naples avec les lettres de Mme d'Épinay à l'abbé Galiani, à Saint-Pétersbourg dans la collection des manuscrits envoyés à Catherine II. Le conte a été imprimé pour la première fois, à l'initiative de Meister, dans un recueil, paru à Zurich en 1773 : *Contes moraux et nouvelles idylles de D... et Salomon Gessner*. *Les Deux Amis de Bourbonne* et l'*Entretien d'un père avec ses enfants* ouvraient le livre, suivis par la traduction des idylles de Gessner. Meister explique dans la préface du recueil que Gessner a communiqué ses textes à ses amis de Paris, « et particulièrement M. D... dont l'approbation lui a toujours été si précieuse » : « Cet homme célèbre a eu la bonté de lui envoyer en manuscrit les deux contes moraux qui précèdent la traduction des nouvelles idylles. M. Gessner se trouve heureux de pouvoir offrir à la France un présent qu'elle recevra sans doute avec plaisir et qui sera le monument d'une amitié que la seule culture des lettres a fait naître entre deux hommes que des contrées éloignées ont toujours tenus séparés. »

Antoine Augustin Renouard a donné en 1795 une édition des *Œuvres* de Gessner où il précise, à propos des deux textes de Diderot : « [J'ai] la satisfaction d'offrir au Public ces deux contes, tels que Diderot a voulu qu'ils fussent à l'avenir réimprimés. J'ai été assez heureux pour me procurer un manuscrit corrigé par lui-même, et dans lequel se trouvent plusieurs additions assez importantes qui donnent un nouvel intérêt à son ouvrage, et qui seules justifieraient l'idée que j'ai eue de faire cette réimpression. Leur authenticité ne peut être mise en doute, parce qu'elles sont toutes entièrement écrites de la main de Diderot même. » À la suite de Jacques Proust, nous adoptons donc cette édition comme texte de base.

NOTES

Page 33.

1. Fils d'Agamemnon et de Clytemnestre, Oreste « fut élevé

avec son cousin Pylade : ce qui forma entre eux cette amitié célèbre qui les rendit inséparables » *(Encyclopédie).*

2. Les deux Iroquois de Saint-Lambert « étaient nés le même jour dans deux cabanes voisines », de deux familles alliées. Pierre Chartier voit dans l'histoire des cousins germains, frères de lait, une variante du « mythe antique figuré par Castor et Pollux ou Romulus et Rémus : celui des Gémeaux ». La balafre de Félix devient dans cette perspective la marque de celui qui survit dans la culpabilité (« Parole et mystification. Essai d'interprétation des *Deux Amis de Bourbonne* de Diderot », *Recherches nouvelles sur quelques écrivains des Lumières*, Genève, Droz, 1972).

3. Les deux amis pratiquent un altruisme spontané qui a été élevé au rang de principe universel par les stoïciens et qui est admiré par Jaucourt dans l'article « Morale » de l'*Encyclopédie* : « Selon eux, on est né pour procurer du bien à tous les humains, exercer la bénéficence envers tous, se contenter d'avoir fait une bonne action, et l'oublier même en quelque manière, au lieu de s'en proposer quelque récompense, passer d'une bonne action à une bonne action, se croire suffisamment payé, en ce que l'on a eu l'occasion de rendre service aux autres [...]. »

4. « Milice en France est un corps d'infanterie, qui se forme dans les différentes provinces du royaume d'un nombre de garçons que fournissent chaque ville, village ou bourg relativement au nombre d'habitants qu'ils contiennent. Ces garçons sont choisis au sort. Ils doivent être au moins âgés de seize ans, et n'en avoir pas plus de quarante » *(Encyclopédie).* Dans cet article, *garçon* est à prendre au sens d'homme non marié. On recrutait aussi les veufs sans enfants, et, à défaut, les jeunes mariés sans enfants. Ce recrutement, sous le contrôle des intendants, était impopulaire et devait être surveillé par la maréchaussée. À Langres en particulier, « la course aux exemptions devenait préoccupation normale chez les possibles recrues » et « chaque tirage au sort provoquait des incidents » (Georges Viard, *Langres au xviiie siècle*, Langres, 1985).

Page 34.

1. Le manuscrit de la *Correspondance littéraire* de Gotha ajoute cette note explicative : « C'est le nom que la jeune femme qui était supposée d'écrire ces lettres donnait à son correspondant qui prenait toutes ces histoires pour des faits indubitables. » Dans sa première version, le conte commence par une lettre de Mme de Prunevaux au « petit frère » Naigeon (p. 143).

2. La distinction est d'origine aristotélicienne, elle est reprise par Shaftesbury dans l'*Essai sur le mérite et la vertu*, traduit par Diderot, et par ce dernier dans l'article «Péripatéticienne (Philosophie, ou Philosophe d'Aristote, ou Aristotélisme)» de l'*Encyclopédie* : «L'amitié est compagne de la vertu; c'est une bienveillance parfaite entre des hommes qui se paient de retour.» L'amitié imparfaite n'a pas conscience d'elle-même.

3. Rencontre : au sens de combat.

4. Hastenbeck : bataille, en juillet 1757, durant la guerre de Sept Ans.

5. Saint-Lambert joue plusieurs fois de tels parallélismes : «Tolho ne voulait point surpasser Mouza, et Mouza ne voulait point surpasser Tolho» (p. 120). Voir aussi p. 121 et 124.

6. Diderot efface la description de la jeune fille dont Saint-Lambert précisait le portrait (voir p. 122). Elle ne porte même pas de nom.

7. La petite contrebande concernait le sel qui était alors monopole d'État et dont le commerce était affermé. Bourbonne relevait du grenier à sel de Langres où chaque communauté devait venir acheter la quantité de sel fixée chaque année. Voir André Garnier, «Contrebandiers à Bourbonne et dans la région», dans *Voyage à Bourbonne, à Langres et autres récits*, Aux amateurs de livres, 1989.

8. Ces tribunaux, établis à la demande de la Ferme générale, se substituaient aux Parlements et aux juridictions traditionnelles pour les affaires de contrebande. Ils siégeaient à Caen, Reims, Valence et Saumur (et non Toulouse).

9. Coleau, orthographié Colleau, «lieutenant criminel au bailliage de Melun, fut nommé par arrêt du Conseil du 30 novembre 1723, pour faire le procès à l'extraordinaire à deux archers de la Connétablie arrêtés pour contrebande». Il «fut ensuite fréquemment commis pour de semblables affaires jusqu'à l'établissement de la commission de Valence dont il eut la présidence» (*Encyclopédie méthodique*, citée par André Garnier). Il fut ensuite en fonction à Reims, avec une longue expérience et une solide réputation de cruauté.

Page 35.

1. Les cas d'émeutes à l'occasion d'exécutions publiques n'étaient pas rares. Les faux-sauniers et autres contrebandiers bénéficiaient de la sympathie de la population. Fr. Funck-Brentano en cite de nombreux exemples dans son *Mandrin, capitaine général des contrebandiers de France*, Hachette, 1908.

Diderot est sensible à ces entraînements de la foule; il évoque dans le *Salon de 1765* « les émeutes populaires où la passion du grand nombre nous saisit avant même que le motif en soit connu » (*Salons*, Hermann, t. II, p. 264).

Page 36.

1. Référence au conte de Saint-Lambert. Le manuscrit de Gotha comporte une note supplémentaire : « Le petit frère avait envoyé à la petite sœur à Bourbonne le petit conte iroquois des Deux Amis par M. de Saint-Lambert, qui venait d'être imprimé, et la petite sœur, en ripostant par le petit conte des Deux Amis de Bourbonne, échappé sans effort à la plume du philosophe, voulut faire sentir au petit frère qu'il y avait plus de prétention et de fatigue que d'effet dans le conte iroquois. Le petit frère, au lieu de sentir cette critique indirecte crut l'histoire des Deux Amis de Bourbonne véritable et voulut en savoir la suite ; la petite sœur fut donc obligée d'avoir de nouveau recours à l'imagination du philosophe qui compléta l'histoire des Deux Amis de Bourbonne ainsi qu'il suit. »

2. Giuseppe Antonino Di Blasi (1728-1767) s'associa à Antonino Romano et Giovanni Guarnaccia di Barrafranca et se fit connaître comme un redoutable bandit sous le nom de *Testalunga*. Le vice-roi mobilisa toute la Sicile pour venir à bout de lui, après plusieurs mois de lutte. Sa ville natale de Pietraperzia, au cœur de la Sicile, entre Agrigente et Enna, a donné son nom à une rue. Voir G. Di Natale, *Il Brigante Testalunga. Storia e leggenda*, Enna, 1993. — L'anecdote, rapportée par Diderot, qui manque dans certains manuscrits, en particulier celui de Gotha, est empruntée au récit de voyage de Johann Hermann de Riedesel qui fit paraître à Zurich en 1771 *Reise durch Sicilien und Gross-Griechenland*, traduit en français à Lausanne en 1773, sous le titre : *Voyage en Sicile et dans la Grande-Grèce, adressé par l'auteur à son ami M. Winckelmann*. Riedesel a tendance à idéaliser les brigands siciliens comme des êtres héroïques. Voir Hélène Tuzet, *La Sicile au XVIIIe siècle vue par les voyageurs étrangers*, Strasbourg, 1955. Jean Potocki intégrera aussi la figure de Testalunga aux histoires secondaires de son *Manuscrit trouvé à Saragosse*. *Les Brigands* de Schiller, *Jean Sbogar* de Nodier, les nouvelles italiennes de Stendhal achèveront de sacraliser cette figure littéraire. Christine Marcandier-Colard situe *Les Deux Amis de Bourbonne* parmi les sources de cette mode : *Crimes de sang et scènes capitales. Essai sur l'esthétique romantique de la violence*, PUF, 1998, p. 61.

3. Diderot est allusif là où Saint-Lambert insiste sur « l'art de faire souffrir » les victimes (p. 132).

4. Jacques Proust remarque qu'« il n'y eut jamais de curé Papin à Bourbonne ».

5. Trévoux explique : « Il y a en France des subdélégués de l'Intendant, qui ont été érigés en titre d'office depuis quelques années. » À la différence du curé Papin, le personnage est historique : aux archives de la Marne, J. Proust a retrouvé de nombreuses pièces signées par le subdélégué Aubert.

Page 37.

1. « *Justicier* (Juriprud.) en matière criminelle signifie exécuter contre quelqu'un un jugement qui prononce une peine corporelle » *(Encyclopédie)*.

Page 38.

1. Selon André Garnier, ce n'est pas à la maréchaussée mais aux agents de la ferme qu'incombait la répression de la contrebande. A. Garnier ajoute : « Le nombre de vingt cavaliers de la maréchaussée est invraisemblable car une brigade ne comptait que quatre ou cinq hommes ; on peut d'ailleurs supposer que ces erreurs apparentes sont volontaires de la part de Diderot qui aurait voulu par ce moyen renforcer la valeur de son héros en l'opposant à des militaires aussi aguerris et exercés que les cavaliers de la maréchaussée plutôt qu'à de simples gardes dont les conditions de recrutement étaient beaucoup moins exigeantes. »

Page 39.

1. Telle est la scène que Gessner a choisie comme illustration et qu'il a dessinée lui-même.

Page 40.

1. Si la saignée reste au XVIIIe siècle un usage thérapeutique essentiel, des voix s'élèvent alors contre son usage trop fréquent. La Faculté de médecine de Paris se croit tenue de rappeler en 1756 « la nécessité des saignées réitérées ». Le solide Félix résiste sans difficulté à ces sept ou huit prises de sang. Dans la version primitive, il est question de dix saignées (p. 151).

2. D'après l'enquête d'André Garnier, nombre de poursuites engagées contre les faux-sauniers l'étaient sur dénonciation.

Page 41.

1. La fauchée est la longueur de foin qui peut être coupée par un homme en une journée.

2. Les enfants qui avaient initialement deux pères et une mère finissent par avoir un père et deux mères. Le conte joue sur cette géométrie des personnages.

Page 42.

1. Courcelles est un nom de lieu fréquent dans la région où existe également un bourg de Rançonnières. Mais Jacques Proust n'a pas trouvé trace du personnage. Sur un des manuscrits du fonds Vandeul, les noms de Clerc de Rançonnières et de Courcelles sont remplacés par ceux de Rémi de Vousicourt et de La Montagne.

2. Dans le *Voyage à Bourbonne*, Diderot discute de la sécurité des châteaux et du rôle des gardes-chasse. Il rapporte la haine à laquelle Helvétius était en butte «à sa campagne» de Voré: «Il est environné là de voisins et de paysans qui le haïssent. On casse les fenêtres de son château; on ravage la nuit ses possessions; on coupe ses arbres; on abat ses murs; on arrache les armes des poteaux.» Le zèle de ses gardes-chasse et la destruction des chaumières à la lisière de ses bois sont cause de cette fronde.

3. Le personnage est réel et apparaît dans la correspondance de Diderot. Certains manuscrits changent le nom en Jourdeuil, précisent «conseiller au présidial de Langres» ou bien substituent à cette fonction celle de «lieutenant à la prévôté de Châteauvieux».

Page 43.

1. L'opinion désigne ici la rumeur et pas encore l'expression de la société civile. De même, «la populace indignée» lors de l'exécution à Reims n'est pas encore le peuple conscient de sa force et de ses droits. L'opinion éprouve le besoin de détails sentimentaux, à la façon dont le lecteur de *Jacques le Fataliste* réclame des détails sur les amours de Jacques et sur la perte de son pucelage. *Madame de La Carlière* est un récit de la rumeur.

2. Jacques Proust remarque: «Si Papin n'a pas existé, Diderot connaissait bien un prêtre de son espèce, tête étroite et cœur mal tourné, son propre frère. Le Philosophe et l'abbé étaient brouillés depuis plusieurs années autant pour des raisons d'intérêt que pour des raisons morales et philosophiques.»

Page 44.

1. « La prévention diffère du préjugé ; elle n'est qu'un acquiescement immédiat et purement passif de l'âme à l'impression que les sensations actuelles font sur elle ; le préjugé est un faux jugement que l'âme porte après un exercice insuffisant des facultés intellectuelles. » L'article de l'*Encyclopédie* poursuit en citant *Les Caractères* : « Un homme sujet à se laisser prévenir, dit la Bruyère, s'il ose remplir une dignité ecclésiastique ou séculière, est un aveugle qui veut peindre, un muet qui s'est chargé d'une harangue, un sourd qui juge d'une symphonie. »

Page 46.

1. Jean Ehrard note qu'il est difficile de superposer la silhouette de la grande femme du début « avec quatre petits enfants à ses pieds » (p. 34) et cette image finale d'une vieille femme marquée par l'âge. La scène initiale s'est déployée dans la durée et les personnages ont vieilli avec cet approfondissement temporel. J. Ehrard conclut à la malice du conteur qui sollicite la complicité de son lecteur (« Diderot conteur : la subversion du conte moral », *L'Invention littéraire au XVIIIe siècle*, PUF, 1997).

2. Le module est en architecture la « mesure prise à volonté pour régler les proportions des colonnes, et la symétrie ou la distribution de l'édifice » *(Encyclopédie)*.

3. Il s'agit ici moins de La Fontaine fabuliste que de l'auteur de *Contes* volontiers libertins. Jacques Vergier (1655-1720) est un de ses successeurs dont Diderot, dans sa *Vie de La Fontaine*, se propose d'aller déchirer un conte sur la tombe du grand écrivain. L'Arioste (1474-1533) est connu pour le *Roland furieux* dont la première édition italienne date de 1516 et la première traduction française de 1543. Antoine Hamilton (1646-1720) est l'auteur des *Mémoires de la vie du comte de Gramont* (1713) et de plusieurs contes de fées.

4. Paul Scarron (1610-1660), connu comme poète et dramaturge, comme l'auteur du *Roman comique*, a aussi composé des *Nouvelles tragi-comiques* (1655-1657). Miguel de Cervantès (1547-1616) a publié, à côté du *Quichotte*, des *Nouvelles exemplaires* (1613) dont l'influence fut déterminante dans toute l'Europe. Dans certaines copies, Diderot commençait par associer à leurs noms Marmontel et ses *Contes moraux*. Il est symptomatique qu'il ait tenu à effacer cette mention du « conteur historique » contemporain le plus en vue.

Page 47.

1. Prestige «signifie illusion par sortilège». Le dictionnaire de Trévoux ajoute: «*Prestige* se dit aussi au figuré de tout ce qui peut éblouir, surprendre, faire illusion.»

Page 48.

1. Petite vérole: variole, qui, avant la diffusion de l'inoculation puis de la vaccination, faisait des ravages dans la population. Elle inspire à Pascal une de ses *Pensées*: «celui qui aime quelqu'un à cause de sa beauté, l'aime-t-il? non, car la petite vérole qui tuera la beauté sans tuer la personne fera qu'il ne l'aimera plus.» Dans *La Nouvelle Héloïse*, Rousseau sait au contraire montrer la valeur érotique d'une cicatrice de variole qui, il est vrai, ne défigure pas la femme aimée. Voir M. Delon, «De Rousseau à Balzac, la conquête de l'imperfection», *Rivista di Letteratura moderne e comparate*, avril-juin 2000.

2. Joseph Caillot ou Cailleau (1732-1816) est un acteur de la Comédie-Italienne que Diderot évoque également dans le *Paradoxe sur le comédien*.

3. «Et il [Homère] sait feindre de telle manière, mêler si bien le mensonge et la vérité que le milieu est en harmonie avec le commencement et la fin avec le milieu» (*Art poétique*, v. 151 et 152, trad. François Villeneuve, coll. Budé).

4. Première: prochaine.

5. Le conte de Diderot pourrait en effet illustrer le chapitre XXIII du troisième Discours de *De l'esprit* (1758), «Que les nations pauvres ont toujours été plus avides de gloire, et plus fécondes en grands hommes, que les nations opulentes». Helvétius y remarque: «Ce n'est donc point sur le terrain du luxe et des richesses, mais sur celui de la pauvreté que croissent les sublimes vertus; rien de si rare que de rencontrer des âmes élevées dans les empires opulents; les citoyens y contractent trop de besoins. Quiconque les a multipliés, a donné à la tyrannie des otages de sa bassesse et de sa lâcheté.» Le chapitre XIV du même discours note également: «Les infortunés sont en général les amis les plus tendres.»

Ceci n'est pas un conte

NOTICE

Le 23 septembre 1772, Diderot écrit à Grimm : « Je serai chez vous ce soir entre cinq et six, plus proche de six. Tâchez de vous y trouver. Vous me donnerez mon argent, si cela vous convient. Je vous répète, mon ami, que je n'en suis pas pressé. Je vous porterai les deux contes, et cætera » (*Correspondance*, t. XII, p. 130-131). Les deux contes qu'il annonce au directeur de la *Correspondance littéraire* sont *Ceci n'est pas un conte* et *Madame de La Carlière*. *Ceci n'est pas un conte* sera diffusé dans ce périodique manuscrit en avril 1773, en deux parties.

Nous possédons plusieurs manuscrits de ce conte dont les variantes sont minimes : dans le fonds Vandeul à la Bibliothèque nationale de France, à la Bibliothèque nationale de Russie de Saint-Pétersbourg dans l'ensemble de l'envoi à Catherine II et dans les différentes collections de la *Correspondance littéraire*. Parmi ces dernières, la plus nette et la plus attentive semble être celle de Stockholm dont nous suivons le texte, à la suite de Jacques Proust.

NOTES

Page 51.

1. Sur le modèle fourni par le recueil de Tallemant des Réaux en 1657, les historiettes sont des anecdotes historiques méconnues, brodant sur des thèmes amoureux et licencieux. Tallemant des Réaux s'explique en tête de ses *Historiettes* : « Mon dessein est d'écrire tout ce que j'ai appris et que j'apprendrai d'agréable et de digne d'être remarqué, et je prétends dire le bien et le mal sans dissimuler la vérité, et sans me servir de ce qu'on trouve dans les histoires et mémoires imprimés. Je le fais d'autant plus librement que je sais bien que ce ne sont pas choses à mettre en lumière, quoique peut-être elles ne laissassent pas d'être utiles. »

Page 52.

1. *Politiquer* et *métaphysiquer* sont des néologismes du temps. Dans sa *Néologie* (Paris, an IX-1801). L.-S. Mercier donne d'abord à *politiquer* le sens de faire de la politique. Il com-

mente : « Il y a des gens, même d'esprit, même auteurs de plusieurs livres, qui s'imaginent bonnement que *politiquer* est une science qui a ses lois, ses règles, ses principes, et d'après lesquels marchent les gouvernements. C'est avec une demi-douzaine d'idées semblables qu'on mène et mènera le peuple. » Mais une citation suggère plutôt la signification de parler de politique : « La vivacité française parcourt les extrêmes et se plaît dans les contrastes [...]. On politique avec profondeur, on médit avec légèreté, on soupe gaiement, tout est au mieux » (*Néologie*, an IX-1801). *Métaphysiquer*, pris comme verbe transitif, inspire également un commentaire satirique : « Le défaut de ce siècle trop littéraire est de tout métaphysiquer ; c'est à qui raffinera, c'est-à-dire obscurcira. On se plaît à obscurer [*sic*] ce qui devait être clair, il entre toujours quelque charlatanisme dans cette manière d'écrire. »

Page 53.

1. La périphrase pouvait faire songer les contemporains au roman attribué à Antoine Bret (ou parfois à Claude Villaret), *La Belle Alsacienne, ou les Galanteries de Thérèse* (1754).

2. À l'origine, dans le vocabulaire militaire, les *enfants perdus* sont les soldats sacrifiés qui montent les premiers au combat.

Page 54.

1. Trévoux précise le sens propre d'*obséder* : « Ce terme désigne proprement ce que fait le malin esprit, lorsqu'il s'attache à tourmenter quelqu'un par des illusions fréquentes, le tourmente au-dehors et l'agite, à peu près comme un importun fatigue un homme dont il veut tirer quelque chose. » Le sens courant est donc : « importuner quelqu'un par son assiduité, par ses demandes ».

2. Son passage : sa traversée comme passager.

3. « *Îles* au pluriel se dit en particulier de celles qui sont dans l'archipel du Mexique, c'est-à-dire dans le grand golfe de la mer du Sud qui est vis-à-vis le Mexique. Ainsi quand on dit que l'on va voyager aux îles, on entend celles de ce golfe de l'Amérique » (Trévoux). Le texte précise plus loin que la destination de Tanié est Saint-Domingue.

4. Dans le *Paradoxe sur le comédien*, Diderot compare les larmes à froid du comédien de celle du séducteur ou de la courtisane. Cette maîtrise est traditionnellement attribuée aux libertines : Laclos dote Mme de Merteuil de cette « facilité des larmes » et, parmi les préceptes pour devenir courtisane, la

Correspondance de Mme Gourdan édicte: «Ayez les larmes à commande» (repris par Sade dans *La Nouvelle Justine*: «Ayez les larmes à commandement»).

Page 55.

1. Rue Sainte-Marguerite: c'est depuis la fin du XIXᵉ siècle la rue Trousseau qui va du Faubourg-Saint-Antoine à la rue de Charonne. Diderot a habité un temps rue Traversière.
2. Pour le XVIIIᵉ siècle, on évalue les revenus bourgeois à plus de 5 000 livres. Voir Jean Sgard, «L'échelle des revenus», *Dix-huitième siècle*, XIV, 1982. Le héros d'une nouvelle de Sade qui s'est retiré après une carrière dans les affaires jouit de quinze mille livres de rente («Florville et Courval», *Les Crimes de l'amour*, Folio, p. 93). Les recherches d'archives d'Erica-Marie Benabou suggèrent qu'une telle fortune pour une courtisane est exceptionnelle, mais n'a rien d'impossible (*La Prostitution et la police des mœurs au XVIIIᵉ siècle*, Perrin, 1987, p. 333 et 337-340).
3. Dans une discussion avec le baron d'Holbach, rapporté à Sophie Volland, Diderot évoque la prodigalité des grandes courtisanes: «À propos de la facilité de dépenser, qui est presque toujours en proportion de la facilité d'acquérir, je lui citais nos filles de joie et surtout la Deschamps, qui a à peine trente ans et qui se vante d'avoir déjà dissipé deux millions» (26 octobre 1760).

Page 56.

1. Pour une courtisane, «c'est un degré franchi dans l'échelle sociale que d'avoir un carrosse», note E.-M. Benabou (ouvr. cité, p. 335).
2. Le comte de Maurepas (1701-1781) a longtemps été ministre de la Marine et à ce titre s'occupait des colonies. Son projet d'établissements commerciaux au Nord concerne la Russie.

Page 57.

1. Métier à tisser.
2. *Agonie* «se dit figurément en morale d'une grande peine d'esprit, des grandes inquiétudes ou des grandes angoisses» (Trévoux).

Page 59.

1. Dans son édition des *Œuvres* de son maître, en 1798, Naigeon confirme l'exactitude de chaque élément du conte et

critique cette phrase de liaison entre les deux parties du récit : « Ce mot seul suffirait pour ôter tout confiance dans le récit qui va suivre ; et cependant il est littéralement vrai. Diderot n'ajoute rien, ni aux événements, ni au caractère des personnages qu'il met en scène. La passion de Mlle de La Chaux pour Gardeil, l'ingratitude monstrueuse de son amant, les détails de son entrevue avec lui, de leur conversation en présence de Diderot qui l'avait accompagnée chez cette bête féroce ; le désespoir touchant de cette femme trahie, délaissée par celui à qui elle avait sacrifié son repos, sa fortune, sa réputation, sa santé, et jusqu'aux charmes mêmes par lesquels elle l'avait séduit : tout cela est de la plus grande exactitude. Comme Diderot avait particulièrement connu les acteurs de ce drame, et que les faits dont il avait été le témoin, ou que l'amitié lui avait confiés étaient encore récents, lorsqu'il résolut de les écrire, son imagination n'avait pas eu le temps de les altérer en ajoutant ou en retranchant quelque circonstance pour produire un plus grand effet ; et c'est encore ici un de ces cas assez rares dans l'histoire de sa vie, où il n'a dit que ce qu'il avait vu, et où il n'a vu que ce qui était. »

2. Antoine de Ricouart, comte d'Hérouville (1713-1782), fut en contact avec Diderot en tant que collaborateur de l'*Encyclopédie*.

3. Lolotte : Louise Gaucher naquit à Saint-Domingue vers 1725. De retour en France, elle monta sur les planches puis vécut de ses charmes. Elle fut entretenue par l'ambassadeur d'Angleterre, puis à la mort de celui-ci par le comte d'Hérouville qui l'épousa sans parvenir à la faire accepter par le monde. Elle mourut en 1765.

4. Le comte d'Hérouville publia sous son nom en 1757 un *Traité des légions, à l'exemple des anciens Romains, ou Mémoires sur l'infanterie*, paru précédemment sous le nom du maréchal de Saxe.

5. Montucla (1725-1799), proche de d'Alembert, publia une *Histoire des recherches sur la quadrature du cercle* (1754) et une *Histoire des mathématiques* (1758).

6. Jean-Baptiste Gardeil (1725-1808) enseignait les sciences et passa une partie de sa vie à traduire Hippocrate.

7. Diderot séjourna longtemps rue de la Vieille-Estrapade, au deuxième étage de l'actuel n° 3 de la rue de l'Estrapade. La rue Saint-Hyacinthe-Saint-Michel, qui correspond partiellement à l'actuelle rue Malebranche, permettait d'aller de l'Estrapade à Saint-Michel. Laurence L. Bongie reproduit deux plans d'époque du quartier dans « Retour à Mlle de La

Chaux», *Recherches sur Diderot et sur l'Encyclopédie*, n° 6, avril 1989.

Page 60.

1. Née vers 1730 et morte en 1764, la Deschamps est l'exemple même de la courtisane dont la carrière a défrayé la chronique parisienne. Fille d'un cordonnier, elle s'enfuit de chez elle avec sa sœur et fait ses classes chez plusieurs maquerelles successives. Elle est remarquée par de riches entreteneurs qui la font entrer à l'Opéra. Elle est la maîtresse officielle de personnages importants, le comte de Clermont, le duc d'Orléans ou le prince de Conti, mais ne néglige pas les passades pour augmenter ses revenus. Sa cupidité est légendaire, elle vole en particulier des diamants à M. d'Épinay. Elle passe du luxe le plus ostentatoire aux saisies retentissantes. La carrière scandaleuse de celle qui «fut la plus riche des courtisanes de son siècle, la plus brillante par son luxe, la qualité et la richesse de ses amants» et qui meurt, dit-on, de maladie vénérienne, est retracée par E.-M. Benabou, ouvr. cité, p. 369-377.

2. Un contemporain de la Deschamps, cité par E.-M. Benabou (p. 370), nuance ce jugement: «Sans être régulièrement jolie, elle a un de ces minois de fantaisie qui plaisent.» Mais chacun s'accorde à ne lui trouver aucun talent pour l'opéra.

Page 61.

1. La première partie du conte s'arrêtait ici dans la *Correspondance littéraire*. Une des collections du périodique ne possède pas la suite.

2. Coopérateurs: collaborateurs.

3. Dans les additions à la *Lettre sur les sourds et muets*, Diderot écrit à une Mlle *** qu'on a identifiée comme Mlle de La Chaux: «J'apprends que vous mettez en notre langue *Le Banquet* de Xénophon, et que vous avez dessein de le comparer avec celui de Platon.» Dans son livre de 1977 et son article de 1989, Laurence L. Bongie s'attache à préciser l'identité historique de cette Mlle de La Chaux (voir préface, p. 21).

Page 62.

1. La suite du conte indique que cette adaptation «fut imprimée en Hollande et bien accueillie du public» (p. 70). «Il semble quasi certain qu'aucune traduction française, anonyme ou autre, des "premiers essais de métaphysique" de Hume n'a paru en Hollande à l'époque où Diderot publiait sa

Lettre sur les sourds et muets », affirme L. L. Bongie qui recense les premières traductions françaises de Hume (« Retour à Mlle de La Chaux », p. 93-94).

2. Antoine Le Camus (1722-1772) publia des travaux médicaux et composa parallèlement une œuvre littéraire.

3. « *Traverse* se dit dans un sens figuré des difficultés qui nous embarrassent, des obstacles qui barrent nos démarches, des événements fâcheux qui s'opposent à l'exécution de nos volontés » (Trévoux).

4. *En imposer*: tromper. Mais plus loin, le mot prend le sens moderne d'inspirer le respect (p. 64), et dans *Madame de La Carlière*, p. 98.

Page 65.

1. La robe de chambre et le bonnet de nuit constituent la tenue de travail de l'homme de lettres. Diderot publie dans la *Correspondance littéraire* de 1769 les *Regrets sur ma vieille robe de chambre* qui évoquent nostalgiquement une robe de chambre maculée d'encre, tandis que Louis-Sébastien Mercier intitule *Mon bonnet de nuit* un recueil de réflexions : « Qu'il est doux de converser seul avec le bout de sa plume, son bonnet de nuit sur la tête ! On est maître de ses idées, de ses expressions ; on frappe sa pensée à sa manière » (« Avant-propos », Neuchâtel, 1784). Buffon reçoit Hérault de Séchelles en « robe de chambre jaune, parsemée de raies blanches et de fleurs bleues » (*Visite à Buffon*, 1785).

Page 67.

1. « Que sait-on ? J'y mourrai peut-être » (p. 65).

2. Le mantelet est « un petit manteau de femme, qu'elles mettent par-dessus la robe quand elles sortent, et auquel on ajuste toujours un coqueluchon qui est attaché au mantelet » (abbé Jaubert, *Dictionnaire raisonné, universel des arts et métiers*, 1773).

3. « Elles pleurent toutes quand elles veulent », affirmait l'auditeur, au début du conte (p. 54).

4. « Ce mot est composé de *sade*, vieux mot français, qui signifie propre, net, gentil. Ainsi *maussade* veut dire, qui est sale, malpropre, de mauvaise grâce [...]. On le dit aussi d'un ouvrage mal fait, mal construit. Cet habit est *maussade*. Ce bâtiment est *maussade* » (Trévoux).

Page 68.

1. Le fichu est la pièce de vêtement qui couvre la poitrine.
2. L'érésipèle est une tumeur.

Page 70.

1. Voir p. 52 n. 1.
2. Voir p. 61-62.
3. La *Lettre sur les sourds et muets à l'usage de ceux qui entendent et qui parlent* date de 1751. Diderot lui adjoint des *Additions pour servir d'éclaircissements*, comprenant une *Lettre à Mademoiselle **** où l'on reconnaît Mlle de La Chaux.

Page 72.

1. À la fin de 1763, Diderot a composé pour Sartine, nouvellement nommé à la Direction de la Librairie (c'est-à-dire de l'édition), une *Lettre historique et politique sur le commerce de la librairie*. Il y dénonce la concurrence des imprimeurs installés aux frontières du royaume (en Suisse, aux Pays-Bas autrichiens — actuelle Belgique —, en Hollande).
2. Marmontel avait composé un conte moral, *Les Trois Sultanes*, dont Favart avait tiré un opéra-comique en 1761. Laurence L. Bongie signale qu'on a attribué à Gardeil la découverte d'un roman grec qu'il n'aurait pas pu publier à cause des « justes applications » que suggérait la satire d'une cour licencieuse (*Diderot's Femme savante*, p. 177).

Page 73.

1. Un titulaire de la croix de Saint-Louis, distinction militaire de l'Ancien Régime à laquelle Napoléon substituera la Légion d'honneur.

Page 74.

1. Colin : ancien procureur du Châtelet, devenu intendant de Mme de Pompadour en 1748.

Madame de La Carlière

NOTICE

Comme l'indique la lettre à Grimm du 23 septembre 1772, Diderot a achevé *Madame de La Carlière* à cette date. Le conte est diffusé en deux parties dans la livraison de la *Correspondance littéraire* en mai 1773, un mois après *Ceci n'est pas un conte*. La première partie est intitulée *Second conte*, soulignant la continuité avec le récit précédent, la deuxième se présente comme la *Suite du second conte*.

Nous possédons plusieurs manuscrits du texte, peu différents les uns des autres : dans le fonds Vandeul de la Bibliothèque nationale de France, dans le fonds Diderot de Saint-Pétersbourg, dans les différentes collections de la *Correspondance littéraire*. Le manuscrit de Saint-Pétersbourg a paru le meilleur à Jacques Proust, qui l'a choisi comme texte de base. Nous adoptons le même texte.

NOTES

Page 77.

1. La version Naigeon comporte un sous-titre : *Sur l'inconvénient du jugement public de nos actions particulières*. Le *Supplément au Voyage de Bougainville* est sous-titré quant à lui *Dialogue entre A et B sur l'inconvénient d'attacher des idées morales à certaines actions physiques qui n'en comportent pas*. Voir plus loin p. 80 et 104.

Page 80.

1. Cette théorie est développée par l'article « Évaporation » de l'*Encyclopédie*. Elle sert à ouvrir le conte sur le thème de la relativité et de la réversibilité : la météorologie devient métaphore des réalités morales.
2. Le petit collet désigne un ecclésiastique, la robe un magistrat et l'uniforme un militaire.
3. Voir le sous-titre adopté par la version Naigeon (p. 77, n. 1).

Page 81.

1. L'expression semble calquée sur le modèle de *traduire en*

ridicule (faire passer pour ridicule). *Plat* dans la langue classique signifie vulgaire.

2. La Tournelle était une chambre surtout consacrée aux affaires criminelles. Les conseillers de la Grand-Chambre y siégeaient à tour de rôle, ce qui explique son nom.

Page 82.

1. J. Proust rapproche ce passage du commentaire que Diderot fait du *Triomphe de la Justice*, exposé par Durameau au salon de 1767 et où il stigmatise la chambre criminelle, « espèce d'Inquisition d'où le crime intrépide, subtil, hardi, s'échappe quelquefois par les formes, qui immolent d'autres fois l'innocence timide, effrayée, alarmée ».

2. De 1741 à 1748, la France est engagée dans la guerre de Succession d'Autriche. 1745 est l'année de la victoire de Fontenoy, non loin de Tournai.

Page 83.

1. Diderot parle en connaissance des crues de la Marne. Le 22 septembre 1769, il écrit à Sophie Volland qui séjourne à l'Isle-sur-Marne, près de Vitry-le-François : « si les eaux de la Marne se sont enflées en proportion de celles de la Seine, la bourbeuse rivière couvre les vordres et vous tient assiégées dans votre château. »

Page 86.

1. Au sens de bonnes mœurs.

Page 87.

1. Sans doute la petite comtesse qui apparaît plus loin, p. 88.

2. Rencogner : terme familier pour pousser, repousser.

Page 88.

1. Telle est l'utilité morale du théâtre, mais aussi ses limites. Le thème est au cœur du débat entre le Diderot des *Entretiens sur Le Fils naturel* et le Rousseau de la *Lettre sur les spectacles*.

2. Qui nous assimile : qui nous rend semblables les uns aux autres.

3. Diderot est le premier à ironiser sur l'inanité de tels serments : « Le premier serment que se firent deux êtres de chair, ce fut au pied d'un rocher qui tombait en poussière ; ils attestèrent de leur constance un ciel qui n'est pas un instant le

même; tout passait en eux et autour d'eux, et ils croyaient leurs cœurs affranchis de vicissitudes » (*Jacques le Fataliste*, Folio, p. 151).

4. L'engagement devant les semblables se substitue à la « promesse solennelle » devant Dieu. De sacrement transcendant, le mariage devient contrat entre individus. Plus généralement, dans le domaine politique, le serment qui lie l'homme à Dieu tend à devenir serment fondateur des hommes entre eux : tel est le sens du *Serment des Horaces* peint par David, comme le rappelle Jean Starobinski dans « Le Serment : David », *1789. Les Emblèmes de la raison*, Flammarion, 1973.

Page 89.

1. La première livraison de la *Correspondance littéraire* en mai 1773 s'arrêtait ici.

2. L'éloge de l'allaitement maternel précède Rousseau, mais c'est lui qui, dans l'*Émile*, en assure la diffusion parmi les élites européennes, alors que la mise en nourrice était la pratique dominante. L'allaitement apparaît à l'époque comme incompatible avec des rapports sexuels. Voir l'article « Allaitement » du *Supplément* de l'*Encyclopédie* et, sur le contexte, Marie-France Morel, « Théories et pratiques de l'allaitement en France au XVIIIe siècle », *Annales de démographie historique*, 1976.

Page 90.

1. L'évolution de la sensibilité durant la seconde moitié du XVIIIe siècle développe l'amour paternel aussi bien que maternel. D'incarnation de l'autorité, le père devient principe d'indulgence. Il est au centre de dialogues de Diderot comme l'*Entretien d'un père avec ses enfants* et de son théâtre. Les pièces de Diderot s'intitulent justement *Le Fils naturel* et *Le Père de famille*. Dans cette dernière pièce, le héros s'écrie : « Qu'y a-t-il au monde qu'un père aime plus que son enfant ? » Voir Yvonne Knibiehler, *Les pères aussi ont une histoire*, Hachette, 1987, Jean Delumeau et Daniel Roche, *Histoire des pères et de la paternité*, Larousse, 1990, ainsi que Maurice Daumas, *Le Syndrome des Grieux. La Relation père/fils au XVIIIe siècle*, Seuil, 1990.

2. Opérations du gouvernement : au sens d'opérations financières.

Page 91.

1. Diderot prend à son compte ces remarques dans une lettre non datée à son ami Vialet qui avait eu une liaison avec

la sœur de Sophie Volland, Mme Legendre. Il y rapporte une conversation : « Je prétendis que le temps qui combine sans cesse les événements amenait à la longue tout ce qui pouvait arriver, et qu'un hasard au-dessus de toute humaine prudence jetait tôt ou tard un de ces papiers fatals entre les mains de celui à qui il n'était pas adressé. » Bien des romans épistolaires contemporains illustraient ce thème, et au premier rang d'entre eux *Les Liaisons dangereuses* de Laclos.

Page 92.

1. «*Vapeurs*, en médecine, est une maladie appelée autrement mal hypocondriaque [...]. Les vapeurs des femmes que l'on croit venir de la matrice, sont ce qu'on appelle autrement affection ou suffocation hystérique ou mal de mère [...]. On doit remarquer que les vapeurs attaquent surtout les gens oisifs de corps, qui fatiguent peu par le travail manuel, mais qui pensent et rêvent beaucoup, les gens ambitieux qui ont l'esprit vif, entreprenant, et fort amateur des biens et des aises de la vie, les gens de lettres, les personnes de qualité, les ecclésiastiques, les dévots, les gens épuisés par la débauche ou de trop d'application, les femmes oisives ou qui mangent beaucoup sont autant de personnes sujettes aux vapeurs, parce qu'il y a peu de ces gens en qui l'exercice et un travail pénible de corps empêchent le suc nerveux d'être maléficié » *(Encyclopédie).*

Page 93.

1. Embonpoint : le sens classique est positif et désigne l'état de celui qui jouit d'une bonne santé. Le contraire est l'état de squelette auquel Mme de La Carlière sera réduite (p. 100).

Page 97.

1. Mlle de La Chaux espérait pareillement mourir de l'excès d'émotion, lors de sa dernière entrevue avec Gardeil (p. 65-67).

Page 98.

1. Trévoux définit *momerie* comme un « vieux terme qui signifie mascarade, bouffonnerie, déguisement de gens masqués » et ajoute : « Ce terme est beaucoup plus d'usage au figuré, mais dans un style familier, pour signifier le déguisement de sentiments qui fait paraître autre qu'on est, qui fait jouer un personnage tout différent de ce qu'on a dans le cœur, et généralement un jeu joué pour tromper. »

2. *Public*: « ce terme se prend quelquefois pour le corps politique que forment entre eux les sujets d'un État, quelquefois il ne se réfère qu'aux citoyens d'une même ville » *(Encyclopédie)*. Il s'agit ici de ce second sens. Plus loin, le terme est assimilé à « foule imbécile » (p. 99).

3. L'appareil est défini par l'*Encyclopédie* comme la « préparation formelle à quelque acte public et solennel ». D'où le sens d'apprêts, d'apparat.

Page 99.

1. *Vertu* est moins à prendre au sens conformiste de soumission à la règle sociale qu'au sens étymologique de *virtus*, force, fidélité à des valeurs assumées individuellement. D'où l'équivalence entre énergie et vertu.

2. Le fils adoptif du tyran est sans doute Pison, adopté par Galba au détriment d'Othon, mais assassiné aux ides de février 69, cinq jours après être devenu empereur. Aux applaudissements de la foule, le pouvoir revint à Othon, responsable de la mort de Galba et de Pison. Cette référence à Tacite (*Histoires*, livre I, XIV-XLVIII) ou à Suétone (*Vie des douze Césars*, « Othon », IV-VI) devait être mieux comprise au XVIIIe siècle qu'aujourd'hui : voir Catherine Volpilhac-Auger, *Tacite en France de Montesquieu à Chateaubriand*, Studies on Voltaire and the Eighteenth Century, n° 313, Oxford, The Voltaire Foundation, 1993, p. 260-266.

Page 101.

1. Une mercenaire : une nourrice appointée. Le terme est lié aux polémiques du temps. « Depuis que les mères méprisant leur premier devoir n'ont plus voulu nourrir leurs enfants, il a fallu les confier à des femmes mercenaires, qui se trouvant ainsi mères d'enfants étrangers pour qui la nature ne leur disait rien, n'ont cherché qu'à s'épargner de la peine » (*Émile*, Œuvres complètes, Bibl. de la Pléiade, t. IV, p. 255).

2. Trévoux définit *crapuler* comme « vivre dans la crapule » et précise à ce terme : « Ce mot ne s'est appliqué d'abord qu'à la débauche habituelle de vin. On le dit aujourd'hui de toute débauche habituelle et excessive dans le manger, et principalement en matière d'amour [...]. Quand on dit qu'un homme vit dans la crapule, on attache à ce mot l'idée d'un homme entraîné par l'habitude qu'il a contractée de boire et de manger avec excès, et de se livrer de même aux plaisirs de l'amour, sans choix dans les objets, sans modération dans la jouissance » (Trévoux).

3. Dans le *Salon de 1767*, Diderot divise la société en trois catégories : le gros de la nation, les originaux qui s'élèvent au-dessus et les espèces qui tombent en dessous. Le neveu de Rameau appartient à cette troisième catégorie. Dans le dialogue qui porte son nom, les espèces s'opposent aux honnêtes gens (voir *Le Neveu de Rameau*, Folio, p. 93 et 112). Duclos dans les *Considérations sur les mœurs* en avait fait « l'opposé de l'homme de considération ». Certains copistes du manuscrit n'ont pas compris le terme et ont transcrit : « des espèces de brutes ».

4. Dans le cadre de la vénalité des charges, les régiments se vendent alors, tout comme les emplois parlementaires.

Page 104.

1. Naigeon adopta la formule comme sous-titre du conte.

Page 105.

1. Diderot envisagea de tirer de sa correspondance avec le sculpteur Falconet un essai sur la postérité comme référence purement humaine qui permette d'échapper aux injustices du présent et aux incertitudes d'une providence. La version primitive des *Deux Amis de Bourbonne* commençait par une réflexion critique sur la postérité (p. 143).

Page 106.

1. Le brelan est un jeu de cartes.

Documents

Saint-Lambert, Les Deux Amis. Conte iroquois

Page 119.

1. Jaucourt note à l'article « Iroquois » de l'*Encyclopédie* : « Nation considérable de l'Amérique septentrionale, autour du lac Ontario, autrement dit de Frontenac, et le long de la rivière qui porte les eaux de ce lac dans le fleuve de Saint-Laurent, que les Français appellent par cette raison la rivière des Iroquois [...]. Le pays qu'ils habitent est aussi froid qu'à Québec ; ils vivent de chair boucanée, de blé d'Inde et de fruits qu'ils trouvent dans les bois et sur les montagnes ; ils ne se

reconnaissent ni roi ni chef; toutes leurs affaires générales se traitent dans des assemblées d'anciens et de jeunes gens. » L'information de Saint-Lambert vient du « Mémoire sur les coutumes et les usages des cinq nations iroquoises du Canada », traduit en français dans les *Variétés littéraires ou recueil de pièces tant originales que traduites, concernant la philosophie, la littérature et les arts* de l'abbé Arnaud et de Suard (1768).

2. Jaucourt associe esprit de vengeance et mentalité primitive dans l'*Encyclopédie*, mais on note une « transformation de l'attitude philosophique à l'égard de la vengeance ». Des philosophes comme Diderot ne se contentent plus de recommander la modération à la façon de Jaucourt. L'*Histoire des deux Indes* appelle plusieurs fois à la vengeance des opprimés (Jenny Mander, « La rhétorique de la vengeance dans l'*Histoire des deux Indes* », *La Vengeance dans la littérature d'Ancien Régime*, sous la direction d'Éric Méchoulan, Université de Montréal, 2000).

Page 120.

1. Carcajou : « animal quadrupède de l'Amérique septentrionale ; il est carnassier, et il habite les contrées les plus froides [...]. Cet animal est très fort et très furieux, quoiqu'il soit petit » *(Encyclopédie)*. C'est une espèce de blaireau que Chateaubriand dit tenir du chat et du tigre.

2. « Orignal (Hist. nat.), grand animal quadrupède qui se trouve dans les parties septentrionales de l'Amérique. Quelques auteurs ont confondu cet animal avec celui qu'on appelle *renne* ; mais de meilleurs observateurs nous disent qu'il ne diffère de l'élan que par la grosseur qui égale celle d'un cheval. L'orignal a la croupe large, sa queue n'a qu'un pouce de longueur ; il a les jambes et les pieds d'un cerf » *(Encyclopédie)*.

Page 121.

1. L'*Encyclopédie* range l'article « Manitou » sous la rubrique « Histoire moderne des superstitions » : « C'est le nom que les Alconquins, peuple sauvage de l'Amérique septentrionale, donnent à des génies ou esprits subordonnés au Dieu de l'univers. Suivant eux, il y en a de bons et de mauvais ; chaque homme a un de ces bons génies qui veille à sa défense et à sa sûreté ; c'est à lui qu'il a recours dans les entreprises difficiles et dans les périls pressants. » Le « Mémoire sur les Iroquois » note : « Chacun d'eux se fait un dieu de l'objet qui le frappe, le soleil, la lune, les étoiles, un serpent, un orignal, enfin tous les êtres visibles, soit animés, soit inanimés [...]. C'est la divinité à

laquelle ils dévouent le reste de leurs jours, c'est leur Manitou : ils l'invoquent à la pêche, à la chasse, à la guerre ; c'est à lui qu'ils sacrifient » (*Variétés littéraires*, t. I, p. 554-555).

2. « Les bons chasseurs sont recherchés des femmes beaucoup plus que les guerriers qui sont toujours pauvres et dénués de tout, au lieu que les chasseurs fournissent abondamment à leurs femmes de quoi se vêtir » (*Variétés littéraires*, t. I, p. 519).

3. Trévoux définit *énerver* : « faire perdre aux nerfs leur force, leur usage, leur fonction » et ajoute : « se dit figurément en morale, et signifie amollir, affaiblir ».

Page 122.

1. « Avant que les pères et mères marient leurs enfants, ceux-ci ont satisfait pendant longtemps leur goût et leur inclination : les filles surtout sont extrêmement déréglées. Les jeunes gens sont obligés de se barricader la nuit, s'ils veulent être tranquilles. Ils savent et disent que l'usage des femmes énerve leur courage et leurs forces, et que voulant faire le métier des armes, ils doivent s'en abstenir ou en user avec modération. Tous à la vérité ne pensent pas de même ; il y a parmi eux des libertins que la gloire des armes ne touche pas, et ceux-là, par leur conduite dissolue, semblent faire un corps à part » (*Variétés littéraires*, t. I, p. 518-519). Saint-Lambert écarte ce dernier élément pour ne pas brouiller l'image de ses Iroquois.

2. L'*Encyclopédie* parle du *mangle* ou palétuvier qui croît « dans les marécages du bord de la mer, et presque toujours vers l'embouchure des rivières ».

Page 123.

1. Deux cents toises : environ 400 m.

Page 124.

1. Plus loin, une prière est adressée au Soleil, « fils aîné du Grand esprit » (p. 138).

Page 126.

1. Cette prolixité et ce goût de l'analyse contrastent avec l'affirmation précédente : « Les sauvages parlent peu » (p. 123). Elles correspondent sans doute plus au mode de vie de Saint-Lambert et de ses proches qu'à celui des Indiens. Diderot impose à ces personnages « un quasi-mutisme » (J. Ehrard).

Page 128.

1. On se souvient que, chez Diderot, Olivier sauve de la noyade Félix «qui se piquait d'être grand nageur» (p. 33).

Page 132.

1. Le «Mémoire sur les Iroquois» détaille ces supplices: «Tous préparent, chemin faisant, les instruments des supplices qu'ils s'apprêtent à faire souffrir à ces malheureuses victimes, livrées sans défense et les mains liées dans le dos à leur aveugle barbarie. Nul sentiment d'humanité ne se fait entendre alors au cœur de ces bourreaux, surtout lorsque leur village a été maltraité par la nation sur laquelle ont été faits les prisonniers. Les enfants, les jeunes gens, les vieillards, tous inventent des supplices et font briller à l'envi leur ingénieuse cruauté. Les prisonniers sont d'abord reçus à coups de pierre, ensuite à coups de bâtons [...]. Après ce prélude, on leur arrache les ongles avec les dents, on leur tient les doigts dans cet état dans des pipes allumées, pendant que l'on fume. À chaque plainte, toute la cohue fait retentir l'air de cris de joie» (*Variétés littéraires*, t. I, p. 513). Le voyageur évoque ensuite le collier de haches rougies qui lui est mis autour du cou, la chevelure qu'on lui enlève et qui est remplacée par une calotte de cendres rouges, le brasier qu'on lui place sous les pieds. «Lorsqu'il est attaché au poteau, tous ceux du village viennent tour à tour lui faire souffrir le tourment que chacun d'eux a inventé; quelquefois ils lui passent un bâton entre les nerfs, les tordent et raccourcissent le corps du patient au point qu'il n'est plus qu'une masse informe» (p. 515). On trouve déjà une description des tortures indiennes chez le père Lafitau (*Mœurs des sauvages américains comparées aux mœurs des premiers temps*, 1724), puis par Raynal dans l'*Histoire des deux Indes* à laquelle Diderot collabore. On peut rapprocher la prudence oratoire de Saint-Lambert de celle de l'abbé Prévost dans l'*Histoire générale des voyages*: «On ne s'arrêtera pas au détail de ces horribles exécutions, d'autant moins qu'elles n'ont pas de méthode uniforme, ni d'autres règles que la férocité et le caprice» (Paris, 1759, t. XV, p. 59). Voir M. Delon «Le sublime de la nature dans ses horreurs et ses beautés», *L'Histoire des deux Indes: réécriture et polygraphie*, Studies on Voltaire and the Eighteenth Century, n° 333, 1996.

2. Le «Mémoire sur les Iroquois» explique que les tortionnaires évitent le pal qui «abrège trop le plaisir diabolique de faire souffrir les prisonniers» (*Variétés littéraires*, t. I, p. 515). «Rien n'arrête ses bourreaux que la crainte de hâter sa mort:

ils s'étudient à prolonger son supplice durant des jours entiers, et quelquefois une semaine » (Raynal, *Histoire des deux Indes*, livre XV, Genève, 1781, t. VIII, p. 50).

Page 134.

1. Lafiteau mentionne déjà les chants des prisonniers torturés. Raynal commente : « Au milieu de ces tourments, le héros chante d'une manière barbare, mais héroïque, la gloire de ses anciennes victoires ; il chante le plaisir qu'il eut autrefois d'immoler ses ennemis. Sa voix expirante se ranime pour exprimer l'espoir qu'il a d'être vengé, pour reprocher à ses persécuteurs de ne savoir pas venger leurs pères qu'il a massacrés. Il choisit pour braver ses bourreaux le moment où leur rage est un peu ralentie ; il cherche à la rallumer pour que l'excès de ses souffrances déploie l'excès de son courage. C'est un combat de la victime contre ses bourreaux ; c'est un défi horrible entre la constance à souffrir et l'acharnement à torturer » *(Histoire des deux Indes, ibid.).*

Page 136.

1. Jaucourt tient un discours similaire dans l'article « Ingratitude » de l'*Encyclopédie* : « Oubli, ou plutôt méconnaissance des services reçus. Je la mettrais volontiers, cette méconnaissance, au rang des passions féroces ; mais du moins ne trouvera-t-on pas mauvais que je la nomme un vice lâche, bas, contre nature, et odieux à tout le monde. »

Page 138.

1. Le « Mémoire sur les Iroquois » notait : « Plusieurs nations sauvages adorent le soleil » (*Variétés littéraires*, t. I, p. 529). On trouve dans le même recueil de l'abbé Arnaud et de Suard un « Hymne au Soleil », traduit de l'allemand : « Je te salue, père de la Lumière ! ô soleil ! viens apporter le rajeunissement et la joie dans nos vallons fortunés » (t. IV, p. 584).

Page 140.

1. Ce ciel pur contraste avec la nuit précédente, obscure et tourmentée (p. 138). La nature sauvage s'apaise et devient idyllique, au risque de glisser vers le roman libertin. Mais l'opposition est aussi celle des deux caractères masculins, l'un plus tendre et l'autre plus passionné (p. 126 et 139).

2. Les dernières décennies du XVIIIe siècle et particulièrement la littérature libertine développent une poétique de la pénombre et du demi-jour : voir M. Delon, *Le Savoir-vivre*

libertin, Hachette, 2000, p. 146-157. Température et sonorités se trouvent à l'unisson.

3. L'époque considère la poésie comme le langage premier des hommes. Telle est la thèse de Rousseau dans l'*Essai sur l'origine des langues*. Les *Variétés littéraires* publient la traduction de plusieurs fragments d'Ossian, précédée de réflexions sur cette poésie primitive : « Il est très vraisemblable que la poésie qui n'est pour nous qu'un langage artificiel, était le langage simple et naturel des hommes, lors de la formation des langues et des sociétés » (t. I, p. 209).

Raynal, Les Deux Amis de Saint-Christophe

Page 141.

1. L'île de Saint-Christophe appartient aux Petites Antilles au nord de la Guadeloupe. Raynal consacre le livre XIV de son *Histoire philosophique et politique des établissements et du commerce des Européens dans les deux Indes* à l'installation des Anglais dans les îles de l'Amérique et, plus précisément, le chapitre XLV à leur établissement à Saint-Christophe.

2. L'*Encyclopédie* définit une habitation comme « un établissement que des particuliers entreprennent dans des terres nouvellement découvertes, après en avoir obtenu des lettres du Roi ou des intéressés à la colonie, qui contiennent la quantité de terres qu'on leur accorde pour défricher, et la redevance ou droit de cens qu'ils en doivent payer tous les ans au Roi ou à la compagnie ».

Page 142.

1. La fable : la mythologie.

Diderot, version primitive des Des Amis de Bourbonne

Page 144.

1. Le neveu de Rameau lui-même définit cette « morale d'un grand roi » : « vive la sagesse de Salomon : Boire de bon vin, se gorger de mets délicats ; se rouler sur de jolies femmes, se reposer dans des lits bien mollets. Excepté cela, le reste n'est que vanité » (*Le Neveu de Rameau*, Folio, p. 65). On retrouve cette vision quelque peu polémique du patriarche biblique dans le *Dictionnaire philosophique* de Voltaire qui traite Salomon de

«philosophe épicurien», de «matérialiste qui est à la fois sensuel et dégoûté» (Folio, p. 469). Sur cette image, voir Jean Varloot, «Diderot et Salomon», *Du baroque aux Lumières. Pages à la mémoire de Jeanne Carriat*, Mortemart, Rougerie, 1986.

2. Dans la version ultérieure, Diderot insistera sur l'aspect instinctif et irréfléchi de l'amitié de Félix et Olivier : «ils s'en retournaient ensemble à la maison sans se parler, ou en parlant d'autre chose» (p. 33).

Page 145.

1. «*Mitonner* se dit figurément, dans le style familier seulement, comme synonyme de choyer, dorloter, avoir une grande attention à tout ce qui regarde la santé et les aises de quelqu'un» (Trévoux). Référence sans doute à M. de Foissy, venu soigner une sciatique aux eaux de Bourbonne et vite devenu un familier de Mme de Maux et de sa fille.

2. Ce sera le dernier mot du neveu (*Le Neveu de Rameau*, Folio, p. 131). Plus loin, le mari dans la diligence menace le curé : «nous verrons qui rira le dernier» (p. 147).

3. Platon rapporte que Sophocle vieux se disait heureux d'avoir échappé au servage de l'amour (*République*, I, 329 c).

Page 146.

1. Le Robert fournit un emploi similaire, emprunté aux *Mémoires du comte de Gramont* de Hamilton : «Les enfants qu'elle avait ne lui paraissaient que de petits magots auprès de ce nouvel Adonis.»

2. «Règle certaine», énonce un personnage de Beaumarchais : «lorsque telle orpheline arrive chez quelqu'un comme pupille ou bien comme filleule, elle est toujours la fille du mari» (*La Mère coupable*, acte I, sc. IV). Nous n'avons aucune autre mention d'une filleule de Diderot.

3. Ravennefontaine est situé à 18 km de Bourbonne.

4. La mode est alors aux «gredins», petits chiens qui suscitent l'engouement des femmes du monde, comme le rapporte l'un des chapitres des *Bijoux indiscrets*. Ils deviennent alors héros de romans : Bibiena avait publié en 1746 *Le Petit Toutou* et Toussaint traduit de l'anglais en 1752 *La Vie et les aventures du Petit Pompée* : Pompée y est un barbet «très maniéré, très répandu dans la Ville» qui constitue une caricature de petit-maître. À la coquetterie, Voltaire ajoute la curiosité : «Menez avec vous un petit chien dans votre carrosse, il mettra continuellement ses pattes à la portière pour voir ce qui se passe» *(Questions sur l'Encyclopédie)*.

Page 147.

1. Faire des écoles: oublier de marquer un point, au jeu de trictrac.
2. Dans cette version, le caractère de ce curé bon vivant, en harmonie avec la sociabilité du philosophe, contraste avec la hargne du curé Papin. Dans la version ultérieure, c'est le subdélégué Aubert «bon homme, bien rond» (p. 36) qui joue le même rôle. Diderot raconte à Grimm, dans sa lettre du 8 septembre 1770, qu'il a utilisé pour son conte «un curé de [ses] amis» d'un village voisin.

Page 148.

1. Vandœuvre: près de Nancy.

Page 150.

1. Dans la version finale, le conteur réserve ce type de jugement au curé Papin (voir p. 38).

Page 152.

1. Déférer: dénoncer.

Page 153.

1. M. Jourdeuil: devenu M. Fourmont (p. 42).

Grimm, présentation des Deux Amis de Bourbonne

Page 155.

1. *Les Deux Amis ou Le Négociant de Lyon*, drame en cinq actes en prose, de Beaumarchais (1770).
2. *Les Deux Amis, ou le Comte de Méralbi* par M. Sellier de Moranville, Amsterdam, 1770. De La Solle avait publié en 1754 des *Mémoires de deux amis, ou les Aventures de messieurs Barnival et Rinville*. Le roman anonyme *Les Deux Amis* (Amsterdam-Paris, 1767) raconte la rivalité amoureuse des deux héros et le dénouement heureux, lorsque l'un cède la jeune fille à l'autre. Sellier de Moranville, lui-même officier, insiste sur la dimension chevaleresque et aristocratique de l'amitié qu'il peint: les deux amis «avaient l'un et l'autre un goût décidé pour les armes, et ils portaient dans leur cœur une valeur héréditaire, qui ne demandaient que des occasions pour se signaler» (t. IV, p. 69-70).
3. Mme de Maux et Mme de Prunevaux.

Diderot, Éloge de Richardson

Page 156.

1. Huet définissait les romans comme des «histoires feintes d'aventures amoureuses, écrites en prose avec art, pour le plaisir et l'instruction des lecteurs» (*Lettre à M. Segrais sur l'origine des romans*, dans le premier tome de *Zayde* de Mme de Lafayette, 1670).

2. Moralistes des XVIe et XVIIe siècles, auteurs respectivement des *Essais*, de *De la sagesse*, des *Maximes* et des *Essais de morale*. Si notre mémoire culturelle aujourd'hui privilégie Montaigne et La Rochefoucauld, Charron et Nicole ont été jusqu'à la Révolution des auteurs pratiqués et célèbres.

3. Lovelace, Tomlinson: le séducteur et son complice, dans les *Lettres anglaises, ou Histoire de Miss Clarisse Harlowe*.

Page 157.

1. Allusion aux romans de Prévost, en particulier à *Cleveland*.

2. Allusion aux romans de Crébillon et de ses imitateurs comme Voisenon, La Morlière, Bibiena, etc.

3. Voir *Ceci n'est pas un conte*, p. 62, n. 3).

4. La définition de la vertu est ici purement humaine, sans référence à une norme religieuse. Plus loin, Diderot se place «indépendamment de toute considération ultérieure à cette vie».

5. Anecdotiquement, Diderot a sans doute lu *Clarisse Harlowe* au Grandval, chez d'Holbach, en octobre 1760. Mais plus généralement, l'œuvre de Richardson est associée à la vérité de la campagne et de la nature, loin de l'artifice des villes. Le Tourneur dira de même de Shakespeare: «Ce n'est pas seulement au sein d'une ville et sur le sopha de la mollesse qu'il faut lire et méditer Shakespeare. Celui qui voudra le connaître, doit errer dans la campagne, le long des saules qui avoisinent le hameau, s'enfoncer dans l'épaisseur des forêts, gravir sur la cime des rochers et des montagnes, que de là il porte sa vue sur la vaste mer, ou qu'il la fixe sur le paysage aérien et romantique des nuages, alors il sentira quel fut le génie de Shakespeare, ce génie qui peint tout, qui anime tout» (Préface du *Shakespeare traduit de l'anglais*, Paris, 1776).

6. Jacques Chouillet souligne le renversement de la perspective platonicienne opéré par Diderot. L'intériorité n'est plus en Dieu, mais elle est humaine et inconsciente d'elle-même. « L'éclairer, cela signifie au sens propre la dénoncer. Peut-être est-ce l'acte essentiel de la philosophie des Lumières : faire passer les objets enténébrés de la conscience à la lumière de la connaissance, mais non sans recours à la force, non sans viol. Cette vérité, enfin découverte, n'est pas faite pour plaire : à la place du "fantôme sublime qui se présente à l'entrée de la caverne", on découvre "le More hideux qu'il masquait" » (*Diderot poète de l'énergie*, PUF, 1984, p. 195). Cette dernière image contamine vraisemblablement le souvenir de *La République* avec une scène de l'*Histoire du vaillant chevalier Tiran le Blanc* de Caylus (1737).

Page 158.

1. Telle est aussi l'ambition du drame qui substitue les états sociaux aux caractères.

2. Désagréables à l'oreille de l'auditeur, les dissonances n'en sont pas moins nécessaires à la musique. Le bon père de famille, selon le neveu, doit apprendre à son fils « la juste mesure, l'art d'esquiver à la honte, au déshonneur et aux lois » : « ce sont des dissonances dans l'harmonie sociale qu'il faut savoir placer, préparer et sauver. Rien de si plat qu'une suite d'accords parfaits » (*Le Neveu de Rameau*, p. 116). Le neveu se présente ainsi en musicien des dissonances, tandis que celles-ci deviennent la marque propre de chaque individu, au même titre que les cicatrices, contraires à la norme esthétique. Voir B. Didier, « La réflexion sur la dissonance chez les écrivains du XVIIIe siècle : d'Alembert, Rousseau, Diderot », *Revue des sciences humaines*, n° 205, 1987, et plus généralement Caroline Jacot Grapa, *L'Homme dissonant au XVIIIe siècle*, Studies on Voltaire and the Eighteenth Century, n° 354, Oxford, 1997.

3. Les infortunes de la vertu dans la société ne sont plus compensées par une justice divine, mais par la distance que les âmes vertueuses prennent par rapport à la réalité sociale. Il suffit à Sade de nier la possibilité de ce recul pour aboutir aux *Infortunes de la vertu* et à *Juliette, ou les Prospérités du vice*.

4. « *Croiser* se dit [...] au figuré pour dire, se traverser les uns les autres, s'opposer à quelqu'un, se nuire mutuellement dans les mêmes vues, ou dans les mêmes prétentions » (Trévoux).

5. «*Intéresser* se dit aussi en morale, pour émouvoir, toucher de quelque passion.» Trévoux cite l'exemple d'un orateur qui doit intéresser les juges, les «émouvoir à colère, à compassion», et ajoute: «On dit aussi le gros jeu intéresse, pour dire qu'il pique, qu'il attache.» L'intérêt comme participation sensible devient une catégorie centrale de l'esthétique du temps: voir Monique Moser-Verrey, «L'émergence de la notion d'intérêt dans l'esthétique des Lumières», *L'Homme et la nature. Actes de la société canadienne d'étude du XVIIIe siècle*, VI, 1987, et Stéphane Pujol, «Les épreuves de la vertu: un topos romanesque, un débat esthétique et moral», *Revue des sciences humaines*, n° 254, 1999.

Page 159.

1. Même mouvement dans les *Regrets sur ma vieille robe de chambre* où Diderot se dit prêt à renoncer à tout son luxe, à toutes les œuvres qu'il a acquises, à l'exception de *La Tempête* de Vernet.

2. Moïse a été remplacé par Virgile dans les éditions de Prévost à partir de 1777. Il représentait la poésie biblique avant la littérature grecque, mais le législateur des Juifs est la cible des milieux anticléricaux que fréquente Diderot. Il y est présenté comme fanatique et fourbe. *La Moïsade* de Fréret, qui a parfois été attribuée à Diderot, s'achève par cette diatribe: «Meurs, Moïse, meurs, tyran destructeur! Que le ciel t'écrase de ses foudres vengeurs! que la terre irritée comme le ciel, de ta perfidie et de ta cruauté, s'entrouvre sous tes pas criminels, et t'engloutisse, monstre abominable [...]» (*Œuvres complètes* de Fréret, Paris, an IV-1796, t. XX, p. 267). Voir B. Baczko, «Moïse législateur...», *Reappraisals of Rousseau. Studies in honour of R. A. Leigh*, Manchester University Press, 1980.

3. Prévost remarque en tête de sa traduction des *Nouvelles Lettres anglaises, ou Histoire du chevalier Grandisson*: «Le principal reproche que la critique fait à Richardson est de perdre quelquefois de vue la mesure de son sujet, et de s'oublier dans les détails.»

4. «Nous entendons ordinairement par *protocole* une espèce de formulaire pour dresser des actes de pratique. Ces sortes de livres contenant les styles et modèles des différents actes sont bons pour les novices» (Trévoux). Le terme désigne ici toute norme académique.

5. Les deux autres spectacles officiels à Paris sont alors le Théâtre-Français et le Théâtre-Italien.

Page 160.

1. Diderot se montre déjà sensible au paysage sonore dans les *Entretiens sur le Fils naturel* : « On n'entend plus dans la forêt que quelques oiseaux, dont le ramage tardif égaye encore le crépuscule... Le bruit des eaux courantes, qui commence à se séparer du bruit général, nous annonce que les travaux ont cessé en plusieurs endroits, et qu'il se fait tard » (Fin du premier entretien). À la recherche d'une maîtrise des bruits, la seconde moitié du XVIIIe siècle semble éprouver une nostalgie du silence de la nature : voir Jean-Pierre Gutton, *Bruits et sons dans notre histoire*, PUF, 2000, p. 84 et suiv.

2. Ce sont les « petites circonstances » vantées à la fin des *Deux Amis de Bourbonne* pour provoquer l'illusion (p. 47).

Page 161.

1. La fiction du manuscrit trouvé est abondamment employée par le roman des Lumières qui se présente le plus souvent comme récit à la première personne (roman épistolaire ou mémoires). Voir *Le Topos du manuscrit trouvé. Hommages à Christian Angelet*. Études réunies et présentées par Jan Hermann et Fernand Hallyn avec la collaboration de Kris Peeters, Louvain-Paris, Éditions Peeters, 1999.

2. Par l'abbé Prévost. Celui-ci annonce en tête des *Lettres anglaises, ou Histoire de Miss Clarisse Harlowe* : « Par le droit suprême de tout écrivain qui cherche à plaire dans sa langue naturelle, j'ai changé ou supprimé ce que je n'ai pas jugé conforme à cette vue. Ma crainte n'est pas qu'on m'accuse d'un excès de rigueur. Depuis vingt ans que la littérature anglaise est connue à Paris, on sait que, pour s'y faire naturaliser, elle a souvent besoin de ces petites réparations. » Il répète en tête des *Nouvelles Lettres anglaises, ou Histoire du chevalier Grandisson* : « J'ai supprimé ou réduit aux usages communs de l'Europe ce que ceux de l'Angleterre peuvent avoir de choquant pour les autres nations. Il m'a semblé que ces restes de l'ancienne grossièreté britannique, sur lesquels il n'y a que l'habitude qui puisse encore fermer les yeux aux Anglais, déshonoreraient un livre où la politesse doit aller de pair avec la noblesse et la vertu. Enfin, pour donner une juste idée de mon travail, il suffit de faire remarquer que sept volumes, dont l'édition anglaise est composée, et qui en feraient vingt-huit de la grosseur des miens, se trouvent ici réduits à huit. »

3. Clémentine : héroïne des *Nouvelles Lettres anglaises, ou Histoire du chevalier Grandisson*.

4. Anna Howe est la confidente de Clarisse. Une bonne partie du roman est constituée par l'échange entre les deux amies.

5. Diderot est également frappé dans la peinture par cette attitude, caractéristique de la sensibilité post-tridentine, par exemple dans *La Madeleine dans le désert* de Carle Van Loo : « Elle a les yeux tournés vers le ciel. Ses regards semblent y chercher son Dieu » (*Salon de 1761*, *Salons*, Hermann, t. I, p. 116).

6. « L'église de la paroisse est à quelque distance ; mais le vent, qui venait de ce côté-là, jeta la famille éplorée dans un nouvel accès de douleur, en portant jusqu'à eux le son des cloches. Elles faisaient retentir les airs de la mélodie la plus lugubre. À l'ouïe de ces sons funestes, les parents ne doutèrent pas que ce ne fût un témoignage d'amour et de vénération, rendu par les paroissiens à la mémoire de celle dont le cercueil passait actuellement devant l'église » (*Lettres anglaises*, t. XIV, p. 166).

Page 162.

1. De même que le dramaturge est pour Diderot le prédicateur moderne, le romancier devient un évangéliste laïque.

2. « Pensez-vous que je sois venu apporter la paix sur la terre ? Non, vous dis-je, mais la division. Car désormais cinq dans une maison seront divisés, trois contre deux, et deux contre trois ; le père contre le fils et le fils contre le père, la mère contre la fille et la fille contre la mère, la belle-mère contre la belle-fille et la belle-fille contre la belle-mère » (Luc, 12, 51-53).

3. Sauvées : au sens de mises de côté, en réserve.

Page 163.

1. Mme Morton est l'ancienne institutrice de Clarisse, Mmes Howe et Harlowe sont les mères d'Anna et de Clarisse. Jean Sgard remarque que Prévost a supprimé ces lettres à double emploi. Au début du livre XI des *Confessions* qui concerne *Julie ou la Nouvelle Héloïse*, Rousseau marque son désaccord avec Diderot : « Diderot a fait de grands compliments à Richardson sur la prodigieuse variété de ses tableaux et sur la multitude de ses personnages. Richardson a en effet le mérite de les avoir tous bien caractérisés : mais, quant à leur nombre, il a cela de commun avec les plus insipides romanciers qui suppléent à la stérilité de leurs idées à force de personnages et d'aventures » (Folio, p. 651).

2. La thèse des indiscernables est expliquée à l'article

« Leibnitzianisme » de l'*Encyclopédie* : « Il n'y a pas dans la nature un seul être qui soit absolument égal et semblable à un autre, en sorte qu'il ne soit possible d'y reconnaître une différence interne et applicable à quelque chose d'interne. » Elle revient fréquemment dans la pensée de Diderot, appliquée à deux brins d'herbe dans les *Pensées sur l'interprétation de la nature*, à deux feuilles d'arbre dans les *Essais sur la peinture*, à deux façons de dire « Zaïre, vous pleurez » dans le *Salon de 1767*, etc.

Page 164.

1. Belford est un ami de Lovelace, Mme Howe la mère de la confidente de Clarisse, et Hickman un prétendant que Mme Howe veut faire épouser à celle-ci. Mme Norton est une vieille amie de l'héroïne.
2. Lovelace a conduit Clarisse chez une entremetteuse.
3. « *Intriguer* se dit aussi d'une pièce de théâtre, et il signifie qui contient, qui renferme des intrigues », explique Trévoux qui cite ensuite Voltaire : « Ce n'est pas assez qu'une pièce soit intriguée, elle doit l'être tragiquement. »
4. Le romancier meurt le 4 juillet 1761.
5. Le philosophe anglais David Hume (1711-1776) a un an de plus que Rousseau, deux ans de plus que Diderot. Il était en contact avec l'un et l'autre et séjourna à Paris en 1763. Mlle de La Chaux traduit en français certains de ses essais (p. 61-62).

Page 165.

1. Miss Émilie : personnage de *Grandisson*.
2. Mme Legendre, la sœur de Sophie Volland, s'inquiéta ainsi de son idylle épistolaire avec l'ingénieur Vialet (voir *Correspondance*, t. III, p. 310).
3. L'admiratrice du roman est Mme d'Épinay. On n'a pas identifié l'autre personnage.

Page 166.

1. « Quelques-uns disent *Postscript*, voulant franciser ce mot, emprunté au latin. Le Richelet portatif le met, et ajoute que *Postscriptum* est plus usité. L'Académie ne met pas *postscript* » (Trévoux).
2. L'enterrement et le testament ne figurent pas dans la traduction de Prévost. Ils sont publiés par le *Journal étranger*, qui venait de diffuser l'*Éloge* par Diderot. Diderot a vraisemblablement mis la main à cette adaptation.
3. Les trois romans, précédemment nommés *drames*, devien-

nent ici *poèmes*. Ce terme est à prendre au sens étymologique. L'époque refuse de confondre poésie et versification.

4. Cent vingt-huitième lettre de l'édition anglaise et cent trente-huitième de l'adaptation de Prévost. Plus loin, la lettre originale 124 devient la lettre 134 chez Prévost.

Page 167.

1. Fragments de lettres dans lesquels Lovelace finit par rendre hommage à sa victime.

2. Clémentine Della Porretta, jeune Italienne de religion catholique, ne peut épouser l'Anglais Charles Grandisson. Elle sombre dans la mélancolie la plus profonde. Son personnage a frappé les contemporains. Léonard compose en 1774 *La Nouvelle Clémentine, ou Lettres de Henriette de Berville*.

Page 168.

1. Le rôle du silence est précédemment souligné par Diderot p. 160. Mercier y sera également sensible : « Tout le monde n'apprécie pas ce que vaut un geste, un silence, comme l'immortel Richardson, qui (dit l'histoire de sa vie) vécut douze années dans la société sans presque ouvrir la bouche, tant il était occupé à saisir ce qui se passait autour de lui » (*Du théâtre*, chap. XVI, à la suite de *Mon bonnet de nuit*, Mercure de France, 1999, p. 1302). Les hommes des Lumières réassument la valeur spirituelle du silence sur laquelle la Réforme catholique avait insisté. La prescription du silence, propres aux ordres religieux, se répand dans les traités de civilité et dans l'ensemble de la société : voir Jean-Pierre Gutton, *Bruits et sons dans notre histoire*, p. 47 et suiv. En 1696, Morvan de Bellegarde publiait une *Conduite pour se taire et pour parler* ; en 1771, l'abbé Dinouart donne *L'Art de se taire*.

Champfleury, De la réalité dans l'art

Page 169.

1. « Le mot *réalisme*, un mot de transition qui ne durera guère plus de trente ans, est un de ces termes équivoques qui se prêtent à toutes sortes d'emplois et peuvent servir à la fois de couronne de laurier ou de couronne de choux. » Tout en récusant le terme comme tous les mots en *isme*, Champfleury en fait le titre d'un recueil d'essais en 1857 où il se réclame de Robert Challe et de Diderot pour prôner une sincérité nouvelle

de l'art et un souci de la vérité sociale. Sur l'histoire de la catégorie, voir Philippe Dufour, *Le Réalisme*, PUF, 1999.

2. Daguerréotype : première forme de photographie. Dans les pages qui précèdent, Champfleury répond aux critiques qui accusent le réalisme de réduire l'art et la littérature à une simple photographie. «Dix daguerréotypeurs sont réunis dans la campagne et soumettent la nature à l'action de la lumière. À côté d'eux, dix élèves en paysage copient également le même site. L'opération chimique terminée, les dix plaques sont comparées ; elles rendent exactement le paysage sans aucune variation entre elles. Au contraire, après deux ou trois heures de travail, les dix élèves [...] étalent leurs esquisses les unes à côté des autres. Pas une ne se ressemble.» La comparaison classique de la littérature avec la peinture est ainsi déplacée par cette fonction de repoussoir que joue la technique nouvelle.

Page 170.

1. Diderot qui «n'a rien inventé» est donc un *inventeur*. Au même moment, Arsène Houssaye qui élit Diderot au 41e fauteuil de l'Académie relativise les inventions modernes : «*Ceci n'est pas un conte* contient en germe toutes ces tragédies d'amours trahies dont ont vécu nos inventeurs modernes» (*Histoire du 41e fauteuil de l'Académie française*, Hachette, 1855).

Préface de Michel Delon	7
Les Deux Amis de Bourbonne	31
Ceci n'est pas un conte	49
Madame de La Carlière	77

DOSSIER

Chronologie	109
Documents	
Saint-Lambert, *Les Deux Amis*	119
Raynal, *Les Deux Amis de Saint-Christophe*	141
Diderot, version primitive des *Deux Amis de Bourbonne*	143
Grimm, présentation des *Deux Amis de Bourbonne*	155
Diderot, *Éloge de Richardson*	156
Champfleury, *De la réalité dans l'art*	169
Bibliographie	172
Notices et notes	178

DU MÊME AUTEUR

Dans la même collection

LA RELIGIEUSE. *Édition présentée et établie par Robert Mauzi.*

LE NEVEU DE RAMEAU, suivi d'autres dialogues philosophiques : MYSTIFICATION, LA SUITE D'UN ENTRETIEN ENTRE M. D'ALEMBERT ET M. DIDEROT, LE RÊVE DE D'ALEMBERT, SUITE DE L'ENTRETIEN PRÉCÉDENT, ENTRETIEN D'UN PÈRE AVEC SES ENFANTS, SUPPLÉMENT AU VOYAGE DE BOUGAINVILLE, ENTRETIEN D'UN PHILOSOPHE AVEC LA MARÉCHALE DE ***. *Édition présentée et établie par Jean Varloot.*

JACQUES LE FATALISTE ET SON MAÎTRE. *Édition présentée et établie par Yvon Belaval.*

LES BIJOUX INDISCRETS. *Édition présentée et établie par Jacques Rustin.*

LETTRES À SOPHIE VOLLAND. *Édition présentée et établie par Jean Varloot.*

PARADOXE SUR LE COMÉDIEN suivi de LETTRES SUR LE THÉÂTRE À MADAME RICCOBONI ET À MADEMOISELLE JODIN. *Édition présentée et établie par Robert Abirached.*

LES DEUX AMIS DE BOURBONNE. CECI N'EST PAS UN CONTE. MADAME DE LA CARLIÈRE, suivis de L'ÉLOGE DE RICHARDSON. *Édition présentée et établie par Michel Delon.*

LE NEVEU DE RAMEAU. *Édition présentée et établie par Michel Delon.*

SALONS (choix). *Édition présentée et établie par Michel Delon.*

ARTICLES DE L'ENCYCLOPÉDIE. *Édition présentée et établie par Myrtille Méricam-Bourdet et Catherine Volpilhac-Auger.*

Dans la collection Folio théâtre

EST-IL BON ? EST-IL MÉCHANT ?. *Édition présentée et établie par Pierre Frantz.*

COLLECTION FOLIO

Dernières parutions

6424. Virginia Woolf — *Rêves de femmes. Six nouvelles*
6425. Charles Dickens — *Bleak House*
6426. Julian Barnes — *Le fracas du temps*
6427. Tonino Benacquista — *Romanesque*
6428. Pierre Bergounioux — *La Toussaint*
6429. Alain Blottière — *Comment Baptiste est mort*
6430. Guy Boley — *Fils du feu*
6431. Italo Calvino — *Pourquoi lire les classiques*
6432. Françoise Frenkel — *Rien où poser sa tête*
6433. François Garde — *L'effroi*
6434. Franz-Olivier Giesbert — *L'arracheuse de dents*
6435. Scholastique Mukasonga — *Cœur tambour*
6436. Herta Müller — *Dépressions*
6437. Alexandre Postel — *Les deux pigeons*
6438. Patti Smith — *M Train*
6439. Marcel Proust — *Un amour de Swann*
6440. Stefan Zweig — *Lettre d'une inconnue*
6500. John Green — *La face cachée de Margo*
6501. Douglas Coupland — *Toutes les familles sont psychotiques*
6502. Elitza Gueorguieva — *Les cosmonautes ne font que passer*
6503. Susan Minot — *Trente filles*
6504. Pierre-Etienne Musson — *Un si joli mois d'août*
6505. Amos Oz — *Judas*
6506. Jean-François Roseau — *La chute d'Icare*
6507. Jean-Marie Rouart — *Une jeunesse perdue*
6508. Nina Yargekov — *Double nationalité*
6509. Fawzia Zouari — *Le corps de ma mère*

6510. Virginia Woolf — *Orlando*
6511. François Bégaudeau — *Molécules*
6512. Élisa Shua Dusapin — *Hiver à Sokcho*
6513. Hubert Haddad — *Corps désirable*
6514. Nathan Hill — *Les fantômes du vieux pays*
6515. Marcus Malte — *Le garçon*
6516. Yasmina Reza — *Babylone*
6517. Jón Kalman Stefánsson — *À la mesure de l'univers*
6518. Fabienne Thomas — *L'enfant roman*
6519. Aurélien Bellanger — *Le Grand Paris*
6520. Raphaël Haroche — *Retourner à la mer*
6521. Angela Huth — *La vie rêvée de Virginia Fly*
6522. Marco Magini — *Comme si j'étais seul*
6523. Akira Mizubayashi — *Un amour de Mille-Ans*
6524. Valérie Mréjen — *Troisième Personne*
6525. Pascal Quignard — *Les Larmes*
6526. Jean-Christophe Rufin — *Le tour du monde du roi Zibeline*
6527. Zeruya Shalev — *Douleur*
6528. Michel Déon — *Un citron de Limone* suivi d'*Oublie...*
6529. Pierre Raufast — *La baleine thébaïde*
6530. François Garde — *Petit éloge de l'outre-mer*
6531. Didier Pourquery — *Petit éloge du jazz*
6532. Patti Smith — *« Rien que des gamins ». Extraits de Just Kids*
6533. Anthony Trollope — *Le Directeur*
6534. Laura Alcoba — *La danse de l'araignée*
6535. Pierric Bailly — *L'homme des bois*
6536. Michel Canesi et Jamil Rahmani — *Alger sans Mozart*
6537. Philippe Djian — *Marlène*
6538. Nicolas Fargues et Iegor Gran — *Écrire à l'élastique*
6539. Stéphanie Kalfon — *Les parapluies d'Erik Satie*
6540. Vénus Khoury-Ghata — *L'adieu à la femme rouge*
6541. Philippe Labro — *Ma mère, cette inconnue*
6542. Hisham Matar — *La terre qui les sépare*

6543. Ludovic Roubaudi	*Camille et Merveille*
6544. Elena Ferrante	*L'amie prodigieuse (série tv)*
6545. Philippe Sollers	*Beauté*
6546. Barack Obama	*Discours choisis*
6547. René Descartes	*Correspondance avec Élisabeth de Bohême et Christine de Suède*
6548. Dante	*Je cherchais ma consolation sur la terre...*
6549. Olympe de Gouges	*Lettre au peuple et autres textes*
6550. Saint François de Sales	*De la modestie et autres entretiens spirituels*
6551. Tchouang-tseu	*Joie suprême et autres textes*
6552. Sawako Ariyoshi	*Les dames de Kimoto*
6553. Salim Bachi	*Dieu, Allah, moi et les autres*
6554. Italo Calvino	*La route de San Giovanni*
6555. Italo Calvino	*Leçons américaines*
6556. Denis Diderot	*Histoire de Mme de La Pommeraye* précédé de l'essai *Sur les femmes.*
6557. Amandine Dhée	*La femme brouillon*
6558. Pierre Jourde	*Winter is coming*
6559. Philippe Le Guillou	*Novembre*
6560. François Mitterrand	*Lettres à Anne. 1962-1995. Choix*
6561. Pénélope Bagieu	*Culottées Livre I – Partie 1. Des femmes qui ne font que ce qu'elles veulent*
6562. Pénélope Bagieu	*Culottées Livre I – Partie 2. Des femmes qui ne font que ce qu'elles veulent*
6563. Jean Giono	*Refus d'obéissance*
6564. Ivan Tourguéniev	*Les Eaux tranquilles*
6565. Victor Hugo	*William Shakespeare*
6566. Collectif	*Déclaration universelle des droits de l'homme*
6567. Collectif	*Bonne année ! 10 réveillons littéraires*

*Composition Interligne
Impression Novoprint
à Barcelone
le 30 janvier 2019
Dépôt légal: janvier 2019
1er dépôt légal dans la collection : mai 2002*

ISBN 978-2-07-040146-8 / Imprimé en Espagne.

347608